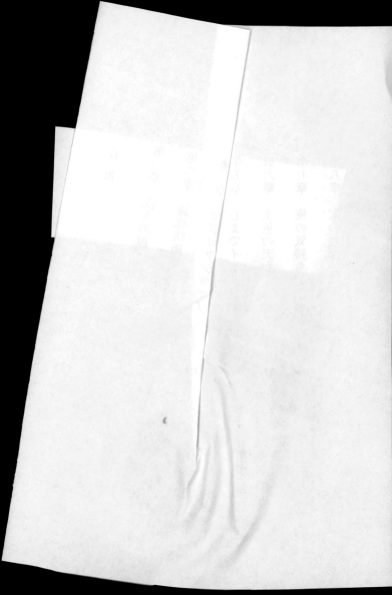

青い孤島

第一章　泣きの西、笑いの東

うう……、これは、ヤバいかも——。

そう思いはじめたのは、夜の八時に竹芝桟橋を出港したおんぼろフェリー「七丈《しちじょう》丸《まる》」が、東京湾の外に出てすぐのことだった。

人生初の船酔いというやつ。

俺は、外洋のうねりを完全に舐めていた。

薄っぺらいカーペット敷きの二等船室（いわゆる雑魚寝部屋）には、機械油のひどい臭いが充満していて、気分の悪さに拍車がかかっていた。しかも、巨大なエンジンがすぐ近くにあるのだろう、グワン、グワン、グワン、グワン、と脳みそを揺らすような不快な大音量のせいで、声を張らないと会話すらままならない。

ああ、もう、駄目かも……。

俺はエンジンの振動が直接伝わってくる壁にぐったりと背中をあずけ、悪心《おしん》と闘っていた。

「わーい、やったぁ。強そうなモンスターやっつけたよ」

すぐ隣で甲高い声があがった。

俺が貸してやったゲーム機を手に、ロールプレイングゲームを楽しんでいる絶世の美女「るいるいさん」の声だ。

「はは。よかったね……」

死にそうな気分のまま、とりあえず俺は愛想笑いをした。

「うふふ。よーし、次はもっと強そうなモンスターと戦うぞぉ！」

俺は、この「超天然」な美女のことを、まだほとんど何も知らない。というのも、ついさっき俺が船酔いでダウンしていたところに話しかけてきた赤の他人なのだ。


「ねえねえ、すごく青い顔してるけど、大丈夫？」

揺れる船のなかを平然とモンローウォークで近づいてきた女性が、いきなり目の前でモデル立ちをして、ぐったりと座っていた俺を見下ろした。

「へっ？　ちょっと、船酔いぎみで……」

俺が最初に「へっ？」と言ったのは、知らない女性が話しかけてきたから、というよりも、この女性があまりにも美しかったからだった。ゆるくウェーブのかかった金髪と、大きな二重の目、長いまつ毛、よく光る鳶色《とびいろ》の瞳、すっと通った鼻筋、口角の上がったピンク色の唇。年齢は二五歳くらいだろうか。まるで有名ファッション雑誌から飛び出したハーフモデルかと思うような「きらきらオーラ」を発散させているのである。しかも、着ている服は何の変哲もない白いTシャツとデニムのショートパンツなのだ。このシンプルな服装で、ここまでのきらきら感を出せるなんて、もはや尋常ではない。

「そっか、船酔いしてるんだ。大変だね。うふふ」

一ミリも同情していなそうな感じで美女は笑った。

「はあ、まあ……」

「ねえねえ、それなあに？」

美女は、立ったまま俺のお尻の横あたりを指差した。

「え？　これ、ですか？」

「うん、そう」

「ゲーム機、ですけど……」

「わー、面白そう。わたしね、この船に乗ってから、ずーっと退屈だったの。やってもいい？」

「え……、ど、どうぞ」

ぽかんとしている俺の横に腰を下ろした絶世の美女は、「ねえ、これどうやってやるの？」と言って、こちらを振り向いた――と思ったら、小首を傾げた。

「あれ？　どこかでわたしと会ったこと、あるよね？」

この質問にはもう慣れっこだった。というか、もはや辟易《へきえき》していた。だから、瞬時に「ないです」と答えた。

自分ではよく分からないのだけれど、どうやら俺は「誰よりも、どこにでもいそうな顔」をしているらしいのだ。だからこれまでも初対面の多くの人たちから、うんざりするほど「あれ？　どこかで……」と訊かれまくってきた。

もっと言えば、俺は昔から、身長も、体重も、勉強も、スポーツも、美術も、音楽も、ファッションも、コミュニケーション能力も、だいたい平均レベルで、数少ない友人たちからは「特徴がないことが、お前の特徴だ」などと揶揄《やゆ》されてきたのである。

しかし、そんな俺にも特技は、ある。

けん玉と手品だけど。

「ねえ、本当に会ったことない？」

まぶしいほどの美女にまじまじと顔を見られた俺は、齢三〇にして中学生みたいにどぎまぎしてしまった。

「な、ないですって」

「じゃあ、名前は？」

「小島佑《こじまたすく》です」

「こじま、たすく？　きゃあ、ぜんぜん知らない人じゃん」

「だから、さっきからそう言って──」

ため息みたいに言いかけた俺に、美女はあっさりと言葉をかぶせてきた。

「るいるいだよ」

「は？」

「わたしの名前」

「あ、ええと、それ、ニックネームですよね？」

「そうだけど、ねえ、このゲーム、どうやってやるの？」

ふたたび小首を傾げたるいるいさんは、まぶしすぎる笑顔で俺の目を覗き込んできた。

会話がいきなり明後日の方へと飛びまくるから、絶賛船酔い中の俺の頭は、まるで付いていけない。

「あ、え……、えっと」

「わあ、このボタンを押したら電源が入ったよ」

人に訊いておきながら、もうやりはじめてるし……。

「ええと、電源が入ったらですね――」

「名前を登録する画面が出た！　る、い、る、い――。うふふ。登録オッケー。で、次はどうやるの？」

「あ、その次は――」

「っていうか、このゲーム、そもそもどういうゲームなの？」

「…………」

この人、せっかく絶世の美女なのに、ちょっと、というか、かなりの変わり者らしい。

「このゲームは『モンスター・クエスト』といって、悪いモンスターたちに奪われた村人たちの財宝を取り戻しながら冒険の旅をして、最終的には囚われの姫を救い出すというゲームです」

「えー、めっちゃ楽しそう！　わたし、冒険が大好きなの」

「そうですか。いわゆるロールプレイングゲームですよ」

「ロール？　回転するの？」

「え……」

「くるくる〜って、ロールケーキみたいな感じ？」

「ケーキって……」

それから俺は、どんどんひどくなってくる船酔いと闘いながら、必死にゲームのやり方を教えるハメになったのだった。


るいるいさんは、ゲームをやりながらキンキン声で「ひとり実況」をし続けた。

きゃあ、このモンスター可愛いから攻撃したくな〜い♪　雷の剣を買ったらゴールドがなくなっちゃった！　魔導師さんがピ〜ンチ！　うふふ、この村人さん、わたしの知り合いにそっくり♪

るいるいさんの甲高い声は頭蓋骨のなかにまで響いて頭痛がしそうだった。でも、その美しい横顔があまりにも幸せそうに笑っているから咎める気にもなれない。とはいえ、笑顔が幸せそうだからといって、それが俺の船酔いを緩和してくれるわけでもないのだ。

「うっぷ……」

ふいに込み上げてきた吐き気に、俺は両手で口元を押さえた。すると、るいるいさんがゲーム機から顔を上げた。

「大丈夫？　吐きそうなの？」

「ちょっと、はい……」

俺は涙目のまま小さく頷いた。

「甲板に出て、夜風にあたりにいく？」

なるほど。甲板に出れば、少なくともこの機械油の臭いとエンジン音からは解放されるはずだ。新鮮な空気も恋しいし、いざとなったら海に吐けるという状況も悪くない。吐けば少しはラクになるかも知れないし。

俺は小さく頷くと、蚊の鳴くような声で「甲板、行きます」と言った。

「オッケー、じゃあ、一緒に行ってあげるね」

明るく言ったるいるいさんは、俺の脇に自分の腕を差し入れて立たせると、ふらつく俺の身体を支えながら甲板まで連れていってくれるのだった。

初対面の男に、そこまでするか？　と思いつつも、るいるいさんのいい匂いに、船酔いとは違った意味でくらくらしそうになってしまった。

夜の甲板は強い海風にさらされていた。

おんぼろフェリーにしては速度が出ているのかも知れない。

ときおり、船首の方から細かい飛沫が飛んでくる。

ゴールデンウィーク過ぎの初夏の夜風は、Tシャツ一枚でもさほど寒くないのが救いだ。

「きゃー、めっちゃ気持ちいいねぇ」

強風に吹かれて形のいいおでこを丸出しにしたるいるいさんは、夜空を見上げながら子供みたいに声を上げた。といっても、空は曇っていて、月も星も見えないのだが。

一方の俺は柵にもたれかかり、深呼吸を繰り返した。機械油の臭いが染み付いた肺を洗うような気持ちで。

「あ、そうだ。いいこと教えてあげる」

「いいこと、ですか？」

「うん。あのね、遠くの水平線を見てると船酔いしないって、テレビで言ってたよ」

るいるいさんが、いまの俺には最高に「いいこと」を教えてくれた。

「そうですか。ありがとうございます」

俺は、その言葉どおりに顔を上げ、遥か遠い水平線を眺めようとして——、コケそうになった。星も月もない洋上の夜は、真っ黒すぎて、そもそも水平線なんて見えやしないのだ。

ああ、もう、駄目だ……。

心が萎えるのと同時に、胸の奥から強い吐き気が込み上げてきた。

俺は柵から身を乗り出し、海に向かって嘔吐した。

「ひゃぁ、たいへーん」

隣で、るいるいさんのキンキン声が炸裂した。と思ったら、るいるいさんは俺を置き去りにして、さっさと船室の方へと逃げていってしまった。

暗闇のなか、一人になった俺は、また吐いた。

クソ。地獄だな、こりゃ……。

涙目のまま黒い海面を見下ろし、しばらくのあいだ自分の情けなさを味わっていたら、パタパタと足音が近づいてきた。

「お水、買ってきたよ」

え？　俺は声の方を見た。

すぐ隣で絶世の美女がペットボトルの蓋を開けていた。

「はい、これで口をゆすいで」

ペットボトルが差し出された。

「あ、ありがとうございます……」

俺は、かすれた声でお礼を言って、冷たい水を受け取った。

るいるいさんは、吐いた俺から逃げ出したのではなくて、急いで自販機に向かい、水を買って戻ってきてくれたのだ。

俺は冷たい水で口をすすぎ、海へと吐き出した。

そして次のひと口は、ごくり、と飲み込んだ。

ひんやりした感覚が、食道を伝って胃のなかへと落ちて行く。胃酸の嫌な酸っぱさが洗い流されていくようだった。

「すっきりした？」

「はい……」

「じゃあ、船室に戻ろっか？」

「いや、ここの方がマシなんで……」

「そっか」

俺は「ふう」と息を吐いて、頷いた。

るいるいさんは俺のすぐ横に立つと、俺と同じように両肘をのせて柵に寄りかかった。

「ねえ、この船って、何時に島に着くんだっけ？」

「たしか、出航から十二時間かけて、朝の八時に七丈島に着くはずです」

「そっかぁ、長旅だねぇ」

俺としては、一秒でも早く着いて欲しいのだが、しかし、この苦しい船旅は、そこからさらに続くのだ。

「ぼくは小鬼ヶ島《こおにがしま》まで行くので、七丈島では降りられなくて、さらに三時間かかるんですけど……」

「えっ、佑も小鬼ヶ島に行くの？　わたしとおんなじだ」

いきなり下の名前を呼び捨てにされたことにも驚いたけれど、俺がいっそう驚いたのは、るいるいさんが、あの「超」が付くほどマニアックな小鬼ヶ島まで行くということだった。なにしろ、このフェリーに乗っている乗客のほとんどは、観光地として知られた七丈島で下船するはずなのだ。ガイドブックにも、小鬼ヶ島まで行く人はフェリーの乗客の一パーセントにも満たないと書いてあった。

「るいるいさん、マニアックですね」

そう言って、俺はまた冷たい水を少し飲んだ。さっき思い切り吐いたせいか、少し気分がラクになった気がする。

「えー、そんなにマニアックな島なの？」

「もしかして、なにも知らずに行くんですか？」

「うん。よく知らなーい。えへへ」

えへへ、じゃないでしょ。

俺は内心でツッコミを入れていた。なにしろ小鬼ヶ島は、よほどの島旅マニアでもない限りそうそう行くことのない「キング・オブ・僻地」などと称される島なのだ。

「島民は一九九人しかいないですし、商店も一軒しかなくて、観光客もほとんど行かない島ですよ」

「そうなんだぁ。じゃあ、佑は何しに行くの？」

「え、ぼくは――、まあ、仕事ですけど」

「どんな？」

「ええと」と言って、また水を少し飲み、深呼吸をする。「簡単に言うと、過疎化が進んでいる小鬼ヶ島の活性化をうちの会社が託されて、その担当者にぼくが選ばれたんで

――、今回は視察みたいな感じです」

そして、その選ばれ方がひどかったのだ。

小島佑＝こじま・たすく。

小島をたすける――。

「がははは。名前からして、お前にぴったりの仕事じゃねえか」

そんなギャグとしか思えないような社長の鶴の一声で決められてしまったのだ。

うちの会社は、社員三〇名ほどの広告やイベントの制作会社なのだが、たまたま小鬼ヶ島村（島全体でひとつの村らしい）の村長と社長が大学時代の同級生だったことから、島の活性化企画のコンペに参加することになったのだった。で、担当にされた俺が、渋々ながら村役場の担当部署宛にコンペの参加表明のメールを送ったところ、しばらくして「御社で決定しました」という返信が来た。コンペどころか、まだ企画書すら作っていないのに、である。

驚いた俺が電話で問い合わせてみたら、ちょっとあり得ないような話を聞かされた。

つまり、小鬼ヶ島があまりにも僻地すぎるせいで、今回のコンペに参加を表明した会社が、なんと、うち一社だけだったというのだ。ようするに、やりたくもないのに「不戦勝」してしまったというわけである。

「ふーん。小鬼ヶ島村って、けっこうお金があるんだね。あ、もしかして、鬼が集めた財宝があったりして」

るいるいさんが真顔で言うから、俺は吐き気をこらえつつも笑ってしまった。

「まさか。そんなロールプレイングゲームみたいなことはないですよ。国と都から、地方創生のためのお金がドーンと下りたんですって。で、そのお金を使い切らないといけないから、うちの社長にお声がかかっただけです」

「なんか、よく分かんないけど、お金がドーンといっぱいあるのはいいことじゃん」

「まあ、そうですね」

「佑は、いつまで小鬼ヶ島にいるの？」

「それが……、決まってないんです」

というのも、俺は社長から直接言われたのだ。「いいアイデアを生み出して、島民たちの合意を得られるまでは帰ってこなくていいぞ」と。つまり、成功するまで行ったきり――、という、ちょっと普通では考えられないような状況下にいるのだ。

「なにそれ？　じゃあ、仕事次第で、いつまでもってこと？」

「まあ、そうなりますね……」

言って、俺はため息をついた。

「すっごーい。佑って、めっちゃ社長に頼られてるんだね」

「え？　いや、そういうわけじゃ……」

謙遜したような言い回しになってしまったけれど、実際のところ、いまの俺は、会社のなかでは「使えない奴」として扱われつつあるのだった。

もちろん、俺なりに頑張ってはきたのだけれど、いつも空回りするばかりで、何をやっても結果につながらず、しかも、最近は、いくつかの重要な取引先の担当から外されたあげく、そのポジションを後輩たちにことごとく奪われているのだ。

正直、俺を担当から外した上司のことは腹立たしい。でも、文句は言えなかった。なぜなら、いつも明確な数字（＝売り上げ）で、後輩たちに負けていたから。

ぐうの音も出ない、とは、まさにこのことだった。

それと、七年も勤めておいて、いまさら言うのもナンだけれど、この会社の「社風」が俺には合わなかった。うちは社長以下「いけいけドンドン！」な個性派ぞろいで、そのなかに「超」がつくほど無個性で平凡な俺が放り込まれたらどうなるか？　そんなこと、考えなくとも分かるだろう。

だから俺は、半年ほど前に「退職願」を書いていた。それを常にカバンに忍ばせて、お守り代わりに持ち歩くことで、崩壊しそうな精神をぎりぎりのところで保たせてきたのだ。そして、そんな折に、たまたま降って湧いた企画が、今回の左遷じみた僻地の島での仕事だった、というわけだ。

当初、この仕事は、社内の誰からも敬遠されていた。担当したい、と手を挙げた社員が一人もいなかったのだ。

そもそも腕のある連中は、忙しくて僻地の離島になど行っている暇はないし、もっと華々しくて金回りのいい仕事がいくらでもあるのだ。

コンペの不戦勝を社長に伝えたとき、俺はみんなの前で社長に肩をぽんと叩かれ、こう言われた。

「そうか、不戦勝か。んじゃ、コジマタスククくん、小島を助けるまで、ずっと島にいてもいいからな」

「え？　ずっと……といいますと？」

「おぬしは永遠に島流しじゃ。な〜んちゃってよ」

その社長の台詞に、周囲で失笑が起きた。

俺は、ふつふつと湧き上がる黒い感情を呑み込んで、現実的な話をした。

「でも、なるべく早めに島から戻らないと『世界の美しい甲虫展』の準備が間に合わなくなってしまいますし……」

俺が手がけている『世界の美しい甲虫展』は、昆虫好きな子供たちに楽しんでもらうための、いわゆる「夏休み企画」だった。生物学に力を入れている有名私大と複数のスポンサー企業にタッグを組ませ、都内のビルのワンフロアを借り切って開催されることになっているのだ。

「そうか、間に合わなくなるか。それは困るな」

「はい。小鬼ヶ島は行って帰ってくるだけでも一週間は――」

と俺が説明しているところに、社長が太い声をかぶせてきた。

「よし、じゃあ、別の担当をつけよう」

「え……。それは、甲虫展と小鬼ヶ島のどちらに、ですか？」

「そりゃ、甲虫展だよ」

「でも、あの仕事は、元々ぼくが企画して、ずっと……」

「それは知ってるよ。夏の開催に向けてきちんと道筋をつけてくれていることも、ちゃんと知ってる」

「だったら……」

「道筋がしっかりしてるってことは、この先は別の担当者でも大丈夫ってことだろ？」

「………」

「その点、コンペすら成り立たないような小島を助けられるのは、小島佑しかいない。みんなも、そう思うよな」

にやりと笑った社長が周囲を見回すと、ふたたび失笑が起きた。

そのとき、俺は、確信した。

ああ、そういうことか。甲虫展から俺を外すために、しばらく俺を追い出しておきたいわけだ。だから社長は、小鬼ヶ島の仕事を俺に振ったのだ。おそらく、コンペが不戦勝になるということを最初から知りながら。

ついに、退職願を出すときが来たか――。

俺は、カバンのなかの白い封筒を憶《おも》った。

怒りよりもむしろ、心がすうっと冷えていくような、醒めた気持ちになっていた。すると、どういうわけだろう、普段はいまいち冴えない俺の頭のなかに、キラリ、と面白いアイデアが降ってきたのである。

島にいても給料をもらえるなら、有給のバカンスにしちゃえばいいんじゃないの？

俺はこの妙案に膝を打ちたくなった。

というのも、小鬼ヶ島についてネットであれこれ調べてみると、そこは信じられないほど美しい自然に囲まれた、まさに桃源郷のような島だったのだ。しかも、酒も魚も美味しくて、温泉まであるというではないか。

よし、この仕事は、悠々と南国で過ごすロング・バケーションだ。給料をもらいながら、島での仕事は適当にやってやれ。そうすれば、俺を小馬鹿にした連中への小さな復讐にもなるはずだ。

「分かりました、社長。では、小鬼ヶ島に行ってきます」

「おお、任せたぞ、小島を助けるヒーローくん」

社長は笑いながら、分厚い手で俺の背中をバシバシ叩いた。

そして俺は小鬼ヶ島での仕事――のフリをしたバカンスを楽しむために、あれこれと準備を整え、そして、このおんぼろフェリーに乗り込んだというわけだった。

しかし、そんな俺の現状をるいるいさんに話したところで、何の得にもならないので、とりあえず、仕事の概要だけ伝えておいた。

「で、るいるいさんは、観光ですか？」

「ううん。わたしも仕事だよ。住み込みなの」

「住み込み？」

「そう。家賃はただだし、わたしが住むおうちからは海が見えるんだって。それって、最高じゃない？」

「まあ、そうですね」

俺が答えたとき、船が大きく揺れて、舳先から小雨のような飛沫が飛んできた。

「ひゃぁ、つめたーい」

るいるいさんが嬉しそうにはしゃぐ。

酔いが悪化しそうな俺は、柵にもたれたまま深呼吸をした。そして、またペットボトルに口をつけた。この冷えた水が、かなりの救いになっている。

「ちなみに、るいるいさんは、どんなお仕事を？」

「えっとね、なんか、もじゃもじゃなおじさんのお店で働くんだって」

「もじゃもじゃな、おじさん？」

なんだ、それは……。

「ねえ、それよりさ、佑って何歳なの？」

また、話が明後日の方向へと飛んだ。

「三〇歳になったばかりですけど……」

「じゃあ、わたしの三つ上だね。もっと上かと思った」

俺の方が年上だと分かっても、この人は敬語を使う気にはならないらしい。

「そんなに老けて見えますか？」

しかも、なぜか、こちらが敬語を使ってしまう。相手が、とんでもないレベルの美人だから、無意識に気後れしているのかも知れない。

「ちょっとね。うふふ。っていうか、佑って、東京の人?」

「そうですけど」

「東京のどこ?」

「いまは、江戸川区に住んでいます」

「えー、そうなんだ。出身は?」

「北海道です」

「きゃー、わたし、北海道は好きなの。ご飯がめっちゃ美味しいよね! いくら丼がいちばん好き」

「はあ……」

やたらと楽しそうに、どうでもいい質問をしてくる絶世の美女。そして、容赦無く揺れて、俺の心を削りにくるフェリー。

俺は、必死に受け答えをしていたけれど、ふたたび吐き気が強くなってきた。

駄目だ。申し訳ないけれど、これ以上、無意味な質問攻めに応答し続けるのは、つらすぎる——。

そう思った俺は、せめて冗談で質問を止めさせようとした。

「るいるいさん、そろそろ質問は終わりです」

「え?」

「ここから先は、秘密ってことで」

「えー、なんで、なんで？」

「男は、少し謎めいていた方が魅力的だからです」

吐き気をこらえつつも、ニヒルに笑って見せたら――。

また、吐いてしまった。

「ひゃぁ、たいへーん。お水、足りる？」

船酔いという地獄と、絶世の美女に背中をさすられるという天国を一度に味わいながら、俺は涙目で頷いた。

「はい。水は、足ります……」


甲板に出ても船酔いがおさまる気配はなかったので、結局はまたエンジン音と機械油の臭いに満ちた二等船室へと戻った。

俺はもはや、身体を起こしていることすらままならなくて、カーペット敷きの床に仰向けに寝転んだ。いつ吐いてもいいようにと、るいるいさんがビニール袋を頭の横に置いてくれた。

きつく目を閉じ、深呼吸を繰り返す。

できれば、このまま眠りに落ちてしまいたかった。

傍のるいるいさんは、俺のゲーム機を手にして、ロールプレイングゲームの続きに取りかかっていた。さすがに今度は「ひとり実況」をせず、静かにやってくれている。周囲の乗客たちのなかには、すでに就寝している人もいるから気を遣っているのだろう。

仰向けに寝ていると、徐々に酔いがおさまってきた。

俺は目を閉じたまま、自分の呼吸だけを意識し続けた。

そして、いつの間にか眠りに落ちていた。


目覚めたとき、フェリーは揺れていなかった。

船室の小さな窓からは、ミルク色の朝陽が差し込んでいる。

横になったまま目を開けた俺を、るいるいさんが上から覗き込んできた。

「あっ、佑が起きた。おはよう」

「おはようございます」

「具合は、どう？」

「昨夜より、だいぶいいです。いま何時ですか？」

「もうすぐ八時だよ」

ということは、すでに七丈島の港内に入ったのだろう。だから揺れがおさまっているのだ。

俺は上半身を起こして、あぐらをかいた。まだ、頭はくらくらするけれど、吐き気はほとんど感じない。

「ねえ、ほら、見て」

るいるいさんが、俺にゲーム機を手渡した。

「えっ……、もう、こんなに？」

なんと、俺が寝ているあいだに、るいるいさんは信じられないほどゲームを進めていたのだ。

「わたし、四時間しか寝ないで、ずーっとやってたんだよ」

「それにしても、どうやったら、一晩でこんなに進められるんですか？」

「村人さんたちがみんないい人で、いろんなことを教えてくれるからだよ」

「え、いや、だからって、一晩でここまで進むなんて……」

どう考えてもあり得ない。

「このゲーム、いっぱい出会いと冒険があって、めっちゃ楽しいね。胸がわくわくする。うふふ」

るいるいさんは寝不足でも充分に「絶世」と形容するべき美女だった。しかも、「うふふ」と笑ったときの芸能人ばりのオーラは、まぶしくて目を細めたくなるほどだ。そして、おそらく、ロールプレイングゲームに関する才能もまた「絶世」に違いなかった。

「そのペースで進めたら、明日にはクリアしちゃいそうですね。普通じゃあり得ないですけど」

「えー、そうなの？　めっちゃクリアしたーい。なんか、わたし、ゲームにハマっちゃいそう」

るいるいさんはそう言うと、俺の手からふたたびゲーム機を奪って、幸せそうに続きをやりはじめるのだった。

予定より三〇分遅れの午前十一時半すぎ――。

七丈島から三時間と少しをかけて、おんぼろフェリーはついに小鬼ヶ島港に入った。

じつは、この島の周辺海域は常にうねりが高いことで知られ、フェリーが小鬼ヶ島港に着岸できる確率は、なんと四〇パーセントを下回ると言われている。つまり、ほんのついさっきまでは、リアルに沈没するのではないかと恐怖するほど船は揺れまくっていて、俺は船酔いしている暇さえもなかった。

ちなみに、小鬼ヶ島の港に着岸できない六〇パーセントの場合、フェリーはあっさり七丈島へ引き返すという。そういう意味では、一発で着岸が許された今回は、まずまずラッキーだったと言えるだろう。

小鬼ヶ島港は、高い防波堤で囲われていた。

それでも、外洋のうねりが開口部から入り込むせいで、フェリーは港内とは思えないほどに揺れ続けた。

こんなに揺れたままで、本当に着岸できるのだろうか?

心配する俺をよそに、フェリーはじりじりと岸壁に横付けされ、すかさずロープでもやわれ、そして、かなり強引な感じで金属のタラップが渡された。

俺とるいるいさんは、その上をゆっくり歩きはじめた。しかし、タラップは上下する船体に合わせて大きく揺れる。船酔いしている俺はフラついて、まともに歩けなかった。

「うふふ。佑、大丈夫？」

絶世の金髪美女は、俺の右腕を支えるようにして一緒にタラップを下りてくれた。

すると、港に集まっていた数十人の島民たちは「おお～」とどよめき、盛大な拍手でもって俺たちを迎えてくれた。どうやら小鬼ヶ島で下船するのは（港湾関係者などを除けば）、本当に俺とるいるいさんだけらしい。

島民たちの拍手に、るいるいさんが笑顔で手を振り返し、さらに投げキッスをしたものだから、港はなんだか異様な盛り上がりを見せはじめた。

揺れるタラップから、ようやく揺れない島へと降り立った。

東京湾を出てから、ひたすら恋い焦がれた陸地だ。

やっと着いた……と、俺は、心底ホッとしたのだが、三半規管はイカれたままなので、アスファルトの上でも気を抜くと千鳥足になってしまいそうだった。

大荷物を背負った俺と、大きなスーツケースを転がするいるいさんの周りに島民たちが集まってきて、あっという間に囲まれた。彼らのほとんどが、るいるいさんに視線を向けていた。極端なまでの美貌に釘付けにされているのだ。

そんななか、でっぷり太った五〇がらみの大男がズイと俺の前に出てきて、張りのある声を出した。

「あんた、小島さんだよな？」

巨軀と、声の張りと、初対面なのに敬語を使われないということに面食らった俺は、やや上ずった声で返事をした。

「は、はい。小島です。ええと、お電話で対応して下さった西森《にしもり》さん……ですか？」

大男は、うんうん、と頷きながら「そう。俺が西森大樹《だいき》だ。宜しくな」と右手を差し出してきた。

「宜しくお願いします」

握り返した西森さんの手は、分厚いグローブみたいにごわついていて、底知れぬパワーを感じさせた。全力で握られたら手の骨を砕かれてしまいそうだ。

「それにしても、今日は船が揺れなくてよかったなぁ」

いきなり西森さんが、意味不明なことを口にした。

「えっ、めちゃくちゃ揺れましたけど……」

「このくらいのうねりは、べた凪《なぎ》のうちだぞ」

西森さんが「がははは」と笑うと、それに釣られたように周りの男連中も声を出して笑った。なんだか小馬鹿にされているようで少しムッとしたけれど、一応、社会人としての心得がある俺は「えへへ」と愛想笑いをしてやり過ごしておいた。

と、そのとき――、俺たちを取り巻いている島民の輪の外から、「おら、どけどけ」という、物騒な感じの声が近づいてきた。よく日に焼けた三人の男衆が割り込んできたのだ。

その三人は、完全に俺を無視して、るいるいさんの前に立った。

「ええと……、粟野留美《あわのるみ》さん、だよね？」

いちばんガタイのいい男が、やや緊張気味に言った。

「うん、そうだよ。るいるいだよ。うふふ」

るいるいさんのキンキン声と、まぶしいくらいに美しい「うふふ」の笑顔に気圧《けお》されたのだろう、男衆は、一瞬、声を失った。

そして、数秒後――。

「うおおお、マジかよ」

「歴代ナンバーワンの本土ギャルじゃねえか」

「あ、あのね、俺たちが、もじゃさんのところまで連れて行くことになってるからさ。るいるいちゃん、あそこにある車に乗ってくれる？」

分かりやすいくらいに舞い上がった三人は、るいるいさんを囲うようにして、島民たちの輪の外へと連れ出した。

すると、るいるいさんがこっちを振り返って、「佑、またね。ばいばーい」と手を振り、投げキッスをしたものだから、俺の周りに残された十数人の男たちは、みんな目のなかにハートを浮かべて「ばいばーい」と手を振り返すのだった。一応、俺も顔の横で小さく手を振り返しておいた。

るいるいさんが乗り込んだ軽自動車が港から出ていくと、島民たちは俺の周りからバラけはじめた。やっぱり、俺ではなくて、みんな、ひと目るいるいさんを見ようと集まっていたのだ。バラけた彼らは、フェリーから降ろされる貨物をせっせと自分の車に積み込みはじめた。

「うっし。んじゃ、俺たちも行くかい」

西森さんが、突き出た巨大なお腹をポンッと叩いてそう言った。その仕草が、まるで土俵入りした力士のようだったので、俺はうっかり笑いそうになってしまった。そして、そんな西森さんの隣で、凜とした笑みを浮かべていた美青年と目が合った。

「はじめまして。枝野《えだの》翔《しょう》と言います」

美青年は、俺に向かって小さく会釈をした。年齢は、せいぜい二五歳くらいだろうか。ちょっと着飾れば、すぐにでもアイドルとしてテレビに出られそうな端整な顔立ちをしているけれど、その鳶色の瞳の裏側には、どことなく憂いの気配を滲ませているようにも見えた。

「どうも、はじめまして」

俺も、軽く会釈を返した。

「翔は、うちのガソリンスタンドの従業員なんだけどな、基本、あんたの島の案内はこいつに任せっから」

西森さんが張りのある声で言った。

「そうですか。宜しくお願いします」

俺は、その美青年とも握手を交わした。ひんやりとした白い手からは、中性的なやわらかさと知性を感じた。パワフルで粗野でグローブみたいな西森さんの手とは真逆の感触だ。

「よし、じゃあ、さっそく島を一周すっぞ」

西森さんの声に背中を押された俺たちは、ボディに「西森燃料店」と書かれた軽自動車に乗り込んだ。

運転席に座ったのは枝野くんだった。風景がよく見えるようにと、俺は助手席に座らせてもらった。西森さんは二列目のベンチシートの中央にどっかり腰を下ろし、太い両腕を背もたれにかけてふんぞり返った。

「よし、出発だ」

枝野くんに指図した西森さんの立ち居振る舞いは、いちいち「島の実力者」っぽさを匂わせるのだが、なぜかあまり嫌な感じがしないのは、きっと本物の実力者だからだろう。背伸びをして偉そうに見せようという「嘘臭さ」がないから、むしろ清々しささえ漂わせている気がする。

枝野くんが車をスタートさせた。

開け放った窓から、心地いい風が流れ込んできた。

船酔いと島民に囲まれていたせいで気づかなかったけれど、この島には南国らしい花蜜の匂いのする風が吹いていた。山々の緑は濃密で、空は宇宙が透けて見えそうなくらいに青く、そして何より、コバルトブルーの海がまばゆい。

「翔、まずは村長に挨拶だな」

西森さんが言うと、枝野くんは予想外な返事をした。

「挨拶、いりますか?」

「そりゃ、いるだろう。この人の会社の社長さんと村長は知り合いだってんだから。なあ、あんた」

いきなり振られた俺は、「まあ、はい、そうですね」と合わせてみたものの、ちらりと運転席の枝野くんの横顔を見ると、憂いの絶対量が、さっきの三倍くらいに増えて見えた。

小さな港から、島民のほとんどが暮らしている「集落」までは、車で十五分ほどの距離で、村長の家はその近くにあるという。

山が多いこの島は、道路が細く、やたらとカーブが多かった。枝野くんは、のんびりと軽自動車を走らせた。都心だったら後ろからクラクションを鳴らされ、あおられるような速度だったけれど、この島に流れているゆったりとした時間には、ふさわしい速度なのかも知れない。

車内では、西森さんがマシンガンのようにしゃべり続けた。いわく、西森さんは五十路を迎えたばかりで、奥さんと一緒にガソリンスタンドとプロパンガスの販売を手がけているほか、六名しかいない村議会議員の一人でもあるとのことだった。言い方を変えると「島のエネルギーを牛耳った政治家」なのだ。これはやはり「実力者」と言うべきだろう。二人の娘はすでに小鬼ヶ島を出て、七丈島と大阪でそれぞれ暮らしているという。娘さんの話をするときの西森さんは、分かりやすいくらいに目が細くなっていた。きっと娘さんにはデレデレのパパに違いない。

一方の枝野くんは、七丈島の高校を出て、そのまま島に戻ってきた二十二歳で、帰島して以来ずっと西森さんの片腕として働いているとのことだった。話し方は淡々としているけれど、握手したときの印象どおり、やはり知性を感じさせる青年だった。

二人の話でちょっと興味深かったのは、島民の七割近くが「西森」と「東岡《とうおか》」という苗字だということだった。

「だからよ、この島では苗字じゃなくて、下の名前で呼び合うわけさ。あんたも『小島さん』なんて呼ばれてたら、よそよそしくて、島のみんなから距離を置かれちまうから、下の名前を使った方がいいぞ」

「なるほど、分かりました。じゃあ、西森さんは大樹さん、枝野くんは翔くんって呼ばせて頂いてもいいですか？」

「おう」

「はい」

後ろと横から承諾の返事をもらえた。

「じゃあ、俺たちも、佑って、下の名前で呼ぶからな」

いきなり呼び捨てを宣言されたけれど、まあ、俺より二〇も年長で、この島の「実力者」である大樹さんから「さん」づけで呼ばれるのはくすぐったいので、むしろそれもアリな気がした。

「はい。じゃあ、それでお願いします」と、俺は素直に頷き、別の話題を振った。

「あの、お二人は、るいるいさんのことって、何か聞いてますか？」

「さっきの本土ギャルのことか？」

「はい。彼女のことを連れていった三人の人たちも『歴代ナンバーワンの本土ギャル』とか言ってましたけど……」

「なんだ、佑、心配なのか？」

「いや、心配っていうか……、まあ、好奇心です」

俺は自分の胸に、好奇心でいいんだよな？　と問いかけながらそう答えた。

「あのべっぴんさん、まさか佑の女じゃねえよな？」

「えっ？　違います。たまたま同じフェリーで知り合っただけです」

「そうか。まあ、そうだろうな」

西森さんが、どういう意味で納得しているのかが、よく分かってしまうのが、ちょっぴり悔しい。

「ようするに『本土ギャル』ってのはよ、この島にある『居酒屋もじゃもじゃ』で働く本土出身の女の子のことだよ」

「アルバイト店員ってことですか？」

「まあ、そんなとこだな。住み込みで雇われるんだけどな、それまで働いていた娘が辞めると、次の娘を募集するわけさ。で、なるべく一年を通して『本土ギャルのいる店』にしとくのが、あの店のやり方なワケよ」

大樹さんは分かりやすく説明してくれたのだが、どことなくその口調に悪意が込められているような気もした。

「いわゆる『ヤバい店』ってわけじゃないですよね？」

と、俺は訊ねた。

「あはは。あそこがヤバいかって？　翔はどう思う？」

大樹さんは笑いながら、ずっと黙っていた翔くんに振った。

「ヤバくはないですけど——」

「けど？」

「あっちの人たちは、盛り上がると思います」

え、あっちの人？　盛り上がる？

俺が小首を傾げていると、大樹さんが「だろうな」と言った。最後に「ちっ」と、舌打ちしそうなくらいの言い方だ。

「あっちの人って、どういう人のことなんですか？」

気になったので、一応、訊いてみた。

「ざっくり言えば、店主のもじゃさん側の連中のことだな」

「もじゃさん……」

そう言えば、フェリーの甲板で、るいるいさんは「もじゃもじゃなおじさんのお店で働く」と言っていた。

「もじゃさんは、東岡玉三郎《たまさぶろう》さんっていう人なんですけど——」翔くんが補足をはじめてくれた。「赤毛のもじゃもじゃ頭がトレードマークになっているから、そう呼ばれてるんです」

「赤毛のもじゃもじゃって……、島では、かなり目立ちそうですね」

「ああ、遠くから見ても一発で分かるぞ。いつも派手なアロハを着てるジジイだしな」

「ですね」

「ジジイなんですか？」

「ああ、ジジイだ。翔、あのジジイ、何歳になる？」

「たしか、六五歳くらいだったと思います」

六五歳で、アロハを着て、赤毛のもじゃもじゃ頭――。

俺の頭のなかでは、かなりファンキーなじいさんの絵が浮かんでいた。るいるいさんは、つまり、そんなファンキーなジジイの飲み屋で働くのだ。あの意味不明なくらいに明るい性格からすると、それはまさに天職かも知れないけれど……。

そういえば、船酔いした俺を介抱してくれたとき、なんとなく男慣れした感じがするなぁ、と思っていたのだが、るいるいさんが水商売の人だと分かると、それも妙に納得してしまうのだった。

翔くんの運転する車は、いつのまにか高台の道路を走っていた。左手の遥か崖下には、青いセロファンみたいな海が広がっている。

「すごいなぁ、この見晴らし……」

ぼそっとつぶやいたら、翔くんが「島の見所は、こんなもんじゃないですよ」と言って微笑んだ。

「そうなの？」

「はい。佑さんを最高の絶景ポイントにお連れしますので」

ちょっと誇らしげな翔くんの言葉に、後ろから大樹さんものってきた。

「ここはカルデラの島だからな、外輪山に登れば見晴らしのいいところなんていくらでもあるわけよ。でも、まあ、島民からしたら、どうってことのない風景だけどな」

「ぼくらは見慣れてますからね」

「これ以上の風景と出会えるなんて、ほんと楽しみです」

おべっかではなく、本心で、俺はそう言った。

「おっ、クジラがお出迎えしてくれてるぞ」

大樹さんが、さらりと言った。

「えっ、クジラ?」

「いいか、十時の方向の海面をよーく見てろよ。沖合、五〇〇メートルくらいだ。もうすぐ潮を吹くからな」

大樹さんが言うと、翔くんが車を路肩に寄せて停めてくれた。俺は窓から身を乗り出すようにして、十時の方向の青い海を見下ろした。

すると——。

「うわぁ、ほんとだっ!」

コバルトブルーの海面から、プシューッと白い煙のようなものが吹き上がったのだ。

しかも、二つ。

「ありゃ、家族だな」

大樹さんが言うやいなや、二頭のクジラが海面から巨大な尻尾を出して、そのまま潜っていった。

「すご……」

と、言葉を失っている俺に、翔くんがさらっと言った。

「ときどき見られるんですよ。この島の周辺はクジラの通り道らしくて」

「初日からクジラを見られてよかったじゃねえか。よし、翔、車を動かせ」

「はい」

翔くんがゆっくりとアクセルを踏んだ。

窓から吹き込んでくる青い海風。

鮮やかな天然色の風景が、前から後ろへと流れていく。

俺は「はあ」と息をした。

この旅に出てから、船酔い以外では初となる、深いため息だった。


やがて車は、質素な家々が建ち並ぶ、島の集落へと入り込んでいった。

海が荒れても大丈夫なように、集落は海岸から少し離れた高台に作られていた。そして、そこからさらに坂を登ったところに、あまり手入れをされていない芝生の庭が広がっていた。庭の周囲には、いかにも南国らしく数本のヤシの木が青空に向かって伸びている。しかも、この庭は、海を見渡せるオーシャンビューだった。

翔くんの運転する車は、庭の芝生のすぐ手前で停まった。

「うっし、着いたぞ。ここが村長の家だ」

言いながら、大樹さんが車から降りた。

俺も降りたのだが、驚いたことに、まだ船酔いが続いているようで、足元が揺れている気がした。いわゆる「陸酔い」というやつだろう。

「ぼくは、ここで待ってますんで」

運転席に座ったまま翔くんが言うと、大樹さんは「駄目だ」と首を振った。「お前も来い」

翔くんは、小さく息を吐くと、あきらめたように車から降りてきた。

立派な家の玄関には大樹さんと同じ「西森」と書かれた表札が掛かっていた。

大樹さんが呼び鈴を押した。

すると――、

「はいよ～」

気楽な感じの声が、インターフォンから聞こえてきた。

「どうも、大樹です。例の人が港に着いたんで、お目通しと思って寄らせてもらいました」

「おお、そうか。ちょっと待ってな」

それから間もなく、立派な玄関の引き戸が開いた。

なかから現れたのは、ビターチョコレート色に日焼けした、ちょっとこわもての男

──西森憲一《けんいち》という名の村長だった。Tシャツに短パンに漁師サンダルという軽装なので、政治家には見えない。

「おお、こりゃどうも、あんたが救世主さんか」

言いながら村長はにっこりと笑った。笑うと、こわもてが愛嬌のある顔になる。

「救世主……と言いますと？」

俺は小首を傾げた。

「なーに、もう、とぼけちゃって。あんた、職場のエースなんでしょ？　社長からちゃんと聞いてるんだから」

ハハハと白い歯を見せて笑いながら、村長は俺の肩をぽんぽんと軽く叩いた。

「へえ。佑って、職場のエースなのか」

大樹さんも嬉しそうに笑って、丸太のような腕を組んだ。しかし、翔くんだけはニコリともせず、ただ、たいくつそうに大樹さんの後ろで突っ立っているばかりだった。

「ぼくがエースだなんて、とんでもないです」

俺は、謙遜のポーズを見せながら、社長の顔を思い出した。

くそ。村長に嘘をつきやがって……。

「本当は上がっていってもらいたいんだけどさ、俺、五年前に嫁に先立たれちまって、家のなかが片付いてないんだよな」

村長が照れ臭そうに後頭部を掻くと、それを見た大樹さんが、後ろにいた翔くんに言った。

「お前、家の片付けくらい、ちゃんと手伝えよな」

その言葉に「え？」と反応したのは、もちろん俺だった。「ここ、翔くんの家なんですか？」

「あれ、言ってなかったか？」大樹さんが「そりゃ、悪かったな」と笑う。

翔くんは、黙ったまま腰に手を当てて、面倒臭そうに眉尻を下げていた。どうやらこの父子、あまり仲がよろしくないらしい。

「ぼくはお庭で充分ですので。海を眺められて気分もいいですし」

空気を読んで、俺はそう言った。

「景色だけが、この家の取り柄なんだよね。あ、そういえば、さっき、ここから、救世主さんの乗ったフェリーが港に向かっているのを見てたよ」

「え、そうなんですか？　ぼくは、さっき人生ではじめてクジラを見まして、感動しました」

「おお、そうかい。よかったら、今度、うちの船でホエールウォッチングにでも行くかい？」

聞けば、この陽気な村長、腕っこきの漁師だそうだ。しかも、島の建設業者の元締めでもあるという。もちろん俺は「船酔い」を理由にホエールウォッチングは断った。

村長は、ふたこと目には、「男やもめは淋しいもんでさぁ」と言った。きっと再婚を望んでいるのだろう。ここまで聞いたなら、ついでに翔くんとの仲がしっくりきていない理由も知りたかったけれど、さすがにそこまでは突っ込めなかった。

「んじゃ、まあ、この島の活性化プランに関しては、救世主の佑さんにまるごと任せるから。必要なモノがあったら、何でも遠慮なく大樹か翔に言ってよ」

「分かりました。ありがとうございます」

「あと、おたくの社長に、宜しく伝えておいてくれるかな」

村長は、そう言うと、にこにこ顔のまま俺に近づいてきて、両手を差し出した。

その手を、俺も両手で握り返そうと思って——、空振りした。

なぜか村長の両手は、握手のポジションからすうっと上がって、そのまま俺の首を軽く絞めたのだ。

「え？」

なぜ、首を？

「よおし、今日から佑は、俺たちの仲間だな」

嬉しそうに言った村長は、俺の首を両手で軽く締めたまま、ぐらぐらと揺さぶりはじめた。

「えっ？　ちょっ、何を……」

さほど苦しくはないけれど、しかし、初対面でこれは、いくらなんでも馴れ馴れしすぎる。

この村長、ちょっとヤバい人なのだろうか——。

助け舟を出して欲しくて、首をぐらぐら揺すられたまま大樹さんを見た。ところが大樹さんは、当然、という顔で微笑んでいた。しかも、翔くんまでうっすら笑っているではないか。

つまり、この二人は、村長の悪ふざけには慣れっこということなのだろうか……。

初対面の村長に首を絞められ、ゆさゆさと揺すられながら、俺は思った。

つーか、何なの、この島――。


村長への挨拶を済ませた俺たちは、ふたたびボディに「西森燃料店」と書かれた白い軽自動車に乗り込んだ。

「うっし。んじゃ、島をぐるっと一周だ」

大樹さんの声をうけて、翔くんがアクセルを踏む。

坂道を下りた車は、そのまま島の外周道路を反時計回りに走り出した。

この島の形状は、かなり独特だった。

簡単に言うと、富士山の九合目から上が大海原にちょこんと突き出しているようなつくりなのだ。平地やビーチは集落のあたりにしかなくて、あとは急斜面の岩場に囲まれている。

「この外周道路はよ、斜面に作られてるから、よくあちこちで崩落するんだよ」

後ろのベンチシートから大樹さんの太い声がする。

「えっ、怖いですね」

車を走らせていて大丈夫なのだろうか……。

「でな、その崩れた道路を税金でひたすら補修し続けるわけよ。それがこの島の『終わり無き公共事業』ってやつ」

「その事業を、村長の建設会社が請け負って……」

言いながら、俺は運転席をちらりと見た。ステアリングを握った翔くんは、まっすぐ前を見たまま小さくため息をついた。そして、他人事みたいに言った。

「この島には進歩がないんです。壊れたところを補修するばかりで」

「だから翔、お前はそういうこと言うな。会社でエースの佑が、この島を進歩させてくれるんだからよ。そうだよな？」

「え？　まあ、はい。そうなるといいなと思ってますけど」

「けど、何だよ？」

大樹さんの声には威圧感があるから、俺はうっかり「いえ、何でもないです」と答えてしまった。

――そもそも俺はエースなんかじゃないっつーの！

と、心のなかで叫びながら。

しばらく走ったところで、翔くんが道端に車を停めた。

「佑さん、ここで降りてカルデラを上から眺めましょう」

言いながら翔くんはサイドブレーキをかけた。

「あ、うん」

「あそこから延びている階段を登ると、外輪山の山頂に行けるんです」

「その山頂から、カルデラが見下ろせるわけ？」

「はい」

「山頂までは、歩いて登るんだよね」

「そうですけど、標高は四〇〇メートルちょいなんで、わりとすぐですよ」

「俺は待ってるから、おめえらで行ってこい」

関取みたいな体格の大樹さんに登山はつらいのだろう。

俺と翔くんだけが車から降りて、さっそく苔むしたコンクリートの階段を登りはじめた。

そこは右も、左も、頭の上までも、鬱蒼とした枝葉で囲まれた、いわゆる「緑のトンネル」のような階段だった。足元にはバター色の木漏れ日が揺れている。

俺はすぐに息が切れて、ハアハア言いはじめたけれど、ひ弱そうに見えていた翔くんは意外にも汗ひとつかかず、ひょいひょいと身軽に登っていく。

中腹を過ぎたあたりから、ブーン！と低い羽音を立てる虫が飛び交いはじめた。しかも、登れば登るほど、その数は増えていき、しまいには俺たちの顔にバチバチぶつかってくるまでになった。

「この虫、ぜんぶカナブンだよね？」

「そうです。目に当たると大変なので、薄目にしてて下さい」

翔くんは平然と言って、さらに階段を登っていく。

カナブンって、こんなに大量発生するのかよ？

そもそも甲虫展を企画するくらいだから、昆虫はわりと好きな方ではあるけれど、ここまでの大群となると、さすがに気分が萎えてくる。

数分後――、俺たちはようやく頂上にたどり着いた。

「お疲れ様でした。ここが山頂です」

疲れ知らずの翔くんが、涼しい顔で言った。

「ふう……、想像以上にくたびれたなぁ」

俺は、額に滲んだ汗を手の甲で拭った。

山頂といっても、そこには何もなかった。ただ地面がコンクリートで円く覆われているだけだ。しかも、それが弓道の的のような模様になっているから、不思議な違和感がある。

「なんか、ＵＦＯの着陸地みたいなところだね」

「ですよね。子供の頃、そういう噂が立ちました。ちなみに、向こうに見えているのが、カルデラの風景です」

俺は言われるままに、島の中央部に広がる凹地を見下ろした。

「おおぉ、絶景だわ、こりゃ……」

口を開けたまま風景に見とれていると、その口のなかにカナブンが突入してきた。

「んぐっ、ぐはっ！　おええっ、ぺっ、ぺっ、ぺっ、ぺっ！」

俺は慌ててカナブンと唾を吐き出した。

そんな俺を見て、翔くんが吹き出す。

「この島で生まれ育ちましたけど、口にカナブンが入ったのを見たのは、はじめてです」

「俺だって、こんなのはじめてだよ」

言い返して、さらに何度も唾を吐いた。口のなかにカナブンの脚のトゲトゲした感覚が残って、それがなかなか消えない。

それにしても――。

この島のカルデラは衝撃的だった。

「なんだか、ジュラシック・パークみたいな景色だね……」

俺が言うと、翔くんは隣で頷いた。

「この島を訪れた人は、よくそれと同じことを言いますよ」

「だろうね。まるで映画みたいだもんな」

四〇〇メートル級の緑の外輪山に囲まれたカルデラは、円いジャングルの盆地になっていた。ジャングルのなかには白いコンクリートの舗装路が通されていて、その道路に沿って畑や各種の施設が並んでいる。

「この盆地がそのまま、火口なんだよね？」

「そうです」

「活火山？」

「はい。ただ、火山の活動度レベルは『C』なので、危険度は低いってことになっていますけど」

「へえ」と頷いてはみたものの、かつてここで噴火があったのだと思うと、ちょっぴり背中がぞくっとする。「このカルデラの直径って、どれくらいあるの？」

「だいたい二キロメートル弱ですかね」

「え、そんなもの？　もっとあるかと思った」

景色があまりにも雄大だから、実際より広く見えるのかも知れない。

「まあ、島自体が小さいですから」

「そっかぁ。いまにも翼竜のプテラノドンとかが飛んできそうな壮大さを感じるけどなぁ」

「ぼくらは見慣れちゃってるんで、とくに何とも思わないんですけどね。ちなみにカルデラのなかに入ると、地面があったかいんですよ。小さな地熱発電所があったり、蒸気をそのまま利用して食べ物を蒸したりする施設もあります」

「さすが活火山だね。ガイドブックで見たけど、温泉もあるんだよね？」

「はい。あそこに白いコンクリートの建物がありますよね？」

翔くんが、カルデラのちょうどまんなかあたりを指さした。

「うん。あるね」

「あれが小鬼ヶ島温泉の施設です」

俺は思わず「え……」と、声に出してしまった。というのも、山頂から見ると、その施設は公衆トイレくらいのサイズに見えたのだ。

「わりと小さい温泉だね」

「家庭の風呂に毛が生えたレベルの施設ですから」

考えてみれば、島民すべてあわせても一九九人しかいないし、観光客だってほとんどいないのだ。下手に立派な温泉施設などを造ってしまったら、それこそ大赤字になってしまうだろう。

俺たちがしゃべっている間にも、身体のあちこちにカナブンが激突してきて、微妙にイライラする。

「畑とか、ビニールハウスもけっこうあるんだね」

「はい。火山の地熱を利用してパパイヤとかランとか、いわゆる熱帯の植物を栽培しているんです。ここ数年、島のビジネスとして徐々に広まりつつあるんですよ」

「へえ。そうなんだ」

俺は、ポケットからスマートフォンを取り出して、カルデラの絶景を撮影した。

「カルデラのなかにも民家があるみたいだけど、人は住んでるの？」

「まだ十数世帯ですけど、少しずつ住む人が増えてきました。ほとんどは畑を開拓した農家たちです」

「ふうん」

人間って、その気になれば、どこにでも住めるんだなぁ——、と感動していたら、背後から清々しい風が吹いてきた。

その風に誘われて、俺は後ろを振り返った。

そこにはコバルトブルーの大海原、そして雲ひとつない青空が広がっていた。

「おお、水平線が丸く見える。ここは本当に絶景スポットだね」

「そう言ってもらえてよかったです」翔くんは美しい顔でにっこり笑うと、「じゃあ、そろそろ下りましょうか」と言った。

「うん」

と頷いたら、おでこにカナブンが激突してきた。

山から下りたあとも、翔くんの運転する車は、島の外周道路を進み、やがて小鬼ヶ島を一周して、もとの集落へと戻ってきた。

「佑、一周まわってみて、どうだ？」

後部座席の大樹さんに聞かれて、俺は答えに窮した。というのも、とくに何もなかったのだ。俺の目に入ったのは、青い海と茶色い崖と緑の外輪山、以上——という感じだった。

「どこを見ても絶景だなぁ、と思いました」

当たり障りのない返事をしてみたつもりが、運転席の翔くんがくすっと笑った。

「そう言うしかないですよね」

「え？」

「だって、何もないんですから」

「あ、いや、そういう意味じゃなくて……、広々してて爽快というか」

俺は、むしろ、大樹さんを怒らせたくなくて、後ろを振り返りながら言い訳がましく言った。

すると――、

「ああ、そうかい」

「え？」

「なんちゃってな」

爽快と「そうかい」をかけた駄洒落を言ったのだろう、大樹さんは一人で盛大に笑い出した。

「まあ、島の外周は、とくになんもねえわけよ」

「はあ……」

「これから、軽く集落のあたりを流して、ざっと案内をして、佑に使ってもらう部屋まで送り届けるからよ」

「あ、はい」

助かった……。島の外周は「何も無い」で正解だったのだ。

俺は思わず安堵のため息をつきそうになった。

翔くんは、引き続きステアリングを握ったまま、寂れた漁師町のような集落のなかを走り出した。

長いこと区画整理をしてこなかったのだろう、家々の間に延びる道路はとても狭いうえに、やたらとカーブが多く、まるで迷路のようだった。

集落の真ん中には、一本の川が流れていた。

川幅は十メートルほどだろうか。あまり大きな川ではないし、水量も少ない。それでも流れている水は炭酸水のように澄んでいた。

川に架かる橋を渡るとき、翔くんが前を見たまま言った。

「この川は、集落のちょうど真ん中を流れているので、そのまま中川と呼ばれています」

「覚えやすい名前だね」

「はい。もっと言うと、この川の上流から下流を見て、左手が西地区、右手が東地区と呼ばれているんです」

「なるほど、単純明快だね」

俺が頷きながら言うと、大樹さんが補足説明をはじめた。

「そうは言っても、公式には、そんな地区の名前はねえんだけどな。なにしろ、この島には番地すらねえんだからよ。だから郵便物も『小鬼ヶ島村　西森大樹』って書けば、それだけで俺んちに届くわけさ」

「じゃあ、どうして、わざわざ西地区、東地区なんて呼ばれているんですか？」

俺は素朴な疑問を口にした。

「それは、まあ……、いろいろあるわけよ」

「え、いろいろって……」

と言いつつ、俺は翔くんを見た。

しかし、翔くんは、黙って車を走らせるばかりだった。

小さな集落にひしめくように立ち並ぶ木造の家々は、どこも潮風と陽光にさらされて古びて見えた。そんななか、小中学校と村役場だけは、わりと新しい鉄筋コンクリートの建物だった。その他に、俺が案内された場所は――、よろず雑貨が売られている島で唯一の商店「よしだや」と、大樹さんが営むガソリンスタンドとプロパンガス店がくっついた「西森燃料店」。そして、島の名産品である「小鬼ヶ島焼酎」を造っている小さな焼酎蔵の三箇所だった。

集落から少し外れた緑の山のふもとには、神社の鳥居があった。塗装が剝げて苔むしたその鳥居は、すでに木が腐りかけているようだ。

「この鳥居をくぐって山中の階段を登っていくと、小鬼ヶ島神社があります」

車を停めた翔くんが、ステアリングを握ったまま教えてくれた。

「ずいぶんと森の奥に行く感じだね。階段も急だし」

「よかったら、登っていきますか？」

「え……、今日はいいや。さっき山登りはしたし」

どうせ登ったところで、たいした神社があるわけでもないだろう。俺は勝手にそう思って首を振った。

「よし、んじゃ、翔、そろそろ公民館に向かえよ」

翔くんがアクセルを踏む。

「はい」

例によって、大樹さんが指示し、翔くんがアクセルを踏む。

「公民館で、何かあるんですか？」

俺が訊ねると、大樹さんが小さく笑った。

「何もねえよ。佑に使ってもらう部屋に連れてくんだ」

「えっ？　ぼくは公民館に寝泊まりするんですか？」

後ろを振り返って訊いたら、大樹さんが吹き出した。

「んなわけねえだろ。公民館の二階が来客用の宿泊施設になってて、そこが佑のねぐらってことだ」

「ねぐらって……。旅館とか、民宿とかじゃないんですか？」

「はぁ？　ぜひともオーシャンビューの部屋にして下さいって、電話で俺に言ったのは、佑だろうが？」

「あ――」たしかに、先日、電話で打ち合わせをしていたとき、調子にのってそんなことを言った気がする。「ぼく、言いましたね、それ」

「だろ？　まあ、心配すんなって。悪いところじゃねえから」

「はい……」

俺と大樹さんの会話をよそに、翔くんはすいすいとステアリングを切って、中川沿いを上流に向かっていく。

村長さんの家（つまり翔くんの家）の前を過ぎて、少し行ったところに、その公民館はあった。

鉄筋コンクリートの二階建て。

僻地の島にしては、まずまずの建物だ。

駐車場──というか、公民館の前の空き地らしき場所に翔くんが車を停め、三人そろって車から降りた。

「よし。佑は荷物を下ろせよ」

「あ、はい」

言われるままに俺はハッチバックの荷台から旅の荷物を下ろした。

「じゃあ、翔、あとは任せたぞ。俺は車で戻って、ちょいと例の仕事をすっからよ」

「はい」

「夜は、一徹《いってつ》だからな」

「分かりました」

「んじゃ、佑、また後でな」

「え？　あ、はい」

大樹さんはさっさと車に乗り込むと、グワン、グワン、とエンジンを唸らせて一人で帰ってしまった。

「じゃあ、佑さんの部屋に案内します」

「うん」

俺は大きな荷物を背負い、歩き出した翔くんに従った。

翔くんは公民館の裏手に回り込むと、そこにあった外階段を使って二階へと上った。

公民館の二階には、二つのドアがあった。

「左側が、佑さんの部屋になります」

ドアの上には「西」と書かれたプレートが貼られていた。もうひとつのドアの上には「東」とある。西側の部屋と東側の部屋という意味だろうか？

翔くんがポケットから鍵を取り出して、ドアを開けた。

「どうぞ」

促されるまま、玄関で靴を脱ぎ、なかへと入る。

「けっこう広いね」

「一人暮らしには充分だと思います」

広いキッチンのついたＬＤＫと八畳の和室。いわゆる１ＬＤＫだ。バス・トイレは別。

カーテンを開けてベランダに出たとき、俺は思わず声をあげていた。

「うわぁ、本当にオーシャンビューだ」

下り斜面の遥か向こうに、青々とした大海原が広がっていたのだ。

「気に入ってもらえましたか？」

「うん。めちゃくちゃ気に入ったよ」

そう言って、俺は、海を眺めつつ思い切り深呼吸をした。

「この部屋は、島を訪れてくれたゲスト用の宿泊施設なんです。集落にはいくつか民宿もあるんですけど、見晴らしはここがいちばんいいので」

「そっか。で、ご飯は、どうすればいいの？」

俺は、気になっていたことを訊いた。

「川沿いの坂道を下ったところに、島料理を食べられる飲み屋があります。あと、あらかじめ電話で予約をしておけば、近くの民宿で朝食もお昼ご飯も食べられます。さっき通った『よしだや』さんで、食料を買い置きしておくのもアリだと思いますよ」

「オッケー。ようするに、ここはコンドミニアムってやつだね」

「そういうことです」

それから翔くんは、電気とガスの器具の使い方や、ブレーカーと元栓の場所、風呂の使い方、炊飯ジャーの使い方まで説明してくれた。まさに至れり尽くせりだ。

そうこうしているうちに、開け放った窓の向こうの空が透明感あふれるレモン色に変わりはじめていた。

「じゃあ、そろそろ『一徹』に行きますか」

「イッテツ？」

「あ、さっき言った、島料理を食べられる飲み屋です。正式には『島寿司屋 一徹』っていう店なんですけど。そこで、大樹さんと待ち合わせしてるんです。三人で佑さんの歓迎会をやろうってことで」

そういえば、車を降りたときに大樹さんも「夜は、一徹だからな」と言っていた。

「そっか。なんか、悪いね」

「いえいえ。じゃあ、行きましょうか」

「うん」

俺は貴重品だけを持って部屋を出た。そして、翔くんと二人、ぶらぶらと川沿いの坂道を下っていく。

さっきまでレモン色だった空が、濃厚なオレンジ色に変わり、その色彩が海水に染み込んで――、海はまるでオレンジジュースがたゆたっているかのようだった。

「きれいな夕暮れだなぁ……」

都会の暮らしを思いながら、俺はつぶやいた。

「何もないところですけど、自然だけはきれいなんです」

俺は危うく「ほんとだよね」と言いそうになって、空咳でごまかした。そして、続けた。

「自然がきれいって、最高だと思うよ。都会じゃ、こんなふうに深呼吸をしたいなんて思わないもん」

「そうですかね」

「そうだよ」

「でも、自然ばかりだと、それはそれで――」

翔くんは最後まで言わなかったけれど、言いたいことは伝わってきた。

「うん。そういう気持ちも分かるけど」

「やっぱり、無い物ねだりなんですかね、人間って」

翔くんは、オレンジ色の空を見詰めながら言った。

「そうかもね」

俺も、同じ方向を見上げて、素直に答えた。

すると、翔くんが「ふう」と湿っぽいため息をついたので、俺は少し気になっていたことを口にしてみた。

「翔くんはさ、七丈島の高校に通ったんでしょ？」

「はい」

「その三年間は、寮生活だよね？」

「そうですけど……」

「どうして、卒業後に戻ってきたの？　少なくとも、向こうの方が観光地化されてるし、この島よりはずっと都会じゃん？」

すると翔くんは、「まあ、そうですけど……」と、言い淀んで、ちらりと俺を見た。

そして、「なんとなく、ですかね」と小さく笑って見せた。

「なんとなく？」

「はい」

眉を少しハの字にした美青年の笑みの裏側には、何らかの秘めた想いがあるような気がして——、だから俺はもう、それ以上の詮索はやめることにした。

「そっか。まあ、人生いろいろだもんね。なんとなくってこと、あるよね」

翔くんは、黙ったまま小さく頷いた。

俺の問いかけに翔くんが声を出さずに「返事」をしたのは、これがはじめてだった。

俺たちは川沿いの坂を下り切って、島の外周道路に着いた。

右手を見ると、中川を渡る橋がある。

その橋のたもとに「島寿司屋一徹」と書かれた看板が掛けられた木造の平屋があった。

「あそこが『一徹』です」

と翔くんが言う。

「うん」

頷いた俺は、ちょっと気になったことを訊ねてみた。

「あっちの赤提灯の店は?」

橋を渡った向こう側にも、飲み屋らしき木造の平屋があるのだ。

「あっちは『居酒屋もじゃもじゃ』です」

「あれが、例の……」

るいるいさんが「本土ギャル」として働くという、噂の居酒屋か——。

「じゃ、入りましょうか」

「え?」

「店に」

「あ、うん」

翔くんは、ガラガラと引き戸を開け、「一徹」と書かれた紺色の暖簾をくぐった。俺もその後に続く。

店内は、思いがけずこぎれいで、畳の座敷とテーブル席に分かれていた。まだ開店したばかりなのだろう、俺たち以外のお客の姿はなかった。

カウンターの奥では、白髪を角刈りにした頑固そうな大将が、黙々と包丁を振るっていた。深いシワのあるおでこには、ねじり鉢巻がキュッと巻かれている。

「虎徹《こてつ》さん、どうも」

翔くんが言うと、名前を呼ばれた大将が、ゆっくりと視線を上げた。年齢は六五歳くらいだろうか。昭和の任侠ものの映画に出てきそうな男臭いコワモテが、じっと俺を見据えた。視線で「誰だ、お前は?」と言っている。

「あ、あの、はじめまして」

その迫力に気圧された俺は、つい、へこへこと頭を下げながら中途半端な挨拶を口にしてしまった。

「虎徹さん、この人が、例の小島佑さんです」

「おう、そうかい」

しゃがれた低音ボイス。声まで渋すぎる。

「よ、宜しくお願いします」

なるべく愛想よく言ったつもりなのに、虎徹さんは俺の言葉には応えず、「ん」と顎で店内を指し示した。適当な席に座れ、とでも言っているのだろう。

「佑さんは、生ビールでいいですか?」

「え？　あ、うん」

「虎徹さん、生を二つ頂きます。料理は――、もうすぐ大樹さんも来ますんで、それまでは、お任せで」

「ん」

たった一文字の、渋すぎる返事。

いいキャラしてるなぁ……。

俺は、そっと嘆息しつつ、ふたたび包丁を振るいはじめた虎徹さんの白髪を眺めた。

翔くんはカウンターの上に並べられたジョッキを二つ手にして、隣に設置された生ビールサーバーで勝手にビールを注ぎはじめた。

「ここ、セルフサービスなの？」

虎徹さんに聞こえないよう、小声で訊ねた。

「はい。飲み物はセルフです。冷酒と焼酎は、あの冷蔵庫から取って飲めばいいですし、氷はこの製氷機のなかにあるものを使います。あと、グラス類はここにありますので」

翔くんが、ざっくりとこの店のルールを教えてくれた。

「そっか。分かった」

「虎徹さんが一人で切り盛りしている店なんで、お客さんたちが手伝わないと回らないんです」

「なるほど」

「あ、ちょっと泡が少なかったかな」

二つ目のジョッキにビールを注ぎながら、翔くんが肩をすくめた。なんとなく、だけど、大樹さんがいないときの翔くんは、少し口数が多くなる気がする。

「大丈夫だよ。俺、泡がなくても平気だから」

「すみません、下手くそで」

泡が少なめのジョッキを二つ手にした翔くんは、「大樹さんは奥の席が好きなんで、座敷に上がりましょう」と言って、小上がりの席に着いた。そして、大樹さんが来る前に、二人ではじめることにした。

「ええと、佑さん、宜しくお願いします」

「こちらこそ」

「では、乾杯」

「乾杯」

俺たちはテーブル越しにジョッキを軽くぶつけ合った。

よく冷えたビールを喉に流し込んで「ぷはぁ」とやったら、なんだか急に、遠くに来たなぁ——という気持ちになった。と同時に、すうっと肩の力が抜けた気がした。自分では気づかなかったけれど、あの揺れまくるフェリーのなかからずっと、心のどこかがこわばっていたらしい。

翔くんも、ビールを飲んだら、少し表情が柔和になったように見えた。

と、その刹那——、

「おまち」

いきなり俺の斜め後ろから渋い声が聞こえて、ギョッとした。慌てて振り向いたときにはもう、虎徹さんがお通しをテーブルに置いて、立ち去ろうとするところだった。まったく気配を感じさせずに、ここまで近づいてくるなんて……。

「びっくりしたぁ。全然、足音がしなかったよ」

虎徹さんが戻ってから小声で言ったら、翔くんがちょっと目を細めた。男の俺が見てもドキッとするような美青年の笑みだ。

「虎徹さんは、いつもそうなんです。ゴルゴ13みたいに、あっさり背後を取るんですよ」

「なんか、存在感も、ちょっと似てる気がするなぁ」

「分かります」

「ねじり鉢巻の、和製ゴルゴ」

「まさに、それですね」

俺たちは、ひそひそ声でしゃべり、声を殺して笑い合った。

しばらくすると、お客が一人、二人と暖簾をくぐってきて、そのまま十数人にまで増えた。なぜか、入ってくるのは男ばかりで、みな翔くんに「おう」と軽く声をかけたあと、好奇心丸出しで俺に話しかけてきた。なかには、「あんた、この島を助ける救世主だけに、タスクっていうんだって?」などと、やたら馴れ馴れしい感じの人もいた。そんな彼らに共通していたのは、今日の俺の行動をまるごと知っている、ということだった。港に着くなり金髪の本土ギャルと腕を組んで上陸し、大樹さんの車に乗り込んで、村長に挨拶したあと、島をぐるりと一周し、その後、ざっくり集落のあたりを見て回ったことまで、ぜんぶ知られているのだ。なかには「さっそくクジラを見たんだって？」などと、細かすぎることを言いはじめた人がいて、それにはさすがに閉口した。

「この島では、隠し事はできないね」

なかば恐怖を覚えつつ、小声で翔くんに言うと、美青年は困ったような顔で頷いてくれた。

「そうなんです。それが、ちょっと――」

ちょっと、の続きは、言わずとも知れた。だから俺は、あえてその先は訊かずにスルーした。

それと、もうひとつ、俺はあえて翔くんに訊かずにいることがあった。それは、島民たちが翔くんに声をかけるときに見せる微妙な違和感についてだった。もしかすると俺の思い過ごしかも知れないのだが、どこかよそよそしいというか、腫れ物に触るような感じに見えたのだ。もっと言えば、彼らに対する翔くんの受け答えもまた、表面だけを取り繕ったようで、発する言葉の歯切れも悪い気がしていた。

やっぱり父親が村長なんかをやっていると、いろいろ妬《ねた》まれたりするのかも知れないなぁ……。

そんなことを考えながらジョッキを傾けたとき、店の玄関の引き戸が勢いよく開いて、潑剌《はつらつ》とした太い声が店内に響き渡った。

「おお、待たせたな」

大樹さんの登場だ。

カウンターに向かって「虎徹さん、どうもね」と手をあげたあと、大樹さんは店内にいる島民たちに声をかけながら座敷に上がってきた。そして、翔くんの隣にどっかりあぐらをかいた。すると、お客の一人が生ビールを注いで大樹さんの前に置いた。

「大樹さん、生ビールでしょ？」

「おう、悪《わ》りいな」

このやり取りを見ただけで、大樹さんの島での序列の高さが分かる。さすがエネルギーというライフラインを握った村会議員だ。

「うっし、佑、乾杯だ」

「あ、はい」

あらためて三人で乾杯をした。大樹さんが喉を鳴らすと、中ジョッキはひと息で空っぽになってしまった。

二杯目のジョッキを自ら注ぎながら、大樹さんは「おーい、虎徹さーん」と大声を張り上げ、次々と食べ物を注文した。そして、テーブルに出された料理を片っ端から胃袋の中へと流し込んでいくのだった。

正直なところ、この小さな南の島では、あまり美味しい魚料理を期待していなかった。しかし、虎徹さんの料理の腕は、そんな俺の予想を良い意味で裏切り続けてくれた。

トビウオの刺身は角がピンと立つほど新鮮だし、メダイの炙りは舌を包み込む脂が上品で甘かった。珍しいマンボウの刺身の肝和えや、岩海苔をのせた握り寿司なども「いぶし銀」の味わいで、いちいち俺を唸らせてくれた。

「せっかくこの島に来て『一徹』に入ったからには、小鬼ヶ島寿司を食べねえとな」

大樹さんはそう言うと、虎徹さんに人数分の寿司をオーダーした。

やがてテーブルに並べられたそれは、いわゆる刺身の「漬《づ》け」をのせた握り寿司だった。本日の魚種は、シマアジ、アカサバ、カンパチだという。

「アカサバって、皮が本当に赤いんだ……」

俺がつぶやくと、翔くんが「これはサバの仲間じゃなくて、正式にはハチビキって言うらしいですよ」と教えてくれた。

「能書きはいいから、まあ、食えよ」

大樹さんに言われて、俺はアカサバから頬張ってみた。

薄口の漬け醤油の風味と、やや甘めのシャリ。癖のない白身も含めて、うん、美味しいじゃん、と思いかけた次の瞬間――。

「ん？　んぐっ！」

俺は目を見開いて、大樹さんと翔くんを見た。

大樹さんはニヤニヤ、翔くんは苦笑したような顔で、俺を見ている。

「か、か、辛いんですけどっ」

なんと、寿司ネタとシャリの間には、ワサビではなく、たっぷりの黄色い辛子が挟まれていたのだ。

「がははは。最初は辛いだろうけど、よーく嚙んで味わってみろ。そのうち、シャリの甘さとネタの旨味がいい具合にしてくれっから」

嘘だろっ——と胸裏で叫びながらも、とりあえず大樹さんの言うとおり咀嚼を続けていると……、たしかに、口のなかの辛みがじわじわと旨さに変わっていくような気がするのだった。

しばらくして、俺は、なんとか飲み込むことに成功した。

すると、大樹さんが笑いながら続けた。

「で、飲み込んだ後は、この小鬼ヶ島焼酎で舌を洗うわけよ。ほれ、飲め」

大樹さんが焼酎の水割りが入ったグラスを差し出してくれた。それを受け取り、舌の上で転がして、ごくりと飲む。

なるほど——、さっきまで火を入れたようだった口のなかが、不思議なくらいにスッキリしたではないか。

「本当ですね。なんか、この食べ方というか、飲み方というか……、ちょっとアリな気がします」

「だろ? 佑も慣れてくれれば癖になるぞ。今日は俺のおごりだから、じゃんじゃん食え」

嬉しそうに目を細めている大樹さんと翔くんを見ていたら、ふと、胸の奥の方からため息が込み上げてきた。俺は慌てて二口目の焼酎を口に含み、ため息と一緒に飲み込んだ。

島の食べ物をちょっと褒めただけで、こんなにも喜んでくれる人たちにたいして、なんだか申し訳ないような気分になってしまったのだ。

というのも、俺は、この島のために、まじめに仕事をする気などさらさらないわけだし――、もっと言えば、会社の経費でバカンスを楽しむために来島したのだ。

そんな俺のことを、二人はこうして歓迎してくれて、しかも、他のお客たちも「救世主」だなんて言ってくれる。会社で「無能」扱いされ続けてきた俺のことを……。

「ん？　どうした、佑」

「あ、いえ」

もやもやしはじめた心にフタをしようと、俺はシマアジの握りを頬張った。そして、辛さで涙を浮かべながら、これはバカンスだ、有給休暇なんだ、と自分に言い聞かせるのだった。

しかし、大樹さんの「接待」は、そこからさらに盛り上がってしまった。

「おう、佑、イケるじゃねえか。よし、虎徹さーん、ここらで一丁、『からし巻き』を一人前たのむわ」

大樹さんが大きな声で注文すると、店内のお客たちが、なぜか「おおおお！」と声を上げてこちらを見た。

「え？　からし巻きって……」

名前からして嫌な予感がした俺は、助けを求めるつもりで翔くんを見た。

すると翔くんは、美しい形の眉をハの字にして、ため息のように言うのだった。

「あれは、けっこうきますよ」

「がははは。佑は男だ。イケるだろ」大樹さんは、まるっきりいたずら坊主みたいな顔をしていた。「島寿司の辛子もそうだけどな、この島にしか生えてねえ、珍しいからし菜から作られた辛子をたっぷり味わえるからよ。みんなに男を見せてやれよ、佑」

「お、男って……」

そうこうしていると、死神のように音を立てない虎徹さんが、俺のすぐ背後で「おまち」と言って「からし巻き」とやらをテーブルに置いていった。

「こ、これは、さすがに……」

俺は、思わずつぶやいていた。

というのも、「からし巻き」とは、つまり、軍艦巻きのウニを辛子に代えただけのモノだったのだ。なんて阿呆な食べ物だろうか。

「いいか、佑。この『小鬼ヶ島辛子』は、世界でこの島にしか生えてねえ貴重なからし菜からつくる辛子でな、世界有数の辛さを誇るんだ。でも、さっきみてえに根性で嚙み続けてりゃあ、不思議とじわじわ慣れてくる。コツは、鼻をつまんで食うことだ。よし、みんなに男を見せてやれ」

気づけば、店内にいた客たちが、俺のテーブルの周りに集まっていた。みな、俺のチャレンジを見物しに来たのだ。

「頑張れ、救世主」

「あんたなら、できる」

口々に勝手なことを言う傍観者たち。

ふざけんな。こんなの、食えるかよ――。

声に出さずにボヤいていたら、あろうことか「佑コール」がはじまってしまった。

タ・ス・ク！　タ・ス・ク！　タ・ス・ク！

くそっ。もう、どうにでもなれ！

俺はあきらめて左手で鼻をつまんだ。そして、黄色い辛子がてんこ盛りになった軍艦巻きを右手でつかむと、思い切って口のなかに放り込む。

「ん、ぐぐう、うう、ぐぁあうう……」

脳天がしびれるほどの辛さに目を白黒させながら、俺は必死に咀嚼した。きつく鼻をつまんでいるのに、鼻の奥があり得ないほどツーンとして涙腺が一気に崩壊した。

「噛め！　佑、噛め！」

遠くから聞こえる大樹さんの太い声。

意識の彼方を揺らす佑コール。

ぼろぼろと涙をこぼしながら、俺は、噛んで、噛んで、噛みまくり、そして、なんとか飲み込んだ。

「よし、ほれ、飲め」

誰かに差し出されたグラスを手にして、島焼酎で舌を洗った。しかし、今回はそれだけでは済まず、がぶがぶと飲んで、ひりつく喉も洗いまくった。

二杯目の焼酎のグラスを飲み干したとき――、俺は盛大な拍手に包まれていた。

「おお、よくやったぞ、佑。これが『泣きの西』ってやつだ。やせ我慢して食べ切った瞬間から、お前はこの島の『西の男』として認められたからな」

わけの分からない大樹さんの解説を聞きながら、俺はおしぼりを顔に当てていた。とにかく涙が止まらないのだ。

「みんなも応援ありがとな。今日から佑は西の仲間入りだからよ。宜しく頼むぜ」

大樹さんが言うと、拍手が一段と大きくなった。

ようやく涙が止まった頃には、集まっていたお客たちも元の席に戻っていた。俺は大樹さんに訊いた。

「さっきの『泣きの西』っていうのは、この島の習慣なんですか」

「おう、そうだ」

「ってことは、東にも何かあるんですか？」

すると大樹さんは、急に興ざめな顔になってしまった。

「まあ、あるっちゃ、あるけどな。あっちは『笑いの東』っつーんだ」

「笑いの東？」

俺は翔くんを見て言った。

「まあ、はい。そう言われてます……」

泣きの西と、笑いの東。

「なんなの、それ？」

「おい、佑よぉ、お前、せっかく西の男になったんだから、軟弱なあっちのことなんてどうでもいいだろう。うだうだ言ってねえで、虎徹さんの美味《うめ》え料理を食えよ」

あっち——って、なんだ？

俺は喉元まで出かかった台詞をぐっと呑み込んだ。というのも、そのとき俺のすぐ傍に険しい顔をした虎徹さんがヌッと現れた——と思ったら、いきなり両手を差し出してきたのだ。

「は……？」

と固まりかけた俺は、なんとなく反射的にその手を両手で握り返そうとした。

すると、昼間と同じことが起きたのだった。

虎徹さんの両手が、差し出した俺の手をすり抜けて上に上がってきて、そのまま俺の首を絞めたのである。

「えっ？　ちょっ、こ、虎徹さん？」

両手で軽く締められた首を前後にぐらぐら揺さぶられながら、俺は思った。

マジかよ、このオッサンも村長と同じパターンのヤバいやつなのかよ。

「あんた、アレをよくぞ食べ切った」

俺の首をぐらぐら揺さぶりながら渋い声でそう言うと、虎徹さんは手を離した——と思ったら、そのままくるりと踵を返して厨房へと戻ってしまった。

な、なんだったんだ、いまのは……。

呆然とした俺は、説明を求める顔で大樹さんと翔くんを見た。しかし、なぜか二人は、そんなことはどこ吹く風といった表情をしている。

「ところで、佑よぉ」大樹さんは、俺の感情を完全に無視してしゃべり出した。「この島のいちばんの問題は、島民たちが退屈すぎることなんだ。暇だから、人の噂話ばっかりして、あちこちでギスギスしちまう。今日だって、ひと目、佑を見てやろうって、港にあんなに人が集まったけど、あれも、みんな暇だからなんだよな」

「はあ……」

俺は、首を揺さぶられた余韻を味わいながら、そうじゃないでしょう、と思っていた。島民たちは、俺じゃなくて「本土ギャル」のるいるいさんを見にきたに違いないのだ。

「だからよ、都会の一流企業で『エース』と呼ばれる佑の知恵と経験で、この島から退屈っていう鬼を追い払って欲しいわけさ。ついでに、島にコレが落ちるようになったら、さらにいい。そういう活性化プランを頼むぜ」

コレ、と言ったとき、大樹さんは人差し指と親指で輪っかをつくっていた。ようするにカネだ。

「………」

一流企業。エース。退屈という鬼。カネが落ちるように。

かなりツッコミどころが満載だったけれど、俺は黙っていた。なぜなら、お偉方である大樹さんが、両手をテーブルに突いて、ぺこりと頭を下げたからだった。

「このとおり、宜しく頼む」

「え？　あ、ちょ、やめて下さい。頭を上げて下さい」

慌てた俺がそう言うと、大樹さんは冗談みたいな素早さで顔を上げた。と思ったら、さっそく元の尊大な口調に戻ったのだった。

「でな、そのプランのことなんだけどよ」

「あ、はい……」

「中川よりも西側の方が、島の見どころも多いわけだし、西をメインに盛り上げて欲しいわけさ」

「え？」

「昼間、言っただろ？　中川を挟んで西と東に分かれてるって」

「はい」

「その西側をメインにしろって言ってんだよ」

「ええと、ようするに、西側がいっそう活性化するプランを、ってことですか？」

「ああ。そこんとこ頼むぞ、佑」

頭のなかに「？」をたくさん浮かべながら「はあ……」と頷いたら、大樹さんが焼酎のボトルを手にして、どぼどぼと俺のグラスに注いでくれた。

「よおし。契約は完了。つーわけで、明日、俺は忙しいからよ、翔がガイド役になって、車で島を案内すっから。気になることとか、見てみたいところとかあったら、遠慮なく翔に言えよな」

「あ、はい」

頷いて、翔くんを見た。

「どこにでもお連れしますんで」

そう言って、翔くんは小さく頷いた。

俺は、ほとんどストレートの焼酎を飲みながら、ほろ酔いの頭で考えた。

明日からは、島巡りの観光をして、夜は美味しい酒と肴を味わい、オーシャンビューの家でゴロゴロしたりもして、のんびりとバケーションを堪能するのだ。たまたま仕事のいいアイデアが浮かんだら、それを会社に報告してやろう。

で、この島に飽きたとき――、島からも、会社からも、さようならだ。

大樹さんにご馳走になって、俺たちは店を出た。

勢いに任せてたらふく飲み食いしたので、きつくなったお腹のベルトを少し緩めた。

街灯の少ない島の夜は暗く、耳鳴りがしそうなほどに静かだった。山から吹き下ろす初夏の夜風に包まれた俺は、自然と深呼吸をしていた。

「どうだ佑、美味かっただろ？」

「はい。途中は、激辛で舌が麻痺しましたけど」

「がははははは」

大樹さんはご満悦といった感じで笑うと、大きなお腹をポンッと盛大に叩いた。

すると、中川の対岸にある「居酒屋もじゃもじゃ」の方から陽気な笑い声が洩れ聞こえてきた。

「なんか、あっちも楽しそうですね」

俺は、暗がりに浮かぶ赤提灯を眺めた。

「あっちは、やめた方がいいぞ」

大樹さんは、すかさず否定した。

「どうしてですか？」

さすがに気になって、俺は直球で訊いた。すると大樹さんは、腕を組んで「うーん」と唸ったあと、「佑は口が固いか？」と逆に訊かれた。

「もちろんです」

酔った勢いで俺は頷いた。

「じつはな、この島の山には、夜になると青く光る珍種の笑い茸が生えるんだ」

「え……、食べると笑っちゃうっていう、毒キノコの？」

「まあ、そういう類なんだろうな。まだ本土には知られてねえというか、バレてねえから、学名すら付いてねえキノコなんだけどよ、一応、この島ではヒカリダケって言って、昔から毒はねえってことになってるわけさ」

そんなことって、あるの？

さすがに俺も驚いて、「はぁ……」と変な返事をしてしまった。

「でな、あの店のオーナーのもじゃさんはよ、元々はヒッピーみたいな人で、ヒカリダケを島の焼酎に漬けて、それを夜な夜なみんなで飲んで、げらげら笑ってるんだ」

そこまで聞いて、俺はハッとした。

「あ、それで『泣きの西』にたいして『笑いの東』って――」

「そういうことだ」

大樹さんが、深く頷いた。

「ってことは、もしかして、島の西側には辛いからし菜が生えていて、東側にはヒカリダケが生えてるとか――」

「なんだよ佑、察しがいいじゃねえか。さすが一流企業のエースだな」

「え、いや、そういうわけでは」

いつの間にか、うちの会社が一流になってるし……。

「まあ、アレだ。佑があっちに行くのも自由だからよ。行きたきゃ行け。俺は行かねえけどな」

「え、別に、そういうことじゃ……」

「虎徹さんともじゃさんは同級生で、昔からライバルなんです」

例によって、美しいカタチの眉をハの字にして、翔くんが補足してくれる。

「ライバル同士が、橋の向こうとこっちで」

「まっ、そういうことだな」そう言って大樹さんが、ふたたびお腹をポンッと叩いた。

「よし。んじゃ、今夜はお開きだ。佑、お前はもう一人で帰れるだろ?」

「はい。大丈夫です」

なにしろ川沿いの一本道を登っていくだけなのだ。

「じゃあ、明日も翔と一緒に頼むな。お疲れさん」

大樹さんは、そう言うと、グローブみたいな大きな手で俺の首を両手でつかんで「がははは」と笑いながらぐらぐらとやりはじめた。

もう、なんなの、この人たち。悪ふざけしすぎ――。

俺は、されるがままに首を揺さぶられて、いっそう酔いが回りそうになっていた。

「佑はもう俺たちの仲間だ。じゃあな」

そう言って、やっと手を離してくれた。

「佑さん、明日は、十時に公民館の前まで車で迎えに行きますので」

「あ、うん。ありがとう」

「じゃあな」

「おやすみなさい」

「あれ、翔くんは、俺と同じ道じゃ……」

村長さんの家は、川沿いを登っていく途中にあるのだ。

「翔は、今夜は、うちの離れに泊まるからよ」

翔くんの代わりに大樹さんが答えてくれた。

「あ、そうでしたか。分かりました。じゃあ」

「おう。またな」

「お疲れ様でした」

俺たち三人は、あらためて挨拶を口にして軽く手をあげた。

外周道路を西に向かって歩いていく二人。その背中をしばらく眺めてから、俺もぶらぶらと歩き出した。

川沿いの坂道には街灯がほとんどなく、足元がおぼつかないほどの暗闇だった。

海と森の匂いが溶け合った、清々しい夜風。

さらさらと耳をくすぐる川音。

ふと夜空を見上げたとき、俺の足はピタリと止まった。

「プラネタリウムかよ……」

わざと、声に出してみた。

芝居がかった俺の声は、幾千万の星明かりと川音のなかで霧散した。

東の空で、ツツーと星が流れた。

ほんと、遠くに来たんだなぁ――。

しみじみそう思ったら、なぜか俺を小馬鹿にした社長と社員たちのへらへら笑う顔が脳裏にちらついた。

汚れた空気のなかで、蟻のように働いているあいつら。

それに比べて、いまの俺の自由さ……。

俺は、澄み切った夜気をゆっくり肺に吸い込んだ。

そして、思い切り――、
ざまぁみろ！

と叫びそうになって……、やめた。

この澄みやかな夜を、汚れた言葉で濁らせたくはない――、と素直に思ったからだった。
俺はふたたび歩き出した。
ずっと遠くの闇から、かすかな嬌声が聞こえてきた。
もじゃさんの店の笑い声だ。
るいるいさん、楽しくやってるんだろうな……。
絶世の美女の笑顔を思い出した俺は、奇跡のような天空に向かって両手を突き上げた。
そして、思い切り伸びをした。

第二章　地球防衛軍、結成

　ほろ酔い気分のまま、公民館の二階に戻ってきた。

「西」のドアを開け、暗闇のなか手探りで部屋の照明を点ける。そして、狭い玄関で靴を脱ぎ、部屋へと上がった。

　小さなＬＤＫを通り抜けて、奥にある八畳の和室のまんなかに立つと、押入れの前に無造作に置かれたカバンが目に入った。都会から担いできた大荷物だ。

　しばらくのあいだ、俺は、ここで暮らすのだ。

　そう思って、ぐるりと周囲を見回したら——、

「ふう」

　と、深いため息がこぼれた。

　ようやく一人になれたことで、少しホッとしたみたいだ。

　なんだか、いろいろと風変わりなところのある島だけれど、少なくとも半月くらいは、ここでのんびりと羽を伸ばしていようと思う。

「さてと……」

　あえて声に出して、俺はカバンのなかの荷物を広げはじめた。最初にとりかかったの

は、パソコンとスマートフォンの充電だった。この部屋は、場所によってスマートフォンが圏外になってしまうのが難点だが、ノートパソコンのインターネットは有線でつなぐことができたので、そこはひと安心だった。

モバイル機器に電源をつなぎ終えたら、今度は風呂場に入り、せっせと湯船を洗って栓をした。そして、翔くんに教わったとおり給湯器のスイッチを押す。

しばらくすると、湯船にお湯が張れた。

さっそく俺は、顎までお湯に浸かって、目を閉じた。

やや熱めのお湯にしたせいか、全身の毛細血管がちりちりと広がっていくのが分かる。溜まりに溜まっていた都会生活の澱が、全身の毛穴からじんわりと溶け出していくようだった。

「ふう、極楽だぁ」

そんな芝居染みた台詞も、風呂場のなかでは大仰に反響してくれた。なんだかそれが嬉しくて、俺は続けて「マジで最高だぁ」とつぶやいてみた。その後すぐに心に浮かんだ会社の連中への「ざまみろ」という言葉は、ため息に変えて吐き出した。

それにしても――、フェリーに乗って、夜の都会の港を出航してから、まだ一日しか経っていないのだ。そう思うと、昨日からの時間の流れに、大いなる違和感を覚えてしまう。俺の体感的に言えば、とっくに三～四日は経過しているような感じなのだ。つまり、それくらい濃密な時間を過ごしたということなのだろう。

お湯に浸かったまま風呂の天井を見上げて、昨日から出会った人たちの顔を思い浮かべてみた。

すると俺は、妙なことに気づいたのだった。

翔くんの苗字が、おかしい――。

はじめて翔くんと出会ったとき、彼は自分の苗字を「枝野」と名乗っていた。でも、父親であるはずの村長の家の表札は、大樹さんと同じ「西森」だったのだ。

枝野と西森――。

あの父子は、なぜ苗字が違うのか？

俺が見た感じでは、村長と翔くんのあいだには、あきらかに不和を感じさせる空気が流れていた。おそらく、二人には何かしらの確執があるのだろう。もっと言えば、「一徹」で出会った島民たちの様子も妙だった。彼らはみな、翔くんにたいして腫れ物に触るような、よそよそしい接し方をしていたのだ。島民たちが見せたあの態度は、翔くんの苗字の謎と、何らかのつながりがあるのかも知れない……。

俺は風呂場の天井を見詰めたまま、あれこれ思いを巡らせてみた。でも、すぐにそれが徒労であることに気づいた。

「ま、いっか……」

つぶやいて、お湯を両手ですくい、顔を洗った。

いまは、せっかくの癒しの時間なのだから、極楽を味わうことを優先すべきだ。翔くんのことが気になるなら、明日、本人に訊けばいいではないか。

まあ、訊いたところで、部外者の俺には関係のない話だけど。

風呂から上がってさっぱりした俺は、ついでに洗面所で歯も磨いた。そして、布団を敷いてある居間へと戻ったのだが、そのとき、ふと、動きを止めていた。

ん——？

壁の向こうの隣室から、かすかな物音が聞こえた気がしたのだ。

翔くんからも大樹さんからも、隣で誰かが暮らしているとは聞いていない。

まさか、泥棒が……。

いやいや、そんなはずは、ない。

俺はすぐに考え直した。ここは人口わずか一九九人しかいない絶海の孤島なのだ。罪を犯せば、あっという間に捕まるのがオチだ。捕まると分かっていて、泥棒に入る阿呆などいないだろう。

とりあえず俺は居間のまんなかで動きを止めたまま、少しのあいだ耳をそばだてていた。

すると、ベランダへと続く掃き出し窓がそっと開くような音がした。無いとは思うけれど、万一、それが泥棒だとしたら、あえてベランダから外へ逃げるという可能性も考えられる。だから俺は忍び足で窓辺へと近づき、静かに窓を開け、足音を立てないよう裸足のままベランダに出てみた。

隣室のベランダとの間には仕切り壁があった。

その壁の向こうから「ふう」と、小さなため息のような音が聞こえた気がした。

え……？

俺は、恐るおそる、壁の向こう側を覗き見た。

そして、自分の目を疑った。

隣のベランダには、手すりに両手をついて遠くを見詰めている女性の横顔があったのだ。

ゆるいウェーブのかかった金髪。長いまつ毛。しゅっとした鼻筋。美しい顎のライン。月明かりにきらきらと光る夜の海原を、どこか憂いのある横顔で眺めている絶世の美女。

「あ、あの」

思わず声をかけたら、その女性は、こちらを振り向いて、ただでさえ大きな目をいっそう見開いた。

「わぁ、びっくりしたぁ」

キンキン声が天まで届いたのか、頭上から星がひとつこぼれ落ちた。

「す、すみません。こんばんは」

「えーっ、なんで？　なんで佑がここにいるの？」

驚いたときですら、るいるいさんの顔は完璧に美しくて、月夜に見るそれは神々しくさえもあった。だから俺は、相変わらず敬語で返事をしてしまうのだった。

「えっと、この島にいるあいだ、ぼくはここで寝泊まりすることになりまして」

「うそー。じゃあ、わたしとお隣さんだ」

「なんか、そうみたいですね」

「うふふ。ほんと、びっくり。宜しくぅ♪」

にっこり笑ったるいるいさんは、手すりに寄りかかったまま、こちらに手のひらを差し向けた。俺はその手に自分の手をパチンと合わせてハイタッチをした。

「あ、そうだ。佑、ちょっと待ってて」

「え？　はい」

るいるいさんは、いったん部屋のなかに消えると、すぐにまたベランダに現れた。そして、「はい、これ」と、缶ビールを手渡してくれた。

「えっ、もらっちゃって、いいんですか？」

「うん、もちろんオッケーだよ。さっき、お店のお客さんからもらったビールなの」

俺たちは、それぞれプルタブを引き開けて、手すりに寄りかかりながら缶と缶をコツンとぶつけ合った。仕切りの壁がちょっと邪魔だな、と思いながら。

「じゃあ、この島の初日に、乾杯！」

るいるいさんのキンキン声に合わせて、俺も「乾杯」と言った。二人してビールを喉に流し込み、「ぷはぁ」とやった。るいるいさんは、なかなかの飲みっぷりだった。

「じつは、ついさっきまで島の人と飲んでて、すでにほろ酔いなんですけど、でも、美味いです」

「わたしもお店で飲んだけど、ここから見える夜の海も、夜風も、夜空も最高だもんね」そこまで言って、るいるいさんは星空を見上げた。「ビールも美味しいに決まってるよね。うふふ」

「ですね」

俺も、夜空を眺めた。

「ねえ、佑」

「はい？」

「この島の人たちって、めっちゃ面白くない？」

俺は、今日、出会った島民たちを思い浮かべながら頷いた。

「はい。何ていうか……、面白すぎです」

「だよね」

「るいるいさんは、どの辺が面白いと思いました？」

「うーん、いろいろあるけど、いちばんは、東と西の争いかな」

「争い？」

「うん。わたしね、『居酒屋もじゃもじゃ』っていうお店で働きはじめたんだけど、そこで、お客さんから東西の争いのこと、いろいろ聞いちゃったの」

「へえ。例えば、どんなことですか？」

「争いがはじまった、大昔の話とか」

「大昔の話——って、この島の、ですよね？」

「そう。この島の昔話。しかも、それが笑っちゃうの」

くすっと思い出し笑いをしたるいるいさんは、とても美味しそうにビールを飲むと、その昔話とやらを説明してくれるのだった。

そもそもは、中川を挟んで西側で力を持っていた漁師の網元「西森家」の派閥と、東側で力を持っていた農家の大地主「東岡家」の派閥のあいだで生じた諍いが、その後の戦いのはじまりだったそうだ。

ある年のこと、巨大な台風に襲われて多くの漁船が大破してしまったとき、東岡家率いる東軍（農家軍団）が「助けてやらんでもない。ただし、お前ら漁民が俺たち農民の軍門に降るならば」という高飛車な態度を取ったことから、この島に不穏な空気が漂いはじめたらしい。

しかも、その数年後、今度は干ばつで農業に大打撃があると、西森家が率いる西軍（漁師軍団）が、ここぞとばかりに同じことをやりかえしたというのだ。

以来、この島は東西でまっぷたつに分断してしまった。

分断してからは、ことあるごとに小さな諍いが勃発し、ひどいときは島の若い衆たち十数人による大喧嘩にまで発展してしまったという。その喧嘩は「集団暴行事件」として本土の新聞に掲載されたそうだ。

「へえ、この小さな島で、そんなことがあったんですね」

俺は、答えながらため息をこぼしてしまった。争いのはじまりが、あまりにも幼稚すぎる気がしたからだ。

もしかすると、当時は、現代の島民には想像もつかないような時代の空気感とか、複雑な人間関係があったのかも知れない。しかし、仮にそうだったとしても、その対立構造を現代まで引きずっているというのは馬鹿馬鹿しいにもほどがある。

「笑っちゃうよね？」

「はい。苦笑いですけど」

「うふふ。そうだよね」るいるいさんも、きれいな眉毛をハの字にして、続けた。「あとね、村の選挙のときも、毎回すっごくたいへんなんだって」

「ああ、それは想像がつきますね」

るいるいさんいわく、村長選挙や村議会議員選挙があるたびに、東軍、西軍に分かれて、それぞれ候補者を立てて、ガチンコの争いになるらしい。この島（村）の議員の定数は六名だから、毎回、ちょうど三人ずつが東西から選ばれているのだが、それが村長選挙となると、島の空気は一触即発の空気に包まれるという。三対三の議員の上に立つ村長が東西どちらの人間になるかで、島の運営が根底から変わってくるからだ。

「じつは今日、村長さんに会いました」

「えー、どんな人だった？」

「すごく気さくで、政治家っぽくない感じの人でした」

「ふうん」

「西森さんっていう苗字だったから、西軍ですね」

「うん、きっとそうだね」

ということは——、その村長さんのツテで東京から呼ばれた俺は、つまり、東軍の人たちからは敵視されるということだろうか？

考えると、ちょっと憂鬱になる。

「ちなみに、るいるいさんが働いている、もじゃさんの店は、東軍の店ってことですよね？」

「うん、そうだよ。ライバルの『一徹』っていうお店は、西軍の人たちの溜まり場なんだって」

「ぼく、さっき、その店で飲んでたんですよ」

「えー、そうなんだ。ご飯、美味しかった？」

るいるいさんにとっては、この島の東と西の争いよりも、ご飯の美味しさの方が気になるようだ。

「はい。基本的には、美味しかったです。でも、めちゃくちゃ辛いからしをたっぷりのせた寿司を無理やり食べさせられましたけど」

「あはは。なにそれ。変なのぉ」

愉快そうに笑うるいるいさんを見ていたら、たしかに、ものすごく変だということに気づいた。

泣きの西と、笑いの東……。

うん。やっぱり、変すぎる。

「いまでも東西で分断したままだなんて、おかしな島ですよね」

「うん。めっちゃ、おかしいと思う。だって、大喧嘩をしたのって、ひいじいちゃんたちで、みんなとっくに死んじゃったんだって。だったら、もう、ふつうに仲良くやればいいじゃんね？」

「ですよねぇ……」

俺は、素直に頷いた。とっくに死んでいる人たちの代理で、いま生きている人たちが争い合ったところで、いったいどんなメリットがあるというのだろうか。

「あ、でもね、最近はもう、さすがに乱闘とかはないんだって」

「あったらヤバいですよ」

「新しく家を建てるときもね、中川の東側とか西側とかにこだわらない人が出てきたし、あと、カルデラのなかに引っ越す人も出てきたって、もじゃさんが言ってたよ」

俺は、外輪山から見下ろした雄大なカルデラの風景を思い出した。たしかに、そこには、いくつかの民家が建てられていた。

「ちょっとずつ、自由にはなってるんですね」

「うん。でも、やっぱり、いまでも選挙のときはピリピリするって」

「やれやれ、ですね」

「うふふ。ほんと、やれやれって感じ。でも、わたしが会った人たちは、み〜んないい人ばっかりで、超楽しかった」

るいるいさんは、お気楽な感じで言うと、缶に残っていたビールを飲み干した。

「佑は、どんな一日を過ごしたの？」

「ぼくは、島をぐるっと一周して、集落を少し案内してもらいました。で、夜は『一徹』で歓迎会です」

「めっちゃ、いい一日だね」

るいるいさんは、両腕を手すりの上で組んで、そこに形のいい顎をのせると、微笑を浮かべたまま月明かりに揺れる海原を眺め下ろした。

俺は、なんとなくるいるいさんを退屈させたくなくて、明日のネタをしゃべりはじめた。

「あ、そうそう。明日は、この島で『伝説の巫女』って呼ばれている『椿姫《つばきひめ》』に会わせてもらえることになってるんです」

ついさっき「一徹」で翔くんが言っていたのだ。個人的には「椿姫」も美女だったらいいな……なんて、ちょっぴり期待もしている。

「あっ、その人の噂、わたしも聞いたよ」

るいるいさんは、腕に顎をのせたまま、こちらを見て言った。

「え、どんな噂ですか？」

「椿姫からご神託をもらうとね、それがぜーんぶ当たっちゃうんだって。だから、島の人たちから神様みたいに崇《あが》められてるって言ってたよ」

「マジですか、それ？」

「みんな、まじめな顔で言ってたから、マジなんだと思う」

いやはや、さすがに、それは信じられない。せっかく振ったネタだったけれど、俺は話題を変えることにした。

「ちなみに、るいるいさん自身は、もじゃさんたちのいる東軍に入ったんですか？」

一応、それは聞いておいた方がいいと思ったのだ。今後、つまらない争いに巻き込まれないためにも。

するると、るいるいさんは、俺とはまるで器の違う思考レベルから返事をしてくれたのだった。

「うふふ。わたしは東とか西の人じゃなくて、地球人だよ」

「え……」

「地球人だから、地球防衛軍にするっ！」

小さな島の東西どころか、まさかの星レベルの思考の持ち主だったのだ。しかも、地球防衛軍ということは、戦いの相手は宇宙人ということになるのだろう。

「なんで佑はそんなことを訊くの？」

「えっ、そ、それは……」

「佑は、西軍に入ったの？」

一ミリたりとも悪気のない顔で、るいるいさんが小首を傾げた。

「いや、まさか。ぼくも、どっちでもないです」

「よかった。じゃあ、佑も地球防衛軍に入る？」

「え？　あ、じゃあ、はい……」

この歳で地球防衛軍に入隊って——。恥ずかしさに後頭部を掻きながらも、俺は話を合わせて頷いた。すると、るいるいさんは、ふたたび手のひらをこちらに向けて、にっこりと微笑んだ。

「イエーイ」

「イエーイ」

パチン、と軽くハイタッチを交わす。

「地球防衛軍はね、宇宙人が攻めてくるまで戦わないでしょ？」

「まあ、そう、ですね」

「だから、ずーっと平和なんだよ。うふふ」

るいるいさんは、大きな目を細めるようにして笑うと、また大海原の方を眺めた。

「ずーっと平和、か……」

地球防衛軍、阿呆っぽいけど、悪くないじゃないか――。

俺は、自分の口角が上がっていることに気づいた。

遠い海原から、やわらかな夜風が斜面を吹き上がってきて、るいるいさんの金髪をさらさらと揺らす。

この横顔なら、何時間でも眺めていられそうだ。

キンキン声と、あっけらかんとした不思議な性格はともかく、これほどの絶世の美女と当面のあいだ隣同士で暮らせるなんて、都会を離れた俺には運が巡ってきたのかも知れない。

なんて調子のいいことを考えたとき――、

「あ、そうだっ」突然、るいるいさんはキンキン声をあげて、手すりにもたれていた上体を起こした。「わたしね、初日から、この島で最大の秘密を知っちゃったの」

「最大の秘密？」

「うん、そう」

「それって……」俺の脳裏に、翔くんと村長の顔がちらついた。「もしかして、村長の苗字のこととか？」

「村長の苗字？」

るいるいさんは小首を傾げた。

「あ、違いました？」

「ブブブー。残念でした。大外れだよー。うふふ」

「え、じゃあ、何なんですか？」

「秘密だから、佑にも内緒」

「えー、何ですか、それ。教えて下さいよ」

「教えたら秘密になんないじゃん」

「そうですけど、でも、そこまで言って教えてくれないなんて」

不平たらたらで俺が言うと、るいるいさんは、なぜかニッと嬉しそうに笑った。そして、こう続けたのだ。

「女はね、謎めいていた方がいいの。うふふ」

それって、俺がフェリーのなかで使った台詞じゃないか。しかも、謎めいているのは女じゃなくて、島じゃないか！

ツッコミどころ満載なるいるいさんに、何か言い返してやろうと思ったとき――、

「あっ、そうだ！」

るいるいさんは、また何かを思い出したかのように手を叩いた。

「今度は、どうしました？」

「ごめーん。わたし、やらなきゃいけないことがあったから、部屋に戻るね」

あっけにとられている俺に向かって、るいるいさんは小さく手を振った。

「じゃあね、佑」

「あ、はい、おやす――」

「バイバーイ」

俺に最後まで言わせず、るいるいさんはさっさと仕切り壁の向こうへと消えてしまった。

ベランダにひとり取り残された俺は、少し呆然としながら、缶の底でぬるくなっていたビールを飲み干した。

なに、この、おいてけぼり感。

しかも、この島の最大の秘密って――、何なんだよ？

それと、翔くんの苗字の謎もまた気になってしまったし。

このままひとりでベランダにいたら、いっそう悶々としてきそうなので、俺も部屋のなかへと戻った。そして、気晴らしにロールプレイングゲームの続きでもやろうと思ってカバンのなかに手を突っ込んだ刹那、あることに気づいたのだった。

しまった――。

ゲーム機、るいるいさんに貸したままじゃん。

翌朝の空は、昨日よりもいっそう青々として高かった。

気温もぐんぐん上がり、軽自動車の窓からは、からっとした風が吹き込んでくる。

「気持ちいい風だなぁ」

助手席の窓を全開にした俺が、髪をなびかせながら言うと、ステアリングを握った翔くんも頷いてくれた。

「いまが一年を通してこの島でいちばん過ごしやすい季節だと思います」

「Tシャツ一枚で、暑くもなく寒くもなくって感じだもんね」

「そうですね」

大樹さんにガイド役を任された翔くんは、ステアリングを右に切った。車は、中川に架かる橋を渡っていく。

いま、この車が向かっているのは、集落のはずれにある村役場だった。島の広報を担当している丸林《まるばやし》ヒロムさんという人に挨拶するのが目的だ。そもそも、うちの会社のクライアントは「小鬼ヶ島村」なので、その公式な担当者であるヒロムさんに挨拶しておこうというわけだ。本来なら昨日、会っておくべきなのだけれど、昨日は日曜日で役所は休みだったのだ。

形式上、大樹さんと翔くんは、役場のヒロムさんから依頼されて、俺をガイドしてくれている、という体《てい》になってはいるのだが、まあ、実際のところは、大樹さんが西軍の利益になるよう、俺を誘導しようとしているのだろう……。

「ヒロムさんは、釣りおたくとして有名な人なんですよ」

前を向いたまま、翔くんが言った。

「へえ、そうなんだ」

「釣りが好きすぎて、この島へ異動願いを出したんですって」

「異動願い？」

「はい。もともとヒロムさんは都の職員なので、出向というかたちで来島しているんです」

「なるほど」

俺は適当に頷きながら翔くんの話に合わせていたけれど、内心では、翔くんの苗字の秘密について訊いてみたくてうずうずしていた。しかし、そこはナイーブな問題をはらんでいる可能性がある。だから、とりあえずは、もうひとつの気になる疑問から攻めてみることにした。

「あのさ、翔くん」

「はい？」

「この島の最大の秘密って、知ってる？」

昨晩、るいるいさんが言っていた、あの秘密だ。

「最大の秘密――、ですか？」

「うん」

翔くんは、ちらりと俺を見て、すぐに前に向き直った。

「さあ、ぼくは知りませんけど」

進行方向を見詰める美しい横顔は、なぜか警戒の色を浮かべているように見えた。

やはり翔くんは何かを隠しているらしい。

俺は、話題を変えるべきだと悟った。

「そっか。じゃあ、まあいいんだけど」

「…………」

黙っている翔くんに、さらに違う質問をしてみた。

「翔くんってさ、大樹さんの家の離れで寝泊まりしていることが多いの？」

「そうですね」

「でも、たまには、お父さんのところにも帰るんでしょ？」

「たまにっていうか、月の半分くらいは帰ってますよ」

俺は、いま、さらっと「お父さん」という単語を使ったのだが、翔くんはふつうに返事をした。ということは、やっぱり二人は本当の「親子」なのだ。

「半分しか帰らないんだ？」

「仕事が溜まっているときは、大樹さんのところの離れに泊まることが多くなりますから」

翔くんは、どうしてそんなことを訊くのか？　という顔で、ふたたび俺を一瞥した。

苗字のことを訊くなら、きっと、いまだ。

「あのさ」

俺は、何食わぬ感じの声色でしゃべり続けた。

「はい」

「ちょっと、変なことを訊いてもいいかな？　と俺に最後まで言わせず、翔くんは言葉をかぶせてきた。

「すみません。親父の話題でしたら、ちょっと――」

翔くんの美しい横顔が、きっぱりとこの話題を拒否していた。

「え？　うん。分かった。ごめん」

「いえ……」

車内に吹き込んでくる風は清々しいのに、俺たちのあいだを流れる空気は重たくなってしまった。

やはり、この父子の話題は、相当ナーバスなものらしい。

さて、この気まずい空気はどうしたものだろう？

俺が思案していると、ふいに車が未舗装の空き地へと入っていき、静かに停車した。

目の前には、こぢんまりした白い鉄筋コンクリートの平屋の建物が建っている。

「着きました」

「あ、そっか。ここが、役場か」

言いながら、昨日も通りかかったことを思い出す。

「はい。降りましょう」

俺たちはそそくさと車から降り立った。

先に歩き出した翔くんの背中に従って役場のなかに入ると、デスクについていた十人ほどの職員が立ち上がって、口々に「おはようございます」と声をかけてくれた。男女はちょうど半々くらいで、役場とは思えないくらいに平均年齢が低かった。おそらく四〜五人は二十代の若者だろう。

俺と翔くんも挨拶を返した。すると奥の方から、チョコレート色に日焼けした長身の男が前に出てきた。

「わざわざお越し頂いて、すみません。わたしが担当の丸林です」

見たところ四〇歳くらいだろうか。名前のとおり顔がまん丸で、目が細いせいか、常にニコニコしているように見える。いわゆる「福のありそうな顔」というやつだ。

「このたびは、お世話になります」

ヒロムさんが、ニコニコ顔で名刺をこちらに差し出した。

「小島と申します。宜しくお願い致します」俺も名刺を出して、交換した。「さっき翔くんから聞いたんですけど、ヒロムさんは、釣りがお好きだそうで」

「そうなんですよ」釣りの話題になったとたんに、それまで細かったヒロムさんの目がパッと見開かれた。「この島は驚くほど魚影が濃くて、知られざる釣り天国なんです。だから、島のホームページに釣りの情報をどんどんアップして、本土から釣り好きな観光客を招き入れようと思っているんです」

「そんなに釣れるんですか?」

「ええ、もう、本土では考えられないくらい釣れまくりです。なので私は、せっせと自分で魚を釣っては、その写真を撮って、頻繁に島のホームページの情報を更新してるんです」

ヒロムさんが熱い口調でそこまで言うと、今度は、すぐ後ろにいた若い女性職員が、明るく揶揄するようにツッコミを入れた。

「おいおい、ヒロムさんは、この島に、遊びに来てるんですもんね」

「それは言わない約束でしょ」

恥ずかしそうにヒロムさんが返したら、職員たちは一斉に笑い出した。

「なんか、明るい職場ですね」

俺が言うと、今度は坊主頭の若者が答えてくれた。

「ここにいる職員は、あえて僻地への異動願いを出すような変わり者ばかりなんです。だから、やたらと楽天的というか、あっけらかんとしているみたいです」

なるほど、そう言われてみると、島で生まれ育った生粋の島民たちとは雰囲気が違う気がした。どこかおおらかでヒッピーっぽいというか、バックパッカーっぽいというか――。

「ちなみに小鬼ヶ島小中学校の先生たちも、やっぱり僻地好きが赴任してきているので、我々と雰囲気が似てるって言われてるんですよ。ね、翔くん?」

ヒロムさんが、翔くんに振った。

「はい。本当に似た雰囲気だなぁって思います」

翔くんが微笑みながらそう言ったとき、ふとヒロムさんが腕時計を確認した。

「あっ、しまった。もう潮が上げてきてる！」

「え？　シオ？」と、俺。

「すみません、ちょっと、私は『仕事』に行かないと」

「仕事――」

「はい。わりと急ぎでして。ええと、もろもろのことは翔くんと大樹さんにお願いしてありますので。御社と村のあいだの手続きで疑問点などありましたら、私に言って頂ければ」

ヒロムさんは早口でそう言うと、壁際に立てかけてあった釣竿の入った長いケースを背負い、「では、そういうことで」と俺に軽く手をあげた。

「あっ、どうも……」

俺の挨拶を待たずに、ヒロムさんは建物の外へと飛び出し、そして、そのまま役場の軽自動車に乗り込んで、どこかへ消えてしまった。

ぽかんとしている俺の背中に、さっきの若い女性が声をかけてくれた。

「ヒロムさん、釣りに行っちゃったんです」

「えっ、釣りに？」

「はい。だいたい二時間くらいかな、港で釣りをして、いつも美味しい魚をたくさんぶら下げて帰ってきます」

「いつもって……、本当にそれを『仕事』にしてるんですか？」

「そうなんですよ。だから、みんなから『遊んでる』って突っ込まれてるんです」

職員たちは、おおらかな笑顔で俺を見ていた。

「いい仕事ですねぇ。ちなみに、ヒロムさんが釣ってきた魚は――」

「ヒロムさんが、チャッチャと手早くさばいて、さくを冷蔵庫に入れておいて、就業時間になったら職員で分け合うんですけど、余ったら『一徹』さんとか『もじゃもじゃ』さんに差し入れすることもあります」

「無料で？」

「もちろんです。こう見えて、わたしたち、一応は公務員なので、お金は取れないんです」

「なるほど」

俺は、子供みたいに無垢な笑顔を浮かべている職員たちを見渡した。そして、こみ上げてきたため息を呑み込んだ。無意識のうちに、会社の連中の卑屈な笑みと比べてしまったのだ。

「なんか、皆さん、ほんと最高ですね」

俺が冗談めかして本音を口にしたら、隅っこに立っていた小柄な男性が愉快そうに笑った。

「じゃあ、ここに佑さんの席、作っておきましょうか？」

「それはもう、ぜひ、宜しくお願いします」

そう言って俺は笑い返したけれど、胸裏では別のことを考えていた。

俺、この人たちみたいに、心の底から笑えてないな——。


「ゆるくて、明るくて、いい役場だったなぁ……」

ふたたび助手席に座った俺は、車窓越しに青々と広がる外輪山を眺めながら言った。

「彼らは、いつ会っても幸せそうなんですよね」

ステアリングを握った翔くんの言葉からも、そこはかとない憧憬《しょうけい》が滲み出ている。

「ああ、そんな感じがするよ」

「彼らは、数年この島で暮らしたら、また本土に戻っていきますから。いい意味で、気楽に悠々と過ごせているんだと思います」

翔くんの言葉に嫌味はなかった。むしろ、彼らのことを好意的に見ているような響きすら滲ませていた。

「人生の、いまこの瞬間、を愉しんでるんだろうね」

「ほんと、そうだと思います。そのために、彼らは、わざわざこんな僻地に飛び込んできたんですもんね」

「翔くん、自分の島を僻地だなんて、自虐的だなぁ」

「だって、本当にそうですから」

「地元愛は、ないの？」

「あるように見えますか？」

「それは――、俺の口からは言いにくいなぁ」

翔くんの口角が上がった。にやりと笑ったのだ。

「じつは、あるんです。少しだけ」

「あっ、少しって、本音を言っちゃったね？」

そこで、俺たちは声を出して笑い合った。

車内の空気が一気に軽くなる。

しかも、この車はいま窮屈な集落を抜けて、海沿いの道路へと向かっているのだ。風景が開けていくにつれて、心もじわじわと解放されていく気がする。

村役場の人たちには、感謝しなくてはいけない。彼らの陽気さに感化されたおかげで、俺と翔くんのあいだに漂っていた嫌な空気が一掃されたのだから。

翔くんの苗字の謎については忘れておこう。

なにしろ俺はバカンスの最中なのだ。他人の人生の謎解きに関わるより、いま自分が「楽しむこと」を優先するべきだ。

俺は、そう結論づけて「翔くんのガイド付きドライブ」を楽しむことにした。

そもそも、俺と翔くんはウマが合う気がしているし。

翔くんの運転する軽自動車は、外輪山を越えてカルデラの平地へと入っていった。車窓の景色からは海のきらめきが消え、俺たちは深い緑に囲まれた。

「カルデラに入ると、まるで別の島みたいだね」

俺は、思ったことをそのまま口にした。

「ですよね。風の匂いが変わったの、分かります？」

「あ、たしかに。海風から、森の匂いがする風になった」

答えた俺は、あらためて風景を見渡した。緑の壁に囲まれたような盆地に、少しばかり閉塞感を覚えてしまう。

「佑さん、あそこを見て下さい」

翔くんは、左斜め前方に広がる赤茶色の岩場を指差していた。

「え、あれ、水蒸気？」

「正解です」

活火山の島らしく岩場の隙間からもうもうと白い湯気が噴き出しているのだ。

翔くんはステアリングを切り、熱帯林を切り拓いた未舗装の小径に入っていった。そして、間もなく赤い屋根の民家の前で車を停めた。

「到着しました。ここはパッションフルーツ栽培をしている農家さんの家です」

「あの大きなビニールハウスが、農場？」

俺は右手を指差しながら訊いた。

「そうです」

言いながら翔くんは車から降りた。俺もそれに続く。

翔くんは、勝手知ったる様子で大きなビニールハウスのなかへと入っていった。ハウスのなかは無風で、真夏のように蒸し暑い。足元には数列の長い畝が作られていて、そこからたくさんのパッションフルーツの蔓が伸びていた。

「いやぁ、暑いなぁ……」

ついついこぼした俺の言葉をスルーした翔くんは、なぜかその場にしゃがみ込んで、こちらを見上げた。

「この暑さの理由が分かるので、こうやって地面を触ってみて下さい」

「え、地面？」

俺は、言われたとおり、翔くんのようにしゃがんで地面に手を当ててみた。

「あったかい……」

「でしょ？　この辺りは、地熱のおかげで一年中ほっかほかなんです。で、その熱を利用して熱帯の果物をいろいろと作っているんです」

「火山の島ならでは、だね」

素直に感心していると、ハウスの奥から阪神タイガースのキャップをかぶった六〇歳くらいの男性がやってきた。

男性は翔くんに軽く手を上げて「よう」と言うと、俺の前に立った。

「あんたが救世主かい」

わりと無礼な感じのこの男性は、痩せていて、小柄で、日焼けした皮膚がシワだらけなうえに、前歯が一本ないので、ニッと笑うと妙な迫力があった。

「救世主だなんて、そんな――」

「こちら、小島佑さんです」すかさず翔くんが、まともに紹介してくれた。「で、こちらが、数年前からパッションフルーツを作っている俊行《としゆき》さんです」

「はじめまして。小島です。えっと――」

「おう、まあ、見てけよ」

俺たちは挨拶も宙ぶらりんなまま、さっそくパッションフルーツ栽培の仕事を見せてもらうことになった。

「パッションフルーツってのは蔓《つる》性の植物だからよ、こうやって添え木を立てて、ひとつずつ紐で結んでやるわけよ」

俊行さんは、俺に説明しながら、目の前にあった蔓と添え木を紐で結びはじめた。

「せっかく来たんだから、あんたもやってみなよ」

「え？　じゃあ、はい」

俺は俊行さんの指導のもと、蔓と添え木を紐で結ぶ仕事を手伝いはじめた。

「こんな感じですかね？」

「おう、なかなか上手いよ。やるな、あんちゃん。最初からそんなにパッパと手際よくやれる人はそういねえぞ」

褒められた俺は、ホッとして、隣の蔓を結びにかかる。すると、さっきよりも上手にできた。だんだんとコツがつかめてきた俺は、そのまま黙々と作業をこなしていった。

「いいねぇ。あんたのおかげで今日の作業がはかどっちまうなぁ。うちで雇いたいくらいだ」

俺の隣で作業をする俊行さんは、ひたすら俺のことをちやほやし続けてくれた。いつも小馬鹿にされている都会の会社では味わったことのない労働の喜び。俺はつい調子に乗って、翔くんを見ながらこんなことを口走ってしまった。

「仕事の面白さとか大変さっていうのは、実際にやってみないと分からないもんだね」

そして、このひとことが、その後の命取りとなってしまうのだった。


俊行さんのパッションフルーツ農場で約一時間ほどの労働を体験した俺は、続いて、マンゴー農家、イモ農家、そして島で唯一の酪農家まで紹介されることになった。しかも、翔くんが、それぞれの訪問先の農家さんにこう訊ねてしまうのだ。

「なにか佑さんが体験できるようなお手伝いはありませんか?」

ようするに翔くんは、さっき俺が口走った台詞を真に受けて、仕事の面白さや大変さを「体験」を通して実感してもらおう、と気を遣ってくれているのだった。そして、その結果、俺は出荷用の鉢植え作りやら、土に肥料を混ぜ込む作業やらと、とにかく多種多様な雑用(すべて肉体労働)を手伝うハメになってしまったのである。

しかも、手伝いを終えたら必ずアレが待っていた。

「佑は、今日から俺の仲間だなぁ」

なんて言われながら、例によって首を締められ、ぐらぐらやられたのだ。おそらく、昨日、村長さんが俺にそうしたということが、すでに全島民に知れ渡っているのだろう。その証拠に、みな俺の首をぐらぐらやるとき、ずいぶんと楽しそうに笑っているのだ。

来島してまだ二日目だというのに、俺は不本意ながら「イジられキャラ」になってしまったのかも知れない。

カルデラのなかのガイドをひととおり終えた翔くんは、ふたたび外輪山を越えて、開放的な海側へと車を走らせた。

「いやぁ、くたびれたなぁ……」

青くきらめく風を思い切り吸い込んだ俺は、実感を込めてこぼした。

「でも、佑さん、すごく楽しそうでしたよ」

「そりゃ、新鮮な体験で、楽しかったけど……」

「重労働すぎました？」

「こちとら軟弱な都会モンですから」

自虐的にそう言ったら、翔くんがくすっと笑った。その自然な笑みを見た瞬間、俺はふと思った。

俺たち、「友達」になれたかも——。

しばらく走ると、遠くに集落が見えてきた。

そして、見通しのいいカーブにさしかかったとき、俺の視野の隅っこに金髪がなびいた。

るいるいさんだ——。

そう思ったのと、俺が「あっ」と声を上げたのは、ほぼ同時だった。

るいるいさんは小さなT字路の脇で、ほっかむりをした島のおばさんに首を締められていたのだ。しかも、よく見ると、るいるいさんも締め返しているではないか。

えっ？　あれって、喧嘩になっているんじゃ——。

「ちょ、翔くん、見てっ。るいるいさんが」

「あ、ほんとですねぇ」

慌てた俺とは対照的に、翔くんはずいぶんと悠長な口調でそう言った。

「二人を止めないと」

「止めるって、何をですか？」

「だって、ほら、首を絞め合って……」

俺がそう言っているあいだに、二人は互いの首から手を放していた。しかも、よく見ると、おばさんもるいるいさんも歯が見えるくらいの笑顔を浮かべているではないか。

どういうことだ——。

翔くんが、短くクラクションを鳴らして、あえてゆっくりと二人の前を通り過ぎようとした。

するとるいるいさんが、こちらに気づいて、いっそう明るい顔をした。

「あ、佑だっ！」

青空へと突き抜けていくキンキン声。

るいるいさんは両手を頭上で振りながら、「たーすーくー」と声を上げ、子供みたいにぴょんぴょん跳ねてくれた。

「ど、どうも」

俺は、ちょっと照れつつ、小さく手を振り返した。

「佑、後でねぇ！」

生まれてこのかた、あれほどの美女に、こんなにも嬉しそうにしてもらえたことはない。だから俺は、るいるいさんの前を通り過ぎたあと、ちょっとほくほくした気分で翔くんに訊いたのだ。

「あの二人、喧嘩してたわけじゃないんだね？」

「え？　喧嘩、ですか？」

「うん。だって、首を絞め合ってたから」

すると翔くんは、「ああ、そういうことでしたか」と言って、くすくす笑い出した。

そして、驚くべきことを話しはじめたのである。

「あれは首を絞めるというか、むしろ友情の表現です」

「なにそれ？」

「この島ではふつうにやる『絞首《こうしゅ》』という習慣なんですけど」

「こうしゅ？」

「はい。お互いに手を握り合うことを『握手』って言いますよね？　それと同じで、首を絞めるのが『絞首』です」

なんてこった――。

「………………」

俺は言葉を失ったまま、昨日の村長さんからはじまった絞首とやらのシーンを思い返していた。

「ざっくり言いますと、握手は、まだ相手とのあいだに他人行儀な感じが残っているときにするスキンシップです。で、完全に仲良くなったぞ、お前は味方で、こっち側に『つながれたぞ』っていうレベルの親しさになったら、絞首をするんですよ」

俺は、つながれた、という言葉が引っかかった。

「なんか、犬の首輪みたいだなぁ……」

「まさに、そういう意味が込められた挨拶なんです」

首輪って、マジかよ……。

俺は、ふと気になったことを訊ねてみた。

「もしかして、この絞首って習慣、島が東西に分断されてからはじまったんじゃ……」

「じつは、そうなんです。よく分かりましたね」

「えっ、じゃあ、お前は西側につながれたぞとか、そういう意味なの？」

「元々は、そうなんですけどね。でも、いまは単純に、すごく親しいぞっていう意味合いの、シンプルな友情の表現になっていますけど」

「そっか」

「島の人たちは、これをやると仲間意識が高まるんです」

「じゃあ、今後は、俺も、るいるいさんみたいにやり返した方がいいのかな」

できればやりたくないなぁ、と思いながらも、とりあえず訊いてみた。

「どうでしょう。まあ、佑さんは島の人じゃないですし、どっちでもいいと思いますけど」

「やらないと失礼にあたるとかは？」

「そこまでにはならないので、大丈夫です」

「分かった。じゃあ、よっぽどのときだけ、やればいいね」

「そうですね。あ、ちなみに、この絞首は、男女間でやっちゃうと、ちょっと問題というか、アレなんで……、気をつけて下さいね」

「えっ、アレって？」

俺はふつうに疑問に思って訊き返しただけなのに、翔くんは急に照れまくった。

「アレって言ったら、まあ、ほら、アレですよ」

「え、何なの？」

「何って――、男女間のアレですから、察して下さい」

「………」

どうやら翔くんの様子からすると、男女間で絞首をするということは、つまりエッチ系の何かを意味するに違いない。

これ以上、翔くんを照れさせても仕方ないので、俺は話題を変えてあげることにした。

「翔くん、この後は、どこに行くの？」

「ええと、お昼をずいぶん過ぎちゃったので、お腹が空きませんか？」

「うん、けっこう空いてる」

「じゃあ、『民宿ほらがい』で、さくっと遅めのランチを食べて、それから小鬼ヶ島神社にお連れします」

「おお、いよいよ？」

「はい。いよいよです」

俺はついに、この島の伝説の巫女「椿姫」と出会えるのだ。

美女だったらいいな、と思ったそのとき――、

ぐううう……。

と、俺の胃袋が盛大に不平をアピールした。

「あはは。お腹が、椿の花より団子、って言ってますよ」

翔くんは親しげに笑って、アクセルを踏み込んだ。

「ここが『民宿ほらがい』です」

古びた瓦屋根の建物の前で車を停めて、翔くんが言った。

パッと見はふつうの平屋の民家のようだけれど、玄関の引き戸の上には「民宿ほらがい」と筆文字で書かれた看板が架けられている。

さっそく車から降りた俺たちは、引き戸を開け、なかへと入った。すると、そこは、思いがけず広い土間になっていた。木製のテーブルが六つあり、それぞれに四脚のパイプ椅子が置かれている。なんだか昭和の食堂を彷彿《ほうふつ》させる空間だ。

「すみませーん」

翔くんが奥の厨房に向かって声をかけた。しかし、その返事は、厨房ではなく、左手から聞こえてきた。

「はーい」

おっとりとした感じの声。

俺は、その声のする方へと振り向いた。

すると、木枠に磨りガラスがはめ込まれた引き戸が、ガラガラと音を立てて開き、中から小柄で物静かそうな女性が顔を出した。磨りガラスの向こうは長い廊下になっていた。きっと宿泊のための部屋が並んでいるのだろう。

「あ、理香子《りかこ》さん、すみません。ちょっと中途半端な時間ですけど、ご飯って食べられますか？」

翔くんが言うと、理香子さんと呼ばれた女性は「いいですよ。ええと、何があったかなぁ……」とひとりごとをつぶやきながらサンダルを履いて土間へと下りてきた。そして、俺に向かってやわらかく微笑み、軽く会釈をしてくれた。

年齢は三十代なかばくらいだろうか。丸首のクリーム色をしたシャツに、淡いカーキのスカート。いわゆる「アースカラー」の服をゆったり身にまとう「自然派」っぽい雰囲気の女性だった。楚々とした笑顔は整っていてきれいだし、肩までの長さの黒髪もつやつやしているのだが、まるで化粧っ気がないせいか、どこか疲れているようにも見える。

「どうも。はじめまして」

と言って、俺も会釈を返した。

「こちらは、佑さんです」

今回も、翔くんが無難に紹介してくれた。

「ああ、本土からこられたっていう、例の——」

例の、という言い方が、少し引っかかったけれど、この狭い島では、もはや俺とるいさんのことを知らない人はいないのだろう。

「理香子さんも、最近、本土から来た人なんですよ」

翔くんが俺に振った。

「あ、そうなんですか。ちなみに、どちらから？」

「わたしは、埼玉です」

「ぼくは東京の江戸川区なんですけど、埼玉のどちらですか？」

「かなりマイナーな町なんですけど……」

そう前置きをして理香子さんが口にした町名は、想像以上にマイナーで、正直、名前すら聞いたことがなかった。

「あ、えっと……」

フォローの言葉を探している俺に、理香子さんは、おっとりと微笑みかけてくれた。

「大丈夫ですよ。小さな町なんで、知らなくて当然ですから」

「すみません……」

「いえいえ」

理香子さんは小さく首を振って、「よかったら、こちらにどうぞ」とテーブル席を勧めてくれた。

俺たちが席に着くと、理香子さんは丁寧にテーブルを拭きながら言った。

「いますぐに作れそうなのは、お刺身定食か、チキンライス定食くらいなんですけど」

すると、翔くんの表情が少し明るくなった。

「じゃあ、ぼくはチキンライスにします。あれ、すごく美味しいんですよ」

翔くんの言葉の後半は、俺に向けられていた。

「そうなんだ。じゃあ、俺もチキンライスをお願いします」

「ありがとうございます」

テーブルを拭き終えた理香子さんは、おっとりとした笑みを浮かべたまま、厨房のなかへと下がった。


それからしばらくして、理香子さんが運んできてくれたチキンライスは、俺が想像していたものとはずいぶんと違った。よくあるケチャップ味ではなくて、東南アジア風の小洒落た料理だったのだ。

鶏の出汁で炊き込んだと思われるもちもちしたご飯のうえに、蒸した鶏もも肉がたっぷりとのっている。そこに、刻みネギ、おろしショウガ、ニンニク、他各種スパイスを混ぜ込んだ酸味のあるタレをかけて食べるのだ。

「ホントだ。これは美味いね」

ジューシーでやわらかい鶏肉を頬張りながら、俺は素直な感想を口にした。

翔くんも、しみじみ幸せそうに頷く。

「理香子さんの作るご飯は、島でも評判なんですよ」

そんな俺たちの会話を、厨房の入り口で立ったまま聞いていた理香子さんが、少しはにかむように笑った。その笑い方が何かに似ている気がするな——と思ったら、すぐに分かった。

菩薩《ぼさつ》像っぽいのだ。

ちょっと変な言い方だけれど、この人が微笑むと「慈悲」が漂い出すような、そんな感じがするのである。

それに気づいてからというもの、俺の頭のなかでは「菩薩の理香子さん」というフレーズが定着してしまった。


「民宿ほらがい」でお腹を満たした俺たちは、ふたたび車に乗り込み出発した。

空は相変わらず晴れていたけれど、すでに昼間の青さは失われ、白茶けたような淡い水色の広がりだった。

車は集落の中心部を抜けて、緑の山の麓をゆっくりと進んでいく。そして、ほどなく、翔くんはブレーキを踏んだ。

「ここです。着きました」

「お疲れさま」

答えた俺は、フロントガラスの先にある、小さな鳥居を見た。塗装は剝げ、苔とカビでうっすら緑色に見えるような、みすぼらしい鳥居だった。しかし、その奥へと続く階段を登れば小鬼ヶ島神社があり、そこには伝説の巫女「椿姫」がいるのだ。

「じゃあ、行きましょうか」

「あ、うん」

車を降りた俺たちは、軽く蹴っただけでも倒れそうな鳥居をくぐり、眼前に立ちはだかる階段を見上げた。

「ずいぶん急な階段だね」

「そうなんです。しかも、崩れやすいところがあるので、足元には気をつけて下さい」

なるほど、たしかにその階段は、天然のごろた石を並べて土留めにしただけのつくりで、所々、崩れていた。しかも、幅がかなり狭くて、俺たち二人が並んで歩くのが精一杯という感じだ。頭上には鬱蒼とした樹々が生い茂り、もはや「魔界への入り口」とでも言いたくなるような不気味な静けさが満ちている。

「あと、苔が生えているところは石が滑るんで――」

「了解。気をつけるよ」

俺たちは、並んで石段を登りはじめた。

すぐに翔くんがガイドらしく蘊蓄をしゃべりはじめた。

「この階段は、ぜんぶで一〇七段あります」

「その数字には、何か意味があるの?」

「人間の煩悩の数って、一〇八つあると言うじゃないですか」

「うん」

「この神社でお参りをすると、それが一つ減るんですって。つまり、ちょっとだけ神様に近づくんだそうです。そういう意味合いがあって、あえて一〇七段なんだそうです」

翔くんは、もっともらしい顔をして言ったけれど、そもそも「煩悩」の数が云々というのは仏教の話であって、神道とは関係ないのでは……。俺は、喉からあふれそうになった台詞を呑み込んだ。まあ、かつては神仏習合の時代もあったことだし、あえてそこは突っ込まなくてもいいかな、と思い直したのだ。そして、代わりに別の質問を投げてみた。

「階段の左右に生い茂っている木だけど、椿の木が多いよね？」

「はい。二〇本以上はあるはずです」

「参道に椿が多いから『椿姫』っていうの？」

「そうなんですけど——、たしか、もともとは『小鬼ヶ島神社』じゃなくて、『椿神社』という名前だったらしいんです……」

「へえ、名前を変えたんだ」

「はい、多分ですけど」

島の生き字引のような翔くんでも、あやふやな知識もあるらしい。

「すみません。あとで調べておきますね」

「え？　いいよ、べつに。翔くんって、ほんとまじめだよね」

苦笑しつつ言うと、翔くんは面映《おもは》ゆそうに小さく笑った。

俺はさらに質問を続けた。

「神社には、神主さんもいるの？」

「いないんですよ。歴代の『椿姫』が、その役割も務めているので」

「じゃあ、『椿姫』が一人で神社を守ってるってこと？」

「あ、いえ。一応、もう一人、別の巫女さんもいるんです」

「だよね。こんな山の上で、ずっとひとりぼっちじゃ、気が滅入っちゃうもんね」

「たしかに、そうかも知れませんね」

あれこれ会話をしているうちに、俺たちは疑惑の一〇七段を登り切った。

「ふう、けっこう疲れたな……」

息を切らしながらつぶやいた俺の目の前には、濃密な緑に囲まれた境内が広がっていた。

風が吹くと、ざわざわと淋しげな葉擦れの音が八方から押し寄せてくる。羽音を立てて頭上を飛び交うのはカナブンだ。時折、森のなかから、ギイイィ、と陰惨な声で鳥が鳴く。

不気味——という単語を必死に呑み込んだ俺は、しかし、「思ったより立派な神社だなぁ」と、失礼なことをつぶやいてしまった。

「もっと、しょぼいと思ってました？」

「あ、いや、そういうことじゃなくて……」

「登ってくるまでの階段が狭いですから、ここに来ると広さにギャップを感じますよね？」

「うん。ちょっと、意外だったかも」

正直、この島のサイズ感と人口からすると、大げさなほど立派な拝殿が建っているのだ。しかも、右手には龍の口から水が出るタイプの手水舎《ちょうずや》があり、左手には島の一般的な民家よりも大きな社務所が設けられている。

「あの龍の手水舎は？」

「もったいないので、祭りの日と初詣の頃にしか水は出していないはずです」

「そっか。狛犬はいないの？」

「そういえば、昔から置かれてないですね」

「ふうん……」

神主もいなければ、狛犬もいないなんて——。

俺は、あらためて、ぐるりと周囲を見渡した。

いかにも亜熱帯の島らしい、深く、濃く、暗い森。

そして、凛と掃き清められた境内と、古色蒼然とした拝殿と社務所。

ここは陰鬱と威厳の両方を漂わせた、重々しい感じの神社だった。

「アポなしで来たので、ちょっと挨拶をしますね」

翔くんは左手にある社務所の窓の前に立ち、ガラスを軽くノックした。ガラスの内側には、各種のお守りや、おみくじが並べられているけれど、買う人はいるのだろうか。

少しして、翔くんがふたたびノックすると、ガラスの向こうに音もなく人影が現れて、窓ガラスがスーッと開いた。そして、その瞬間、俺は息を呑んでいた。

「お待たせ致しました」

鈴を転がすような巫女さんの声が、境内に張り詰めていた不気味な空気をさっとなぎ払い、清めてくれたように感じた。

艶のある黒髪。白い肌。つるりとしたピンク色の唇。すっと伸ばした背筋。まるで、この巫女さんのまわりだけが、ほわっと白く光っているようにすら見えた。

この神秘的なオーラ。

つまり、この美しい女性こそが——。

と、そこまで考えたとき、俺のなかで、ふと別の感覚が湧き上がってきた。

でも、この女性、どこかで見たような……。

「どうも。今日は、こちらの佑さんに小鬼ヶ島神社を案内しようと思って」

翔くんが、親しげな口調で話しかけた。

「そうでしたか。ようこそいらっしゃいまして」

巫女さんは、丁寧にお辞儀をしてくれた。その凛とした所作に見とれていた俺は、ハッと我に返って頭を下げた。

「ええと、小島佑です。宜しくお願いします」

「こちらこそ、宜しくお願いします」

「あの……」

「はい？」

「失礼ですけど、どこかでぼくとお会いしたことは——」

俺は巫女さんの顔をまじまじと見ながら訊ねた。下心ではなく、本当にどこかで会ったような気がしていたのだ。

「え？　それは……」

と言いかけた巫女さんは、あらためて俺の顔をじっと見た——、と思ったら、なぜだか急にその視線があやふやな感じになった。俺の顔というより、背後を含めた全体をぼんやりと眺めるような、そんな眼差しになったのだ。

そして巫女さんは、ゆっくりと首を振った。

「いいえ、お会いしたことはないみたいです」

ない、みたい？

妙な言い方をされた気がするけれど、とにかく俺は、ちょっぴり残念に思いながら、

「あ、そうですよね。すみません。ぼくの勘違いだと思います」と苦笑いをした。

そんな俺と巫女さんとのやり取りを見ていた翔くんが、あらためて巫女さんに向き直った。

「佑さんに、椿姫を紹介したいんだけど」

え？　椿姫って、この巫女さんじゃないの？

意表を突かれて固まっている俺をよそに、巫女さんは軽く微笑んで答えた。

「大丈夫ですよ。ただ、椿姫さまは、いま拝殿でご祈禱中ですので」

「時間かかる？」

「もう終わる頃だと思います」

「だそうです」

「あ、うん」

翔くんが俺に向かって言った。

「では、拝殿までご一緒しますので、しばらくお待ち下さい」

そう言って、巫女さんはガラス窓をそっと閉めると、いったん社務所のなかへと消えた。

「翔くん」

「はい？」

「俺、てっきり、あの娘が椿姫かと思ったよ」

俺は小声で言った。

「え？　いや、まさか。全然違いますよ」

翔くんは、眉をハの字にして苦笑した。

「マジかぁ……」

「彼女は、東岡花蓮《かれん》っていう、椿姫の下で働く巫女さんです」

「そうなんだ。東岡ってことは――」

「はい？」

「あ、いや」東軍なんだろうな、と思ったけれど、ここであえて東西分断の話をしなくてもいい。「同じ苗字が多いだろうから、花蓮さんって呼べばいいのかな？」

「そうですね。ぼくは、花蓮ちゃんって呼んでますけど」

「ちゃんづけ？」

「彼女はぼくの二つ下で、二十歳なので」

翔くんいわく、この十数年、島の小中学校に通う子供は全学年合わせても二〇人くらいしかおらず、必然的に、年齢の近い子は、みな気心知れた幼馴染なのだそうだ。だから、二歳はなれた翔くんと巫女さんも気楽に会話ができるのだという。

「そっか。じゃあ、俺も、花蓮ちゃんって呼ぼうかな」

「いいんじゃないですか？　ぼくもそう呼んでますし」

翔くんが頷いたとき、社務所の玄関から花蓮ちゃんが出てきた。

「すみません。お待たせしました」

ここでも花蓮ちゃんは、丁寧なお辞儀をして見せた。この娘は所作がいちいち美しく可憐だった。

可憐な巫女の、花蓮ちゃん――。

菩薩の理香子さんに続き、今日の出会いは枕詞があって覚えやすい。

俺たちは花蓮ちゃんの後に続いて拝殿へと向かった。

「では、こちらで少しお待ち下さい」

花蓮ちゃんは、そう言うと、俺たちを賽銭箱の脇で待たせて、自分は下駄を脱いで拝殿へと上がっていった。

「椿姫さま、お客様がいらしてます」

観音扉の外から、花蓮ちゃんが清々しい声で呼びかけた。

なんとなく横にいる翔くんを見たら、両手を体側にぴたりとつけて、直立不動の姿勢をとっていた。

え、なんで？　そんなに緊張するような人なの？

念のため俺も、姿勢を正しておくことにした。

「開けます」

扉の中に向かって花蓮ちゃんはそう言うと、拝殿の扉をゆっくりと開けはじめた。

古びた蝶番《ちょうつがい》が軋み、さっきの陰惨な鳥の声とよく似た、ギイイィ、という音が境内に響き渡った。

陽の光が入らないせいか、拝殿のなかはやけに薄暗い。

その薄暗いなかに、一人の老婆が立っていた。

「…………」

その姿を見た俺は、思わず息を呑んだ。

妖怪――。

頭のなかに、その二文字が浮かんだ。

伸び放題の白髪。子供のように低い背丈。上下から押しつぶされたようなしわくちゃな顔。筋のような細い目。しかし、垂れたまぶたの奥にうっすらのぞく黒目は、ギラリと怖い光を放っているようにも見えた。年齢は不詳すぎて、一二〇歳だと言われたら、なるほど、とそのまま信じてしまいそうだ。

「ぐふふ。ようやく来たかい。待ってたよ」

老婆は――、いや、椿姫は、ニッと笑うと、枯葉をこすり合わせたようなしゃがれ声を出した。前歯が上下とも一本ずつ欠けているせいだろう、笑うと異様な迫力を感じさせる。

それにしても――、いま、椿姫は俺に向かって「ようやく来たかい」と言った。ということは、今日、俺がここに来ることを、あらかじめ翔くんが伝えていたということだろうか？　いや、まて、それはない。なぜなら、ついさっき翔くんは、「アポなしで来た」と言っていたではないか。

「…………」

すでに椿姫の存在感に呑まれていた俺が、返事も出来ずに呆然としていると、薄暗い拝殿のなかから椿姫がゆっくりと出てきた。足を一歩前に出すごとに、履き古した白い足袋を床板にこする音がする。椿姫が着ているものは、一応、花蓮ちゃんと同じタイプの巫女装束で、さらにその上に、なかが透けて見える薄手の千早を羽織っていた。しかし、凛として可憐な花蓮ちゃんとは違って、椿姫の着ている装束は、ひと目で襤褸《ぼろ》だと分かるほどによれていた。洗濯をしすぎたのだろう、袴の緋色もひどく褪せていて、もはや水で薄めたミカンジュースのような色になっている。

「椿姫さま、こちらが──」

花蓮ちゃんが俺を紹介しようとすると、椿姫がかさついた声でかぶせた。

「ああ、知ってるよ。長いこと待ってたんだからね」

椿姫は、おかしなことを言いながら、かなり無遠慮な視線で俺の頭からつま先までを値踏みするように見た。

「あ、ええと、はじめまして。小島佑と言います」

俺の挨拶に、椿姫は答えず、今度はその細い目で俺の背後をぼうっと眺めはじめた。

なに、この変な空気──。

これまでなら翔くんが俺を紹介してくれたのだけれど、いまの翔くんは、さながら「気をつけ」の姿勢をとった人形と変わらなかった。使い物にならない。

仕方なく、俺は自分からしゃべり出した。

「この島を活性化させるという仕事を村の方から請け負いまして、現場の視察に来ました。いろいろとお世話になると思いますので、宜しくお願いします」

椿姫は、相変わらず俺の背後を眺めていたけれど、とりあえず今度は小さく二度頷いてくれた。でも、それは、俺の言葉に反応したというよりも、むしろ俺の背後の空間に向かって頷いたような気がして、なんだかちょっと薄気味悪かった。

伝説の巫女、椿姫。

どうにも、つかみどころが無さすぎる。

そもそも、この小さな老婆には、巫女さんらしい凛とした佇まいもなければ、立ち姿に一抹の神々しささすら漂わせていない。ひとことで言えば、昔話に出てくる「山姥《やまんば》」を彷彿させる婆さんなのだ。

でも、なぜだろう――、ニッと笑ったまま俺の背後を見ている椿姫には、えも言われぬ「引力」のようなものがあるらしく、俺はずっと視線を外せずにいた。正直、醜悪とも言える容姿なのに、見ているこちらは少しも嫌な気分にならないし、それどころか、むしろずっと眺めていたいような……、そんな不思議な魅力があるのも事実なのだ。

「あの……」

と、俺はまた話しかけてみた。

「…………」

「さっき、ぼくのことを知ってるとおっしゃいましたけど……」

「ああ、知ってるさ」椿姫の視線が、ようやく俺の背後から、俺の目に戻ってきた。

「お前は、この島の救世主となる男だからね」

「えっ、救世主？」

島の人たちにもそんな感じで言われているけど……。

「そうさ。お前は救世主だよ。本物のね」

足りない前歯を誇張するようにニッと笑う椿姫に、俺もつられて笑ってしまった。

「それって、いわゆる勇者みたいなアレですか？」

ロールプレイングゲームを思い出しながら、冗談めかしてそう訊いた。

「勇者とな？　ぐふふ。まあ、そんな感じだね」

「ねえ、俺、勇者だって」

隣で直立不動の翔くんに、俺は笑いかけた。

しかし、翔くんは、失笑するでもなく、むしろ真顔で「佑さんが、本物の救世主で、勇者……」と目を丸くしているではないか。

は？　なに、その反応？

俺は、あらためて椿姫を見た。すると、これまでずっと筋みたいに細かった目をカッと見開いて、いきなりとんでもないことを言い出すのだった。

「おやっ？　お前、女難の相が出ておるな。気をつけないと痛い目に遭うよ。キヒヒヒヒヒ」

俺は、生まれてはじめて、リアルに「キヒヒヒ」と笑う人間に出会った。

「女難の相って……、この島で、ですか？」

「そうだね。ぐふ。せいぜい気をつけな」

俺は、なんとなく椿姫のそばに立っている花蓮ちゃんを見た。目が合うと、花蓮ちゃんは両手を口に当てて、半歩、後ずさった。

え、なんで？　その反応は、なに？

「ええと、それ、冗談――ですよね？」

俺は苦笑しつつ椿姫を見た。

「あたしゃ冗談なんか言わないよ」

椿姫は、さもおかしそうな顔で笑っている。

俺は、救いを求めて隣を見た。すると、翔くんまでもが眉間にシワを寄せて、残念そうな目で俺を見ているではないか。

「ちょ……」

言葉を失くした俺は、椿姫と花蓮ちゃんと翔くんを順番に見た。三人とも、何も言わず、俺を見ているばかりだ。

ふいに背後からひんやりとした重たい風が吹いてきた。

拝殿から俺を見下ろす椿姫の白い蓬髪が、ざわざわと生き物みたいになびく。

ギイイィ、と陰惨な声で鳴く鳥。

俺が救世主で、女難に遭うだって？

なんだよ、それ？

馬鹿馬鹿しい——。

と、胸裏でつぶやいてみたものの、しかし、正直言えば、そのとき俺の背中には鳥肌が立っていたのだった。

「よし。お前の顔を見られたから、もういいよ。今日のところはお帰り」

椿姫はそう言って日暮れ前の空を見上げた。


小鬼ヶ島神社は、椿姫がいること以外は、とくに見るべきところもないような簡素な神社だった。しかも、その椿姫がさっさと社務所に戻ってしまったので、残された三人は手持ち無沙汰になっていた。

「じゃあ、帰ろうか」

「そうですね」

俺と翔くんが話していると、花蓮ちゃんが「あ、そうだ」と軽く手を叩いた。「お渡ししたいものがあるので、ちょっと待ってて下さい」と言い残して、いったん社務所のなかに消えた。そして、ふたたび現れたときには、一枚のＤＶＤを手にしていた。

「これ、よかったら観てみて下さい」

花蓮ちゃんは、そのディスクを両手でこちらに差し出した。釣られた俺も両手で受け取りながら訊いた。

「これは？」

「四年に一度だけ、この神社で催される『小鬼ヶ島大祭』の映像が記録されたものです」

「ああ、祭りの――」

「今年が、まさにその年なんですよ」

翔くんが横からそう言った。

「へえ。ちなみに、どんな祭りなの？」

軽い気持ちで訊ねたのだが、翔くんと花蓮ちゃんは顔を見合わせて、ちょっと難しい表情をした。

「ん……？　説明するの、ややこしい感じ？」

「まあ、はい、そうですね」

と翔くん。

「DVDを観て頂ければ分かりますので」

と花蓮ちゃんが続けた。

「分かった。じゃあ、これ、今夜にでも観てみるよ」

手にしていたDVDをひらひらさせながら俺が頷いたとき、またしても、あの陰惨な声の鳥が、ギイイィ、と鳴いた。そして、それがなんとなく辞去のタイミングを告げる合図のように響いた。

「じゃあ、花蓮ちゃん、ありがとうございました」

「いいえ。何のお構いもできなくて」

俺は、ひそかに花蓮ちゃんからの絞首を期待していたのだけれど、やっぱり、それはなかった。

女難の相とやらでドン引きされたばかりなのだから、まあ、当然だろうけど。

俺と翔くんは、花蓮ちゃんに小さく手を振り、踵を返した。そして、おそらく花蓮ちゃんが掃き清めたのであろう境内を歩き出した。

少し歩いて振り返ると、まだ花蓮ちゃんは見送ってくれていた。俺はもう一度、手を上げた。花蓮ちゃんは、ふたたび美しい所作でお辞儀を返してくれた。

一〇七段の階段を下りはじめると、翔くんが深いため息をこぼして言った。

「はあ、佑さんが本物の救世主だったなんて、驚きました」

あまりにも感情を込めて言うから、俺はつい失笑してしまった。

「やめてよ。そんなの、あり得ないから」

俺は軽くいなしたつもりだったのだが、なぜか、それがむしろ翔くんの感情に火をつけてしまったようだった。

「いいえ、椿姫のお告げは絶対ですから」

「はぁ？　まさか」

「まさか、じゃないんです。昔、この島には、いわゆる『神隠し』のような事件が起きたんですけど」

「あはは。神隠しって……」

「この話はリアルなんです。禁断の恋に落ちた若い男女が、ある日、忽然と島から姿を消してしまったんです」

「はいはい。その話、ガイドブックに書いてあったよ。たしか『小鬼隠し伝説』だったかな」

「そうです。まさに、それです。小鬼に隠された二人を取り戻そうとして、先々代の椿姫がご祈禱をしてくれて、そのおかげで返してもらえたんだそうです」

足場の悪い階段をゆっくり下りながら、真顔で切々としゃべる翔くんに、俺は内心、ちょっぴり引いていた。

「まあ、そういう伝説があるってことね」

「伝説というか、島では完全に事実ってことになってます」

「またまたぁ」

俺は、思わず失笑してしまう。

「当時の椿姫は、小鬼の世界から現世に戻ってきた二人の居場所を島民たちにお告げとして話したんです。で、島民たちが、その場所に駆けつけてみたら――」

「本当に、二人がそこにいた？」

「そうなんです。二人は気絶した状態で見つかったそうです。しかも、自分たちがどこにいたのかを覚えてなかったって」

「ふうん」

と適当に返事をしてみたけれど、肯定の意思がないことを翔くんに見抜かれてしまったらしい。

「佑さんは本土の人だから信じないかも知れませんけど、でも、これは本当にあったことらしいんです。実際、いまの椿姫も、ときどき小鬼様からのお告げを口にするんですけど、それが怖いくらいに当たりますから」

「それで翔くんは、さっき直立不動だったの？」

「え？　ぼく、そんな感じでした？」

本人は、分かっていなかったのだ。俺はちょっとおかしくなって、くすっと笑ってしまった。

「めっちゃビビってる感じだったよ」

「ビビっては――、いないと言ったら、嘘になりますけど」

あれこれしゃべっているうちに階段を下り切って、俺たちはみすぼらしい鳥居をくぐり出た。

「分かった。とりあえず、翔くんの言葉を頭に置きながら、これを観てみるよ」

俺はＤＶＤをかざして見せた。

「はい。ちょっと風変わりな祭りですけど」

俺たちは停めていた車に乗り込んだ。

翔くんがエンジンをかける。その美しい横顔をちらりと見て、俺は腕を組んだ。

こんなにまともそうな翔くんまで、しょうもないオカルトを信じているなんて、この島、マジでヤバいかも——。

車はいったんバックして、方向転換をすると、元来た集落の方へと向かってゆっくり走り出した。

フロントガラスの向こうに広がる空は、今日も透明感のあるパイナップル色に染まっていた。オカルトはともかく、この島の自然は純粋に美しい。

「あの、佑さん」

翔くんが、ちょっとあらたまったような声で俺を呼んだ。

「ん？」

「いまさらですけど」

「…………」

「宜しくお願いします」

「え、なにを？」

「この島のことです」

「俺は——」翔くんの横顔を見た。胸の奥がチクリと痛んだ。「とにかく、やれる範囲で頑張ってみるよ」

じつは、やる気ゼロで来島したんだけど……。

「ありがとうございます」

翔くんはホッとしたように言うと、夕日に向かってゆっくりとステアリングを切った。

邪気のないその横顔に、俺はため息をつきたくなっていた。

公民館の前まで送ってもらい、翔くんと別れた。

外階段を上がり、この島での「自宅」に戻ると、俺は窓を全開にして、床に大の字になって寝転んだ。というか、崩れ落ちたというべきかも知れない。とにかく疲れ切っていたのだ。

窓からすうっと流れ込んでくるパイナップル色の風。

ゆらめくレースのカーテンも、白い天井も、同じ色に染め上げられていた。

「くたびれたぁ……」

ぼそっと声に出してみたら、なぜだろう、今日、この島で出会った人たちの笑顔が脳裏に浮かんだ。

考えてみれば、朝から数種類もの仕事（しかも、すべて肉体労働）を手伝わされたのだ。普段からデスクワークしかしていない俺にはハードすぎた。疲れて当然だ。

でも……、と俺は大の字のまま天井を見詰めた。

手指の先までじーんと痺れるようなこの感じは、都会では味わったことのない充実感に違いなかった。しかも、俺があくせく手伝いをしたことで「誰かに喜んでもらえた」というシンプルな確信もあった。そして、その確信こそが、今日一日の俺の生きた価値のようにも思えてくる。

そっと目を閉じた。

パイナップル色の風をおでこに感じながら深呼吸をした。

救世主、か……。

もし俺が、本当にそんな大それたものになれるのだとしたら、それはそれで悪くない。

でも、今日みたいに「ほんの小さな救世主」として、誰かに少しでも喜ばれる――、そんな日々の積み重ねも、もしかするとアリなのかも知れない。

ふと、あの陰惨な鳥の声が耳の奥に甦った。

ギイイイィ。

足りない前歯をむき出しにしてニッと笑う椿姫。

所作の美しい可憐な花蓮ちゃん。

この現実味のない今日という現実――。

ほんの三日前まで都会で働いていた自分という存在が、なんだか希薄なものに感じられていた。もしかして、あっちの世界がフィクションだったりして？　そんな突拍子も無い考えが脳裏をよぎったので、俺は目を閉じたまま、ふっ、と笑っていた。

ふたたび心地いい風が吹き、俺のおでこを撫でていく。

風が、呼吸を整えてくれるみたいだな……。

そう思いながら自分の呼吸に耳を澄ましていたら、背中が畳に溶けはじめて、いつの間にか俺は眠りに落ちていた。

目覚めたときは、すでに夜だった。

「さむっ……」

畳の上にエビのように丸まっていた俺は、おもむろに起き上がった。

部屋の照明を点け、開けっ放しだった窓を閉める。

腕時計を見ると、午後七時七分を指していた。「民宿ほらがい」で遅めのランチを食べたのに、もう腹が減っていた。

俺は手早くシャワーを浴びて昼間の汗を流すと、濡れた髪のままサンダルをつっかけて部屋を出た。

夕食を食べに行くのだ。

今夜、翔くんには野暮用があるらしく、俺は一人で飯を食べにいくことになっていた。

無難に「一徹」に行くか、それとも、あえて東軍の「もじゃもじゃ」に飛び込んでみるか……。

川沿いの暗い坂道を歩きながら考えてみたけれど、やっぱり今夜は勝手知ったる「一徹」に決めた。身体が疲れているところに「もじゃもじゃ」に顔を出して、うっかりヒカリダケのエキスが入った酒を飲まされたりしたら——と考えたら、なんだかちょっと不安になったのだ。

満天の星を見上げながら川沿いの道を下っていき、そして島の外周道路に到達した。

「一徹」は目の前だ。川に架かる橋の向こう側から、今夜も陽気な笑い声が聞こえてきた。その声のなかに、るいるいさんのキンキン声が混じっていたので、ほんの一瞬、気持ちが揺らいだ。

でも、ま、いっか……。

胸のなかでつぶやいた俺は「一徹」の引き戸を開けて暖簾をくぐった。

店内にはすでに十人ほどのお客がいて、それぞれのテーブルで盛り上がっていた。

「こんばんは」

カウンターの奥の厨房に向かって挨拶をすると、虎徹さんが苦みばしった顔で目礼をしてくれた。

「おっ、佑が来たぞ」

店の奥の方で、ちょっと馴れ馴れしいような声が上がった。

「一人か？　こっちこいよ」

「村長もいるからよぉ」

知らない顔の男たちに笑顔で手招きをされた俺は、断るのも変なので、そのままいちばん奥のテーブルに着いた。テーブルには村長の他に二人いて、俺は村長の正面に座らされた。

「あれ？　うちの翔は一緒じゃないの？」

ジョッキを手にした村長が小首を傾げた。

「翔くんは野暮用があるそうなので、今夜は、ぼく一人で来ました」

「野暮用？」

「ええ……」

俺が頷くと、村長はわずかに眉をひそめた。

「まあ、村長、それはそれってことで」

「せっかくだから、佑について、いろいろ訊きましょうよ」

テーブルにいた男たちが話題を変えた。そして、村長のグラスに瓶のビールを注いだ。

村長も「まあ、そうだな」と、ひとつ息をついて、柔和な顔を取り戻した。

「そういや佑、『からし巻き』にチャレンジしたんだって？」

村長の左隣にいる赤ら顔の太った中年男が、嬉しそうに言った。

「あ、はい」

「おお、食べ切れた？」

村長が、少し前のめりになって訊いた。

「一応、なんとか。最初から最後まで、涙が止まらなかったですけど」

「それこそが『泣きの西』ってやつだ。あれを食べ切れるとは、たいしたもんだなぁ」

俺の左隣の痩せたごま塩頭の老人が陽気に笑う。この人も顔がビターチョコレートみたいに真っ黒だから、漁師なのかも知れない。そして、その老人が、俺のグラスにビールを注いでくれた。

「まあ、飲めよ」

「ありがとうございます。頂きます」

俺は冷たいビールで喉を潤した。くはぁ、とやりたいところだったけれど、村長と知らない年配者が二人いたので、一応やめておいた。

「そういや、今日は、朝からあちこち巡って、手伝いをしたんだってな？」

赤ら顔が言う。

「はい。手伝いなのか、邪魔をしただけなのか、微妙ですけど」

「いやいや、けっこう頑張ってたって聞いたぞ」

チョコレート色の老人が、隣にいる俺の背中をポンと叩いた。

どうやら、今日一日の俺の行動は、すでに島民たちに把握されているらしい。ここで嘘をついても仕方ないので、俺は聞かれたことに素直に答えていった。誰のところで、どんな仕事を手伝い、それがどれだけ楽しく、大変だったか――。

あれこれ会話をしているうちに、他の席にいたお客たちまで近くに集まってきて、俺のテーブルの周りは異様な盛り上がりを見せはじめた。

「佑はよ、都会じゃテレビの広告やら芸能人のイベントやらを手がけるような偉い先生なのに、ここではちょいと頼めば何でも手伝ってくれるんだから、たいした人格者だよなぁ」

四十路くらいの大男がそう言った。

「いや、ぼくは、先生なんかじゃ――」

慌てて俺が誤解を解こうとすると、村長がかぶせてきた。

「謙遜しなくていいよ。俺はちゃんと佑の会社の社長から聞かされてんだから。腕っこきの男を島に派遣するってな」

俺は、頭を抱えたくなった。いくら村長と社長が学生時代の友達だからって、そこまで嘘をつく必要はないだろう。

「じゃあ、明日はうちに手伝いに来てくれ。ちょうど忙しくて人手が足りねえんだ」

「おう、うちにも来てくれよ」

「だったら、うちにも！」

もはや、この人たちは、俺のことを便利屋か何かだと思っているのではないか。酔った勢いもあるのだろうけれど、肩を組まれたり、無理やり「飲め飲め」とビールを勧められたりで、愛想笑いを作り続けるのにも疲れてきた。

と、そのとき、俺の後ろに立って、勝手に俺の肩を揉みはじめた男が、いまいち呂律《ろれつ》の回らない言葉を発した。

「つっても佑よぉ、今日は、東の連中のところばっかり手伝いに行ってたんだよなあ？」

この台詞は、酔っ払いたちに冷や水を浴びせた。

一瞬にして、店内が静まったのだ。

「東って……、ちょっと、よく分からないんですけど」

慌てた俺は、しどろもどろの台詞を返した。

すると、静寂に重さまで加わってしまった。

俺は、少し気になったことを赤ら顔に訊ねた。

「いま、村長さん、電話に出るときにアプリを操作してましたよね？　あれ、何なんですか？」

「ああ、通話内容を録音してるんだよ」

「録音？」

「そう。去年だったかな、東の——っていうか、意見が対立する議会の連中と、言った言わないの水掛け論になって、最後は訴えられそうになったんだよ。それからは、仕事に絡む電話はすべて録音するようにしてるんだって」

「なんか、政治の世界って、やっぱり大変なんですね」

こんな小さな島でも、という蛇足は口にしなかった。

「まあな。小さな島でも、いろいろあるんだよ」

俺がこらえた台詞を、チョコレート顔が代わりに言ってくれた。

「それにしても、スマホで通話しながら会話を録音するアプリがあるなんて、ぼくは知らなかったです」

俺が言うと、赤ら顔が、なぜか少し穏やかな顔をした。

「そのアプリとやらをさ、翔が教えてくれたんだって、村長、嬉しそうに言ってたよ」

あの翔くんが、そんなことを——。

何らかの事情があれども、やっぱり父子なのだ。

しばらくして村長が戻ってきた。

電話の内容が重たかったのか、最初は少し難しい顔をしていたけれど、飲み直しているうちにやわらかな笑みを取り戻し、最後は満足げに「尾長鯛のお茶漬け」を食べはじめた。

俺も、残りわずかな胃袋の隙間に、村長と同じお茶漬けを流し込んだのだが、これがまた絶品だった。

その夜の俺の飲み代は、村長がもってくれた。

店を出るとき、俺は十人近くの人たちから絞首をされて、ブンブンと頭を振られたので、酔いが一気に回ってしまった。

帰路、川沿いの坂道を、俺は千鳥足でふらふらと上った。

来るときに眺めていた幾千万の星が、いまはひとつも見えない。飲み食いしているあいだに薄雲が張り出したようだ。それでも、襟元を撫でていく川風は清々しいし、せせらぎは胸の内側にすうっと沁みてくる。

俺は、歩きながら両手を天に突き上げて、大きく息を吸い、そして、ゆっくりと吐き出した。

苗字の違う翔くんと村長との確執。

この島で最大の秘密。

椿姫に告げられた女難の相。
気になることはいろいろとあるけれど——、
でも、まあ、俺は部外者だし、リアリストだし。
そう思うことで、心に軽くふたをしておくことにした。

帰宅した俺は、畳に布団を敷くと、テレビ台の上に放置してあったDVDを手にした。

可憐な花蓮ちゃんから預かった「小鬼ヶ島大祭」の映像を観てみることにしたのだ。

夕方、うっかり寝てしまったせいで、酒を飲んだのにちっとも眠気を感じないから、布団の上でゴロゴロしながら暇つぶしをしようというわけだ。

テレビとDVDレコーダーの電源を立ち上げ、ディスクを挿入した。リモコンを操作すると、液晶画面に粒子の荒い映像が流れはじめた。ずいぶんと古い時代の映像らしい。

俺は、寝そべりながら大祭の様子を眺めた。

すると、これが、想像を遥かに超えるレベルの、阿呆っぽい内容だったのだ。

まず、朝日が昇るのに合わせて巫女が太鼓を打ち鳴らす。この巫女は、花蓮ちゃんではなく、中年のおばさんだった。太鼓の音が響くと、鳥居の周辺に集まっていたふんどし姿の男衆が、「うおー、うおー」と奇声を上げながら、狭い階段を駆け上がり、拝殿の前に集まる。集まっているあいだ、巫女はゆっくりとしたリズムで太鼓を叩き続ける。

男衆は、ひたすら奇声を上げながら、周囲にいる連中と、互いの背中をバチン、バチン音を立てて叩き合うのだ。

しばらくすると、満を持して椿姫が登場し、おもむろに拝殿で舞いはじめるのだが、この椿姫は、まさに昼間に俺が会った椿姫だった。年齢はいまより二〇〜三〇歳くらいは若く見える気もするけれど、それでもやっぱり年齢不詳だ。

椿姫は長い御幣《ごへい》を手に、くるりくるりと回転しながら舞う。二秒間に一回転くらいのゆっくりとしたリズムで、右回り、左回り、と不規則な回り方をするのだが、奇妙なのは、拝殿の下に集まった男衆までも、椿姫に合わせてくるりくるりと回りまくることだった。しかも、両手のひらを天に向けた奇妙な格好で。くるくる回る男衆の背中は、互いに叩き合ったせいで真っ赤に変色していた。

で、これを五分くらいやったあと、ようやく太鼓の音が止んだ。そして、いよいよ椿姫からの「お告げ」が発表された。

映像が古く、録音状態も悪いうえに字幕もないから、いまいちよく聞き取れなかったけれど、ようするに椿姫は、この年の農業と漁業のことや、気をつけるべき事故、天災、健康のことなどを予言じみた言い回しで告げていた。ざっくりとした物言いが多いのだが、ときに日付や個人名まで口にした詳細な「お告げ」があるのには驚いた。

祭りは、それで終わりだった。

ＤＶＤの映像も、いきなり終了した。

「なんだこりゃ……」

いったい、これのどこが「大祭」なのか。

むしろ、ただのマニアックな「奇祭」じゃないか。

花蓮ちゃんには悪いけれど、俺はやれやれといった思いでレコーダーからDVDを取り出し、元のケースに戻した。そして、テレビ台の上にそれを置こうとしたとき、ふいに、ブルル、と身震いをした。なんだか身体の芯のあたりがゾクゾクして重たいような感覚になったのだ。飲みすぎたせいか、あるいは絞首で頭を振られたせいか、わずかに頭痛もしていた。

まだ、あまり眠くはないけれど……。

「寝るかな」

と、俺は誰にともなくつぶやいた。

照明を消し、部屋を暗くする。

そして、布団に潜り込んで丸くなった。

目を閉じて少しすると、翔くんの声が脳裏で再生された。

「宜しくお願いします」

神社の階段を下りながら、俺にこの島の未来を託した彼の言葉――、その誠実な響きは、かえしのついた棘となり、俺の胸に刺さったまま抜けなくなっていた。

長い夜になりそうだな……。

俺は布団のなかで、深いため息をついた。

第三章　マジックショップ

来島して三日目の朝——。

目覚ましのアラームを止めた俺は、しばらくのあいだ布団のなかでまるまっていた。なんとなく身体がだるいうえに、頭も少し痛かったのだ。昨夜、村長たちと飲んだ酒が残っているのかも知れない。

二度目のアラームが鳴ったとき、俺は仕方なく布団から這い出した。今日も翔くんのガイドで島巡りをすることになっているのだ。

重たい身体を引きずりながら出発の準備を整え、玄関でスニーカーを履いてドアを開けると、まぶしさに目を細めた。

澄み切った空のブルーと、山々の鮮烈なグリーン。あちこちで鳥たちがさえずり、きらきらした風が頬を撫でていく。

ドアに鍵をかけ、両手を突き上げて「んー」と伸びをした。

「佑さん、おはようございます」

階段の下から声がした。

見ると、翔くんが、まぶしそうに俺を見上げていた。

「おはよう。今日も宜しくね」

言いながら階段を下りはじめたら、やっぱり少し頭痛がした。

今日、最初に訪ねるのは、小鬼ヶ島小中学校だ。

この学校の生徒数は、小中学校あわせて二〇人。教師の数は十二人だと聞いている。

「いま、学校の方に、もう少ししたら向かいますって連絡したんですけど」

「うん」

「せっかくだから、都会でバリバリ活躍している佑さんに、特別授業をやって欲しいって頼まれました」

軽自動車に寄りかかって立つモデルのような美男が、爽やかな笑顔を浮かべて想定外のことを言い出した。

「え？　急に授業だなんて、無理だよ」

「授業といっても、勉強を教えるわけじゃないですから。佑さんの普段の仕事について話して欲しいんですって」

「だからって――、翔くん、その話、受けちゃったの？」

「ええ、まあ……、きっと大丈夫だと思いますよって」

マジかよ。俺は、ため息をこらえて翔くんを見た。

「もしかして、駄目でした？　先生たち、すごく喜んでくれたんですけど」

「俺、ほら、子供いないしさ、子供たちを相手に何をどんな感じでしゃべればいいか……」

正直、見当もつかないのだ。

「なんか、すみません。じゃあ、やっぱり断りましょうか」

申し訳なさそうに言いながら、翔くんは、ズボンの尻ポケットからスマートフォンを取り出した。

さっさと断って欲しい、というのが俺の本音だ。でも、いったん喜ばせてしまった教師たちを落胆させてから、「学校視察」に行くというのは、さすがに気がひける。だから俺は、渋々言った。

「いや、まあ、承諾しちゃったなら、いいんだけどさ」

「ほんと、すみません……」

「そんな、謝るほどのことじゃないんだけど――、ただ、なんか、先生たちに期待されてるって、ちょっとハードルが高いなって」

「そんなに本気にならなくても大丈夫だと思うんですけど」

「そうかな？」

「ええ。ざっくりと仕事の内容を説明して、あとは芸能人に会った話とかをしてあげれば、子供たちは充分に喜んでくれると思いますし」

「芸能人ねぇ……」

会ったことのある人は、いくらかいるけれど――、でも、たいしたネタはないよなぁ、と思っていたら、翔くんが腕時計に視線を落とした。

「あ、そろそろ――」

「うん」

「なんか、すみません」

「いいって。もう謝らないでよ」

俺たちは微妙な空気のなか、車に乗り込んだ。

走り出した軽自動車は、朝日にきらめく集落を抜け、あっという間に学校に到着した。生徒数のわりに校舎は立派な鉄筋二階建てだ。

翔くんに先導されつつ、スリッパに履き替えて校舎へと入っていく。そのまま二階の職員室に行くと、数人の教員が拍手で迎えてくれた。

村役場のヒロムさんが言っていたように、この学校の先生たちはやたらと明るくポジティブで、どこかバックパッカー的な匂いを発散させていた。平均年齢もかなり若そうだ。なるほど、自ら志願してこの島へと赴任してきただけのことはある。

「校長の澤井《さわい》です。今日はありがとうございます」

彫りが深く、ダンディーな顔をした校長は、しかし、髪の毛が一本もなかった。背も低いので、つるつるの頭が目について仕方がない。

「小島です。宜しくお願いします」

名刺を交換し、軽い雑談を交わしたあと、俺と翔くんは、さっそく一階の端っこにある教室の前まで連れていかれた。

「もう生徒たちは集めてあります。何でもいいので、彼らにとってためになる話をして頂ければ」

引き戸の前で、校長が小声で言った。教室のなかからは、子供たちの賑やかな声が聞こえてくる。

「ためになる話、ですか……」

「まあ、そんなに緊張しないで。この島の子供たちは都会の子みたいにスレていないので、何でも喜んでくれますから」

何でも喜んでくれるだなんて、そんないい加減な——と、思いつつも、とりあえず「分かりました」と答えたら、横から翔くんが笑いかけてくれた。

「佑さん、大丈夫ですよ。気楽にしゃべってきて下さい」

「うん」

ま、いっか、適当で。

心のなかでそう決めたとき、校長が引き戸を開けて教室のなかへと入っていった。

騒いでいた生徒たちが、ぴたりと静まる。

「先ほど、みんなにもお伝えしましたが、今日は、都会の会社で活躍されている小島佑先生に特別授業をして頂きます」

静かだった教室がざわめいた。

「佑先生は、この島をいっそう明るく元気にするには、どうしたらいいか？　そのアイデアを考えるために来島して下さった方です。それでは佑先生、お願いします。はい、みんな、拍手」

校長の呼びかけに応じて、俺はぎくしゃくした歩みで教室のなかへと入っていった。教卓の脇に立ち、軽くお辞儀をすると、拍手がやんだ。

「ええと、皆さん、おはようございます」

「おはようございまーす」

小学一年生から中学三年生まで、幅広い年齢の生徒たちが元気な挨拶を返してくれた。俺は少しホッとして、軽い自己紹介からしゃべりはじめた。

すぐに教室の後ろの引き戸がそっと開いて、校長と数人の教師と翔くんが入ってきた。彼らも生徒たちの後ろに立って、俺の特別授業を見学するらしい。正直、子供たちよりも、教師たちの目の方が俺を緊張させる。

ざっくり自己紹介を終えた俺は、勤めている会社の概要と、自分がこれまでやってきた仕事について説明をした。しかし、小学校の低学年の子供たちには、いまいち伝わらないらしく、ポカンとした顔をされてしまった。

少し焦った俺は、はじまってまだ五分も経っていないのに、切り札であるはずの芸能人ネタをしゃべりはじめてしまった。

ところが――、これが一ミリもウケない。というのも、俺が会ったことのある芸能人を、ほとんどの子が知らなかったのだ。

「えっと、みんなが好きな芸能人って、誰かな？」

たまらずこちらから問いかけてみたけれど、子供たちの口から出てきた名前は、俺の仕事とはまったく無縁な芸能人ばかりだった。

もはやネタ切れ――。

子供たちの目。教師たちの目。たくさんの目が俺をじっと見詰めてくる。

まずい。どうしよう……。

頭のなかが真っ白になりかけたとき、教室の窓にかけられたベージュのカーテンが、ふわり、と風をはらんで膨らんだ。窓辺には、背の低いロッカーが並んでいて、その上に置かれた竹カゴのなかに、いわゆる日本の「昔遊び」のおもちゃが入れられていた。

「この学校では、昔遊びをやるの？」

子供たちに問いかけると、小学四年生から六年生くらいの子たちが一様に頷いてみせた。

これはイケるかも――。

起死回生の光明を見た俺は、窓辺のカゴに歩み寄り、なかからけん玉を取り出した。

「じつはね、ぼくは、仕事よりけん玉の方が得意なんです」

言いながら教卓の前へと戻った。

子供たちも、教師たちも、翔くんも、意外そうな顔で俺を見ている。

「じゃあ、いくよ。まずは小手調べ」

と言いつつ、いきなり「うぐいす」という高難度の技を披露したら、子供たちの目がパッと見開かれ、前のめりになったのが分かった。

「ここからの――」

ニヤリと笑って、さらに連続技へとつなげた。

うわ、すげえっ、なにあれ、神じゃん――。

教室のなかがざわつき、そこから一気に盛り上がった。教師たちも、翔くんも、満面の笑顔で拍手をしてくれていた。

まさか、こんなところでけん玉が役に立つとは――。

本土ではまったく褒められたことがないし、見せ場さえもなかった「特技」を、俺は次々と披露していった。

ひととおりのパフォーマンスを終えても時間が余ったので、俺は子供たちにけん玉のコツを伝授してやった。

そして、気づけば、予定していた時間いっぱいになっていた。

なんとか、やり遂げた――。

俺は、あらためて子供たちを見渡した。

爛々と輝く彼らの目は、まさにヒーローを見るときのそれだった。

調子に乗った俺は、授業の締めとしてこう言った。

「じつは、まだ誰にも見せたことのない、魔法みたいな『秘密の技』があるんだよね」

マジかよ、天才じゃん、ヤべえ、魔法見たい――。

と盛り上がる子供たちに、さらにもったいぶった言葉を続けた。

「じゃあ、その魔法は、またいつかチャンスがあったら見せてあげるからね。それでは時間が来ましたので、本日の特別授業は終わりにします。どうもありがとうございました」

教室は大きな拍手で満たされた。

俺は子供たちに手を振りながら教室から出た。

廊下に出ると、さっそく校長に握手を求められた。

「いやあ、凄かったです。もはや曲芸ですね」

「いえ、ただの趣味です」

上機嫌のまま謙遜の言葉を口にすると、なぜか、ふいに校長が声のトーンを落とした。

「じつは、佑さん」

「はい」

「このあと、もう一人だけ会って欲しい生徒がいるんです」

「え?」

「その子は、いま、保健室にいまして」

そう言って校長は、握っていた俺の手をそっと放した。

「では、わたしが保健室までご案内します」

そう言って、俺と翔くんに軽く頭を下げたのは、白衣を着た養護教諭の宿谷佳美《しゆくたによしみ》先生だった。年齢は二十代の後半くらいだろうか。小柄なうえに幼い顔つきをしているから、年齢が読みにくい女性だった。

校長と他の教師たちは、それぞれの持ち場に戻っていった。

廊下を歩きはじめると、佳美先生が俺を見上げて言った。

「保健室にいるのは小学四年生の葉月《はづき》ちゃんっていう子なんですけど、いわゆる『保健室登校』をしてるんです」

葉月ちゃん――、名前は覚えた。

「その子に、なにかあったんですか？」

なんとなく、いじめかな、と思いながら俺は訊いた。

「この学校では、とくになにもないんですけど、以前、通っていた本土の学校ではいろいろあったらしくて」

「転校生……」

「はい。三月の終わり頃、この島に引っ越してきたんです」

「いろいろあった、というのは、やっぱり……」

佳美先生は眉根を寄せて「いじめ、です」と頷いた。「向こうでは一度、転校をしたらしいんですけど、でも結局、新しい学校にも馴染めなかったみたいで。それで、この島の『離島留学プログラム』に参加した子なんです」

「なるほど……」

自分の居場所を見つけられず、僻地の島へと逃げてきた――、なんだか、いまの自分の境遇と重なって、少し胃のあたりが重たくなってしまった。

「素直で優しい子なんですけどね。まだ島にも学校にも慣れていないので、本人と親御さんとも話し合って、とりあえずは、保健室からゆっくりはじめよう――、ということになったんです」

「あんまり無理をさせても、いいこと無いですからね」

そう答えたあと、俺は胸の奥で、心が壊れちゃうもんね、とつけ足した。

廊下の先に「保健室」と書かれたプレートが見えてきた。俺たちはそのプレートの下まで行くと、引き戸の前で立ち止まった。

「ええと、ぼくは、葉月ちゃんと、どんな話をすれば……」

肝心なことを訊き忘れていた。

「なんでもいいです」

「なんでも？」

「はい。できれば、葉月ちゃんを笑顔にしてあげて欲しいですけど」

「笑顔、ですか……」

正直、俺は子供の扱い方がよく分からないし、どちらかといえば苦手だ。さっきは、たまたまけん玉があったからよかったけれど――。

腕を組み、首をひねった俺に、翔くんが小声で話しかけてきた。

「葉月ちゃんのお母さんは、理香子さんですよ」

「えっ？　『民宿ほらがい』の？」

「そうです」

まさか、ここで「菩薩の理香子さん」がつながってくるとは……。俺はあの慈悲深いような笑みと、チキンライスの風味を思い出した。

「佑さん、もう理香子さんとお会いになってたんですね？」

佳美先生が、意外そうな顔をした。

「はい。昨日、民宿の方で、ご飯を頂いたんです」

「そうでしたか。理香子さんのチキンライス、わたしも食べたことがあります」

「あれ、美味しいですよね」

「はい、絶品だと思いました。じつは、いま、『民宿ほらがい』のオーナー夫妻はヨーロッパへ長旅に出ていて、しばらくの間、従業員は理香子さん一人なんです」

「民宿を、たった一人で？」

「はい。でも、メインの宿泊は休業にして、食堂だけの営業にしているそうです」

なるほど。それなら理香子さんだけでも切り盛りできそうだ。

俺は、念のため、葉月ちゃんについての情報をもう少し得ておこうと思い、佳美先生に質問をした。

「理香子さんと葉月ちゃんは『民宿ほらがい』に住んでいるんですか？」

「いいえ、二人は民宿から歩いてすぐのお家を借りて暮らしています」

「葉月ちゃんの他に『離島留学プログラム』で来ている子は？」

「いません。いまのところ葉月ちゃんだけです」

本当は、あとひとつ——、葉月ちゃんのお父さんのことが気になっていたのだけれど、さすがにそこまで踏み込むのはどうかと思って、俺は自制した。

一瞬、会話が途切れた。

「じゃあ、そろそろ？」

と佳美先生が俺を見上げた。

「はい」

「宜しくお願いします」

佳美先生は静かに保健室の引き戸を開け、なかへと入っていった。

「葉月ちゃん、お待たせ。佑先生が来てくれたよ」

やわらかな声を出した佳美先生のあとに俺たちも続いた。

保健室は、思いがけず明るい空間だった。すべての窓が開いていて、清々しい風がそよと流れ込んでくる。

窓辺には、教諭用と子供用の机が並んでいた。

そこで自習をしていたのだろう、ひとりの少女が鉛筆を置いて、おずおずと立ち上がった。

サイドに編み込みのあるお下げ髪。痩せぎみの身体。パンダ模様のうさぎのキャラクター「虹の森のミミっち」がプリントされた白いTシャツに、デニムのキュロットスカート。少し切れ長な目と、おだやかそうな視線は、なるほど理香子さんのまなざしを彷彿させた。

「こんにちは」

俺は笑みを浮かべて挨拶をした。

「こんにちは」

小さな頭をわずかに下げて応える葉月ちゃん。

声も、表情も、俺が予想していたほどは暗くなかった。パッと見では、いじめにあって保健室登校をしているようには見えない。でも、葉月ちゃんの心が負った無数の傷からは、いまこの瞬間もじくじくと血が滲んでいるに違いない。

「どうぞ、お掛け下さい」

佳美先生に促されて、俺は丸椅子に腰掛けた。翔くんは俺の後ろにあるベッドの端っこに座り、佳美先生と葉月ちゃんは、それぞれ自分の椅子を俺の方に向けて座った。

両手を膝の上に置いた葉月ちゃんは、わずかに警戒心を滲ませた上目遣いで俺を見ていた。正面から視線が合うと、すぐにそらしてしまう。

俺はなるべく口角が下がらないよう心を砕きつつ、軽く自己紹介をした。そして、まずは葉月ちゃんとの共通の話題を探してみることにした。

「ねえ葉月ちゃん」

「…………」

葉月ちゃんは、無言のまま俺を見上げた。

「この島に来るときに乗ったフェリー、めちゃくちゃ揺れなかった？」

「揺れました……」

「だよね。あの揺れ方ヤバくない？　俺、沈没するんじゃないかと思って、ドキドキしてたよ」

曖昧な笑みを浮かべ、首を傾けた葉月ちゃんに、俺は笑いかけながら続けた。

「あまりにも揺れるから船酔いしちゃって、二等船室でダウンしてたのね。そしたら、いきなり金髪のモデルみたいな女の人が話しかけてきて、俺にゲームを貸してくれっていうの」

「ゲーム？」

「そう。知らない人が、いきなりゲームを貸してくれって。怪しいよね？」

「うん……」

「葉月ちゃんは、ゲームやる？」

「あんまり上手じゃないけど」

やることは、やるのだ。

ならば、と俺は、ゲームとるいるいさんをネタにして、船上で起こったあれこれを笑い話にしてしゃべってみた。すると、葉月ちゃんの頬が、さっきよりだいぶ緩んだように見えた。

俺はさらに葉月ちゃんと共通する話題をしゃべり続けた。

たとえば、他所から来島した者なら必ず驚く、この島の不思議な習慣、「絞首」について や、山に登るとカナブンの大群がいて煩わしいこと（ついでに口のなかに飛び込んできて慌てたことも）、さらに、星空がまるでプラネタリウムのようで感動したことなどをしゃべってみたのだ。

葉月ちゃんも身に覚えがあるのだろう、控えめながらもくすくすと笑ったり、何度もうんうんと頷いてくれたりした。

なんだ。ふつうに可愛らしい、いい子じゃないか。

こんな子が、学校でいじめにあって、転校を繰り返しているなんて——。

俺は、葉月ちゃんの頬に浮かんだ小さなえくぼを眺めながら、この世の理不尽を勝手に憂えていた。

開け放った窓からふわっとまるい風が吹き込んできて、カーテンが夢のように揺れた。葉月ちゃんの前髪もさらさらと揺れる。

「ゲーム以外で、なにか趣味はある？」

そろそろ俺の話じゃなくて、葉月ちゃんの話を引き出してみようと思った。

「趣味……」

「うん。なんでもいいよ」

「漫画を読むこと、かな」

「おっ、いいね。俺も漫画は大好きだよ。どんなの読むの？」

「最近は──」

葉月ちゃんの口から出たタイトルが、たまたま俺の知っている漫画だったので、そこからの会話は嚙み合って、ころころと展開していった。

結果、葉月ちゃんという少女の輪郭が、少しずつ見えてきた。

運動はあまり好きじゃないけれど、一人でやる鉄棒と縄跳びはわりと得意。椎茸とピーマンは苦手。フルーツは大好き。漫画のキャラクターを自分で描くのが好き。朝はぼうっとして、なかなか起きられず、朝食は少ししか食べられない。でも、お母さんのお手伝いで料理を一緒に作るのは好き。弟か妹が欲しい。この学校の先生たちは優しくて好き。

会話の途中、何度か理香子さんのことを思い出したけれど、あえて葉月ちゃんには伝えず、おしゃべりを続けた。

「葉月ちゃん、将来の夢はあるの？」

「うーん……」

小首を傾げて考え込む葉月ちゃんに、佳美先生が助け舟を出した。

「お医者さんになりたいって言ってたよね？」

すると葉月ちゃんは、ちょっと照れくさそうに「うん……」と頷いた。

「いいね、お医者さん」

「でも……」

「でも？」

「頭が良くないと、なれないから……」

葉月ちゃんは、形のいい眉をハの字にしてボソッと言った。あまり勉強には自信がないのかも知れないし、そもそも、いじめで学校の授業をちゃんと受けられなかったのかも知れない。

「それは、きっと大丈夫だよ。葉月ちゃんはまだ四年生じゃん。勉強する時間は、これからたっぷりあるから」

「………」

葉月ちゃんは、黙ったまま曖昧に頷いた。

もう少しだけモチベーションを上げてあげたくて、俺は少し突っ込んだことを訊いた。

「ちなみに、どうしてお医者さんになりたいの？」

ところが、その刹那、葉月ちゃんの瞳に影が差した気がした。

一秒、二秒――と、沈黙してから、葉月ちゃんの唇がわずかに動いた。

「死んじゃったから」

「え――」

「パパが、病気で……」

俺は、地雷を踏んでいた。

せっかくここまで心を開かせていたのに。

ちょっと考えれば、その可能性があることくらい分かったはずじゃないか。

軽率な自分に、舌打ちをしたくなった。

「そっか――。なんか、ごめんね……」

狼狽しかけた俺を見て、佳美先生がフォローを入れてくれた。

「葉月ちゃんは、病気で困っている人たちを助けてあげたいんだもんね？」

黙って、曖昧に頷く葉月ちゃん。

すると、いままで黙っていた翔くんが、自分を指差しながらしゃべりはじめた。

「あのね――、じつは、お兄ちゃんも、病気でお母さんを亡くしてるんだよね」

「え……」

葉月ちゃんが、上目遣いで翔くんを見た。

翔くんは、俺が見てもハッとするような美しくて優しい笑顔を浮かべ、穏やかな声色で続けた。

「葉月ちゃんはさ、患者さんと、その家族の気持ちがよく分かるから、きっと最高のお医者さんになると思うよ」

言い終えた翔くんが、いっそう優しげに目を細めると、葉月ちゃんは、照れ臭そうにもじもじしはじめた。

イケメン、ずるい――。

内心で俺が嫉妬していたら、どこかで電子音が鳴った。

翔くんのスマートフォンだった。

「あ、ちょっとすみません。電話です」

翔くんは、慌ててスマートフォンを耳にあてながら、廊下へと出ていった。そして、それとほぼ同時に、佳美先生も椅子から立ち上がった。

「すみません。わたしは、ちょっと、トイレに――」

俺に軽く会釈をすると、佳美先生までそそくさと廊下に出ていってしまった。

明るい保健室に、俺と葉月ちゃんだけが残された。

降って湧いたような沈黙。

これは参った。地雷を踏んだばかりの俺に、けん玉もなしで、いったい何ができるというのか――。

しかし、そのとき、ふと思い出したのだ。

俺には、もうひとつの特技があったということを。

「ねえねえ、葉月ちゃん」

俺は、芝居じみた小声を出した。

「はい……」

「いまから俺が言うこと、絶対に内緒にして欲しいんだけど」

「え？」

葉月ちゃんは、少し訝《いぶか》しげな顔で小首を傾げた。

「じつはね、俺――」

「………」

「超能力者なの」

葉月ちゃんは、笑うべきか、疑うべきか、迷ったのだろう。わずかに眉根を寄せた複雑な表情で黙っていた。

「分かるよ。ふつうは嘘だと思うよね？　でも、これから信じさせてあげるから」

そう言って俺は、葉月ちゃんにニヤリと笑いかけた。

「その消しゴム、貸してくれるかな？」

葉月ちゃんは、言われるままに、机の上に置いてあった使いかけの消しゴムをこちらに差し出した。

俺は、それを右手で受け取り、そのまま握った。

ついでに左手も握り拳を作って、ふたつの拳を並べて見せた。

「いま、消しゴムはどっちの手のなかにある？」

「え？　こっち……」

と、葉月ちゃんは俺の右手を指差した。

「だよね。じゃあ、俺の右手が絶対に開かないよう、両手で包んでおいて」

葉月ちゃんの小さな手が、俺の右手を包み込む。

「じゃあ、行くよ」

俺は「ふう～」と大袈裟に息を吐いて、集中力を高めるようなフリをしてみせた。

「よし、オッケー。葉月ちゃん、手を離して」

葉月ちゃんの両手が、俺の右手から離れた。

俺は、右手をパッと開いて、手のひらを葉月ちゃんに見せた。

「えっ」

息を呑んだ葉月ちゃんの顔。

俺の右手からは、握っていたはずの消しゴムが消えていたのだ。

「なんで……」

「超能力だよ。でもね、もっとすごいことして見せるから。葉月ちゃん、俺の左の拳を指先でとんとんと叩いてみて」

葉月ちゃんは俺の指示どおり、握ったままの左の拳を指先で軽く叩いた。

「はい」

俺が左手を開くと、何もなかったはずの手のひらに、百円玉がのっている。

「え――」

「消しゴムを消しちゃったから、お金で返そうかと思って」

「え？　え？」

葉月ちゃんが、百円玉に釘付けになっているときに、俺はさらに駄目押しをした。

「あ、天井から落ちてきた」

言ってすぐに、俺は上から落ちてきた（こっそり自分で投げた）消しゴムを右手でキャッチしてみせた。

葉月ちゃんは、あんぐりと開いた口を両手でふさいで、天井と俺を交互に見た。

「この超能力のことは、先生には内緒ね。はい、これ」

借りていた消しゴムを葉月ちゃんに返しながら、俺は冗談めかして言った。すると、葉月ちゃんの頰に、今日いちばんのえくぼが浮かんだのだった。

「手品でしょ？」

「違うよ。超能力だってば」

「じゃあ、他にも、何かできる？」

「できるよ。じゃあ今度は、透視でもしちゃおうかな」

「透視？」

「そう。ちょっと集中しないと……」

俺は、両手を葉月ちゃんの方にかざしながら、眉間にシワを寄せ、目を細めてみせた。

そして、いかにも思考を読んでいるかのようにしゃべりはじめた。

「葉月ちゃんは——、うん、他人をよく観察して、気を遣うタイプの性格だね。そんな葉月ちゃんを育てたお母さんは……、優しい目をしてて――、派手な服は好まない人みたいだな。なんだか、部屋とお布団がいっぱいあるような、大きなお家にいるのが見えるぞ」

いじめで転校を繰り返しているのだ。葉月ちゃんは、他人をよく見て、気を遣うタイプに決まっている。お母さんのことは、もちろん『民宿ほらがい』で見た理香子さんをそのまま口にしただけだ。

「うそ……、当たってる」

目を見開いて固まった葉月ちゃんが可愛くて、俺はさらに続けた。

「お母さんは葉月ちゃんに優しいね。葉月ちゃんのことが大好きみたいだよ。手先が器用で、わりときっちりした性格の人でしょ？」

わざわざ娘のために離島にまで引っ越してくれる母親なのだ。優しいに決まっているし、娘のことが好きなのは当然だ。さらに、葉月ちゃんの髪の毛の編み込みを見れば、手先が器用できっちりした性格であることが分かる。簡単なプロファイリングだ。

「すごい……、おじさん、ママが見えてるの？」

おじさん――。

さっき翔くんは、自分のことを「お兄さん」と言ったのに、俺は葉月ちゃんから「おじさん」と……。

ちょっぴり凹みそうになったけれど、ここは我慢だ。

「うっすらとだけどね、見えるんだよ」

「じゃあ、ママの髪型は？」

「髪型はね――」俺はふたたび目を細め、集中したフリをする。「長さは、これくらい。肩にかかるかどうかだね。色は……きれいな黒髪が見えるよ。ついでに言うと、わりと小柄で、ほっそりした人だよね？」

「当たってる……ぜんぶ」

「でしょ？」

葉月ちゃんは、完全に前のめりになっていた。

「透視の他にも、何かできる？」

「え、俺のこと、まだ疑ってるの？」

「そういうわけじゃないけど」

ちゃんと子供らしく、瞳に輝きが出てきている。ここは、畳み掛けるところだ。

「分かった。じゃあ、特別にもうひとつだけ。佳美先生と翔くんが帰ってくる前に、さくっとできるのを見せてあげる」

俺は、佳美先生のデスクの上に手を伸ばし、一メートルほどにカットされた包帯を手にした。

「見ててね。この包帯を俺の首にくるりと巻きつけて――、はい、じゃあ、両端のこことここを持って」

俺は、自分の首に巻きつけた包帯の両端を、葉月ちゃんに握らせた。

「そうしたらね、いま握ってる包帯の両端を、思い切り左右に引っ張ってごらん」

「え？」

葉月ちゃんは眉を上げて言葉を詰まらせた。その反応も織り込み済みだった。なにしろ包帯の両端を引っ張れば、俺の首が絞まるのだから。

「大丈夫。むしろ思い切り引っ張ってくれれば、あっさり首をすり抜けるから」

「…………」

「本当だってば。ほら、先生と翔くんが戻ってくる前に、早くやって」

「でも……」

葉月ちゃんは、顔をしかめて首を横に振った。

「絶対に平気だから。俺を信じて。じゃあ、いくよ、思い切り、一気に引っ張るんだよ」

畳み掛けるように言って、俺はカウントダウンをはじめた。

「三、二、一、はいっ！」

葉月ちゃんが包帯の両端を勢いよく引っ張った。

首に巻きつけていたはずの包帯がするりと抜けて、葉月ちゃんの手に残った。

「…………」

ピンと張った包帯を手にしたまま、葉月ちゃんは完全にフリーズしていた。

「久しぶりだから、ちょっと痛かったかな」俺は両手で首を押さえながら、「でも、ちゃんとすり抜けたでしょ？」と言った。

葉月ちゃんは、呼吸を忘れたまま、二度続けて頷いた。

こんな初歩的な手品で、ここまで驚いてくれるなんて——。

「ヤバい人だと思われたら困るから、先生には内緒だからね」

俺が念を押したまさにそのとき、ガラガラと引き戸を開ける音がした。佳美先生と翔くんが戻ってきたのだ。

ニヤリと笑って目配せをした俺に、葉月ちゃんはえくぼを浮かべて頷いてくれた。


翔くんの運転する車が、小鬼ヶ島小中学校の正門を出た。

後ろを振り返ると、職員玄関の前に立った校長と佳美先生が手を振ってくれていた。

俺もサイドウインドウを開けて、手を振り返した。

「島の学校、どうでした？」

ステアリングを左に切りながら翔くんが言った。

校長と佳美先生が視界から消えた。

「なんか、逆に元気をもらえた気がするよ」

車はゆっくりと集落の方へと走り、学校が遠ざかっていく。

「それは良かったです」

「うん」

「正直、佑さんのけん玉の技には驚きましたけど」

「けど？」

「ぼくが電話をしている間に葉月ちゃんの心を開かせていたのは、もっとすごいなって思いました」

俺が手品を見せていたことは、翔くんにも佳美先生にも話していない。

「そうかな。俺は、むしろ、イケメンのすごさを実感してたけどね」

「え？」

翔くんは運転しながらちらりと俺の方を見て、どういうことですか？ という顔をした。その顔がまたイケメンだったので、俺はもはや何も言う気がしなくなって、しばらく黙っていた。

すると、翔くんがふたたび口を開いた。

「葉月ちゃんとしゃべっているときの佑さんって、なんだか、ちょっと、いいなって思ってました」

「どういうこと？」

「なんとなく、ですけど、いつもと違うというか、すごく丁寧な優しさを感じたというか」

「そうかな。自分では、よく分からないけど」

「子供には、いつもあんな感じで接するんですか？」

「いや、そもそも、子供と接するチャンスすらないような生活なんだってば」

俺は正直に答えた。でも、言われてみれば、たしかに、葉月ちゃんに対する俺の態度は、いつもの自分ではなかったような気もした。守ってあげたいような、笑顔にしてやりたいような──、そんな不思議な気分になっていたのだ。もしかして、あの感覚を「父性」というのだろうか？

脳裏に葉月ちゃんの頼りなげな佇まいを思い出した。

ちょっと肩をすくめ、恐るおそる俺を見上げた不安げな瞳。

「葉月ちゃん、いい子だったなぁ」

「ですね。きっと島の子供たちには、すぐに馴染めると思います」

「うん、そうだよね」

俺は心からそうなることを願いつつ、開け放った助手席の窓から外を見た。吹き込んでくる澄明な風を肺の奥にまで吸い込んで「ふう」と吐く。

自分の居場所を見つけられずに、この島へと逃げてきた少女──。

やっぱり俺は、葉月ちゃんのなかに自分の姿を見ていたのかも知れない。いま、あらためてそう思う。

車はすでに集落に入り、細い路地を走っていた。ときどき、道端を歩いている人がいる。そして、その多くは、どこかで見かけた人だった。まだ来島して三日目だというのに、たいていの人が「どこかで見た顔」になっているのだ。

小さな島だな。本当に。ちょっぴり切ないくらいに──。

胸裏でそうつぶやいたとき、翔くんが「ところで」と言った。

「ん？」

「もうすぐ、お昼になりますけど」

「あ、ほんとだね」

俺は腕時計を見て応えた。

「佑さん、まだ『よしだや』には行ってませんよね？」

「うん」

「じゃあ、『よしだや』で惣菜でも買って食べましょうか？」

「いいね」

「じゃあ、このまま向かいます」

俺たちを乗せた車は、島で唯一の「商店」を目指して、のんびりとした速度で走っていく。

「翔くんさ」

「はい？」

俺は「よしだや」に着く前に、ひとつ気になっていることを訊ねておくことにした。

「なんていうか――、大丈夫なのかな？」

「え、なにが、ですか？」

「いや、まあ、俺がこんなことを言うのは、おせっかいかも知れないんだけど……、翔くんは、いわゆる西軍なわけじゃん？」

「…………」

翔くんは、ステアリングを握ったまま、ちらりとこちらを見たけれど、何も言わず、前に向き直った。だから、俺は続けた。

「俺がいままで翔くんに案内されたところって、東軍の人が多いみたいだなって。いま向かってる『よしだや』の母娘だって東軍なんだよね？」

「まあ、そうですね」

「西軍の翔くんが行って、嫌がられたりしないの？」

俺は、自分でも思いがけないくらい直球で訊いていた。

「一応、それは大丈夫です。この島に商店はひとつしかないですし。西軍の人たちだって日常的に買い物はしますから。逆に東軍の人たちだって、ガソリンを入れるには大樹さんの店に行かないといけないんで」

「ああ、そっか」

「この島って、飲み屋以外は『島に唯一』の店とサービスばかりなんです。だから、東の人も西の人も、表向きはふつうに接しているんです。そうしないと、どちらの生活も立ち行かなくなっちゃうんで」

「なるほど。たしかに、そうだよね」

「でも、相手が目の前から消えると、いきなり悪口を言いはじめたりして。そういうところが、ちょっと……」

嫌なのだろう。

心穏やかで、平和主義な翔くんには。

まもなく車は「よしだや」の前で停車し、俺たちは車から降りた。

川沿いの道路に面した店の前から、川下の方を見遣ると、遠くに少しだけ海が見える。

軒先には、色褪せた自動販売機とコカ・コーラのベンチが置かれていた。そのベンチにちょこんと座っているのは、小柄で可愛らしいおばあさんだった。清々しい風のなか、ひとりぼっちで海の方をじっと眺めている。

「おトメさん、こんにちは」

翔くんはおばあさんに軽く挨拶をして、ベンチの前を通りすぎた。俺も会釈をして後に続いた。おトメさんは、ただでさえ細い目をスジのように細めて「こんにちは。あなたも、こんにちは」と、順番に応えてくれた。

屋外が明るすぎたせいか、店のなかに入るとずいぶん薄暗く感じた。昭和の雑貨屋を彷彿させるレトロ感と、どこか埃っぽいような匂い。はじめて来た店なのに、なんだか懐かしいような気分になってくる。

レジの奥に見える畳の居間から、中年の女性が現れた。パッと見は整った顔をした人だけれど、よく見ると口がわずかに前に出ていて、いかにもおしゃべりが好きそうに見える。翔くんによれば、実際、この吉田照子《よしだてるこ》さんは、島いちばんのおしゃべりで、無類の噂好きなのだそうだ。いつだって東軍はもちろん、西軍の情報までしっかり摑んでいるらしい。

「照子さん、どうも」

西軍の翔くんが、東軍の照子さんに、さらりと挨拶をした。

「いらっしゃい」

照子さんは翔くんに微笑みかけてから、俺に視線を移した。

「あら！　あなた、噂の佑さんでしょ？」

「あ、はい……」

「ほんと、どこかで会ったことがあるような顔をした人なのね」

この店に来た人たちがそう言っているのだろう。

照子さんは好奇の色を隠しもせず俺に近づいてきて、頭のてっぺんからつま先まで舐め回すように見た――というか、噂どおりの人間かどうかチェックされた、という感じがした。

「照子さん、佑さんは、この島の――」

翔くんが俺を紹介しようとしたけれど、その言葉をあっさり遮って、照子さんが早口でしゃべり出した。

「知ってるわよ。活性化のアイデアを練りに来てるんでしょ？　翔くんがあちこち案内して、農家の家にお手伝いに行ったりしてて、椿姫にも会ってきたんだってね」

「あ、はい。そうです」

「虎徹さんの店には行くけど、もじゃさんの店には顔を出さないんだって？」

照子さんが、そう言って俺を見た。非難しているというより、噂の中身を確認している、という顔だ。

「まだ、もじゃもじゃさんには行けてなくて……。でも、近々、お邪魔しようとは思ってます」

「そうよね。せっかくだもん、両方、見ておいた方がいいわよね？」

今度は翔くんに向けて言った。

「はあ……、そ、そうですね」

照子さんの勢いに呑まれた翔くんは、まさにたじたじだ。

それから照子さんは、俺に向き直ると、それこそ根掘り葉掘り質問を浴びせてきた。俺の出生からはじまり、趣味、親の仕事、学歴、会社でのポジションなど、本当にどうでもいいことまで訊いてくる。

俺もなるべく愛想よく答えてはいたけれど、さすがに恋人の有無やら好みの女性のタイプまでしゃべらされていると辟易してくる。そんな質問地獄から俺を救い出してくれたのは、翔くんだった。ふとした会話の切れ目を見つけて、助け舟を出してくれたのだ。

「佑さん、そろそろ食べ物を買って、外のベンチで食べましょうか。お腹が減りましたよね」

「あ、うん、そうだね」

照子さんは、まだ何か訊きたそうな顔をしていたけれど、さすがに空気を読んだのか、渋々といった感じでレジの方へと下がってくれた。

レジに背を向けた俺と翔くんは、視線を合わせて、やれやれ、と苦笑した。そして、おにぎりと惣菜のパックを手にし、ふたたびレジへと向かった。

と、そのとき、レジの奥の居間から若い女性の声がした。

「お母さーん、電話だよ」

「はいはい。菜々《なな》、代わりにレジお願い」

照子さんはサンダルを脱いで居間へと上がり、替わりに菜々と呼ばれた娘さんが出てきてレジの前に立った。照子さんの娘だけあって顔立ちの整った美人なのだが、髪型がなんとなく時代遅れで、もさっとしているせいか、どこか昭和の匂いを漂わせてもいた。この店の雰囲気に合っているといえば、そうなのだが——。年齢は二十歳くらいだろうか。

翔くんは「ども」とだけ言って、レジの脇におにぎりと惣菜を置いた。いつも礼儀正しい翔くんが、まともな挨拶を口にしないのは珍しい。

「佑さん」

翔くんが、こちらを振り向いた。

「ん?」

「紹介します。照子さんの娘の菜々ちゃんです」

「どうも。小島佑です」

それ以外の自己紹介は不要だろう。なにしろ照子さんの娘なのだ。俺のことはすでにあれこれ聞かされているに違いない。

「吉田菜々と言います。なんだか母がしつこくしちゃったみたいで、ほんと、すみません」

思いがけず、おっとりとした口調で言って、菜々ちゃんは軽く頭を下げた。

「あ、いえ、全然……」

どうやら母娘でも性格はだいぶ違うらしい。

菜々ちゃんは、翔くんのおにぎりと惣菜を手にしてレジを打ちはじめた。

そして、その代金を二人が受け渡しした刹那――。

菜々ちゃんと翔くんが、こっそり目配せをしたように見えた。

え？　と、俺は二人を交互に見たけれど、でも、そのときはもう元どおり、店員とお客、という関係性に戻っていた。

あれ？　俺の勘違いかな――。

少し心をもやもやさせながら、俺も菜々ちゃんに会計を済ませてもらった。もちろん、俺には目配せなどしない。

食料を手に、俺たちは外に出た。

コカ・コーラのベンチを見遣ると、おトメさんが海を見下ろしながらおにぎりを頬張っていた。

「どうする？」

俺は小声で翔くんに訊いた。コカ・コーラのベンチは、ひとつしかないのだ。

「せっかくなので、一緒に食べましょう」

当然のように言って、翔くんはおトメさんに「どうも」と声をかけつつ右隣に腰掛けた。

するとおトメさんは、嬉しそうに顔をしわくちゃにした。

俺も「失礼します」と言って、空いている左隣に腰を下ろした。

「あらあら」

おにぎりを両手で持ったおトメさんが、左右に座った俺と翔くんを交互に見ながら首をすくめて微笑んだ。そういう仕草がとても可愛らしいおばあちゃんだ。

「ごめんねぇ、真ん中に座ってて。いま代わるからね」

立ち上がりかけたおトメさんを、翔くんは言葉で制した。

「あ、大丈夫ですよ。このままで。ね、佑さん？」

「うん。もちろん」

「ありがとね。じゃあ、両手に花みたいな気分でおにぎりを食べさせて頂くわ」

おトメさんは、くしゃっと笑って、ふたたび俺と翔くんを順番に見上げた。

そのとき、ふと俺の脳裏に、二年前に亡くした父方の祖母の顔がちらついた。おトメさんとは顔も背格好も似ていないけれど、ほっこりするような「存在感」が似ていたのだ。

生前の祖母は、初孫の俺をずいぶんと可愛がってくれた。だから俺は、いわゆる「おばあちゃん子」だった。

どこに行っても影が薄く、何をやっても「せいぜい人並み」な俺を見て、両親はしばしばため息をもらしていたけれど、この祖母だけは違ったのだ。

「佑ちゃん、人並みっていうのはね、じつは、いちばん平穏で幸せなんだよ」

そう言って、子供だった俺の頭をぽんぽんと軽く叩いてくれた優しい手の感触は、いまでも忘れられない。

一方、世間体を気にする母の考えはまったく違った。

「おばあちゃんが甘やかすから、佑は努力をしない子になっちゃったのよね」

小学六年生のとき、母に面と向かってそう言われたときの胸の痛みもまた、いまだに忘れられない感覚だ。それはきっと自分自身の不甲斐なさと、祖母への罪悪感が、胸の浅いところにタトゥーのように刻まれた瞬間だったのだと思う。

おトメさんは両手でおにぎりを持ち、少しずつ、少しずつ、上品に食べていく。

海の方から清々しい風が吹き上がってきた。

俺たち三人は、コカ・コーラのベンチで肩を寄せ合い、ぽつぽつと会話を交わしながら穏やかなランチタイムを愉しんだ。

おトメさんは現在、八五歳で、だいぶ前に夫を亡くした未亡人だった。息子は二人いるが、それぞれ七丈島と名古屋に住んでいるため、いまは年金に頼った一人暮らしだという。天気のいい日は、いつもこのベンチに座って、海を眺め、川のせせらぎと小鳥のさえずりに耳を傾け、風を感じ、そして「よしだや」に買い物に来た人とおしゃべりをする。それがおトメさんの大切な日課であり、人生の楽しみなのだそうだ。

島の人たちは、そんなおトメさんのためにちょくちょく差し入れを持ってきてくれるそうで、いまおトメさんが食べているおにぎりも、ついさっき近所の主婦が持ってきてくれたものだという。

おトメさんは、いわゆる「愛されキャラ」なのだ。常ににこにこ顔で、まるい言葉を口にして、何かをしてもらったら、とても可愛らしい仕草でもって「ありがとね」と言う。島民たちのハートは、この可愛らしさに射貫かれているに違いない。

少しして、おトメさんがベンチから立ち上がった。

「ああ、今日も楽しかった。どうもありがとね。わたし、これから家に帰ってドラマを観るの。ドロドロした恋愛ものなのよ。うふふ」

おトメさんは悪戯っぽく笑うと、「では、さようなら」と言って、ぶらぶらと川沿いの道を下っていった。両手を腰の後ろで組んで、ペンギンみたいに上半身を左右に揺らしながら。

「可愛いおばあちゃんだね」

「はい。島のみんなから好かれてる人なんです」

二人で、おトメさんの後ろ姿を眺めていると、店のガラス扉が開いて、菜々ちゃんが出てきた。

「アイスコーヒーを淹れたんですけど、よかったら」

俺たちは礼を言って、氷の入ったグラスを受け取った。

菜々ちゃんは「ごゆっくり」と微笑むと、すぐに店内へと戻っていった。

コーヒーは、牛乳をちょっぴり入れたインスタントだった。でも、この島に吹く初夏の風と日差しを浴びながら飲むそれは、なんだかやけに素朴で美味しく感じた。

「菜々ちゃん、この店を継ぐのかな」

俺は何の気なしに訊いてみた。すると翔くんは、なぜか遠い海を見詰めたままボソッと答えた。

「どうなんでしょうね」

え——？

返事の声色が、いつもより低い気がした。

俺は翔くんの横顔をじっと見ていた。

「この島には、ここしか商店がないんで。ある意味、ライフラインみたいなものなんですよね」

「うん……」

「だから、絶対に閉店させることはできないって——、ご主人を亡くしたあとも照子さんが頑張って続けてきたんです」

「そうなんだ」

「だから、まあ……」

翔くんは、そこまでしか答えなかったけれど、その先はだいたい見当がつく。菜々ちゃんの未来は、そのまま島のライフラインなのだろう。

俺はアイスコーヒーを飲み終えて、翔くんが見ている海を一緒に見下ろした。

「ごちそうさまでした。美味かった」

俺が言うと、翔くんも「ごちそうさまでした」と言ってすぐに「ふう」と気持ちを切り替えるような息を吐いた。

「翔くん、次はどこに行くんだっけ？」

「ええと、とりあえず、車のガソリンが無くなりそうなので、いったん大樹さんのところに寄りますね」

翔くんの口調に、少し軽やかさが戻ってきた。

俺たちは空になった惣菜の容器と汗をかいたグラスを手に、ベンチから立ち上がった。


大樹さんが経営する小さなガソリンスタンドに着くと、翔くんが給油をはじめた。いつもここで働いているだけあって、所作がいかにもプロっぽくて格好いい。

助手席の俺も車から降りて、ぐっと伸びをした。

俺たちに気づいた大樹さんが事務所から出てきた。着古したつなぎのポケットに両手を突っ込みながら、悠々と歩いてくる。

「なんだ佑、えらい日焼けしてるじゃねえか。顔が真っ赤だぞ」

開口一番そう言ってニッと笑う。

「はい。五月の島の紫外線をナメてました」

「ったく、都会モンは皮膚がやわだからな」

やれやれ、といった顔をした大樹さんは「ちょっと待ってろ」と言って、いったん事務所の奥に引っ込んだ——と思ったら、すぐに麦わら帽子を手にして戻ってきた。

「ほれ、かぶっとけ」

ボスッ、と乱暴にかぶせられた。

「え……」

前が見えなくなった俺は、かぶり直して大樹さんを見た。

「そんな心配そうな顔すんな。新品だからよ」

頼り甲斐のある兄貴のような目で、大樹さんは俺を見下ろしていた。

「えっと、これ」

「やるよ」

「いいんですか？」

「おう」

「なんか、すみません。ありがとうございます」

お礼の言葉を最後まで聞かず、大樹さんはしゃべりだした。

「もう、だいたい島は巡れたか？」

「あ、はい。多分」

俺は答えながら給油中の翔くんを見た。翔くんは、給油のレバーを小刻みに握って、満タンぎりぎりに調整しながら口を開いた。

「これから漁協と焼酎蔵に行って、そのあと星矢《せいや》さんを紹介しようと思ってます」

「星矢？　佑とあのオタクを会わせてどうすんだ？」

「この先、佑さんが仕事を進めていくうえで、ＩＴ関連で何か問題があったときに」

「星矢がいたら便利だってか？」

「はい」

「なるほどな。まあ、一応、あいつもこっち側だしな」

西軍、という意味で大樹さんは「こっち側」と言ったようだが、翔くんはとくに返事をせず、給油口を覗き込みながら横顔で曖昧に笑っただけだった。

給油を終えた翔くんは会計を済ませ、ふたたび運転席に乗り込んだ。俺も助手席のドアを開け、車のなかに入ろうとしたら――、ぐいっと背後から大きな手で首を摑まれていた。

出た。絞首だ。

「頼むぞ、佑」

麦わら帽子をかぶった頭をぐらぐらされた俺は、必死に頷きながら「あう、あう」と変な返事をしてしまった。

ようやく首を解放された俺は、逃げ込むように車に乗り込んだ。そして、ウインドウを下げて大樹さんと向き合った。

大樹さんが、また兄貴みたいにニッと笑う。

「えっと、これ、ありがとうございます」

俺は、麦わら帽子のつばを摑みながら言った。

「おう」と大樹さん。

車のエンジンがかかり、翔くんがゆっくりとアクセルを踏む。ガソリンスタンドを出たとき、俺は後ろを振り返った。両手をつなぎのポケットに突っ込んだ大樹さんが、まぶしそうな目でこっちを見ている。

やがて大樹さんが見えなくなると、俺は「ふう」と息をついて前に向き直った。麦わら帽子をとり、膝の上に置く。大きなつばが車のなかでは邪魔なのだ。

「佑さん、その帽子、似合いますね」

翔くんが、からかうわけでもなくそう言った。

「そうかな」

ダサくないか？　と思いつつ答えたけれど、でも、兄貴のようにニッと笑った大樹さんの顔を思い出すと、なんだか胸の奥がほかほかとしてくる。

「島の人みたいに見えます」

「そっか」

「はい」

いま、まさに目の前の道端を歩いている老人も、色褪せた麦わら帽子をかぶっていた。

「麦わら帽子なんて、子供のころ以来かも……」

俺はつばをつまんで、なんとなく裏返してみた。そして、思わず「ん？」と声を洩らした
「どうしました？」

「つばの裏側に、名前が書いてあるんだけど」

極太の油性ペンで、でっかく「西森燃料店」と書かれているではないか。

「この島では、みんな同じ店で同じモノを買ってかぶるんで、間違えないように名前を

書いておく人が多いんです」

なるほど、そういうことか。しかし——、

「大樹さんの字、ちょっとヤバいね」

まるで小学生みたいな文字なのだ。

「字のことは本人もけっこう気にしてるんで、大樹さんの前で言っちゃ駄目ですよ」

翔くんが声のトーンを落としながら言う。

「大樹さんって、そういう小さいことを気にする人なんだ。意外だなぁ」

「ですよね」

二人でくすくす笑い合った。

車は、ゆっくりと集落のはずれに向かって走っていく。

やがて斜面の先にコバルトブルーの海が広がった。開け放った窓からコットンタッチの海風が流れ込んでくる。

俺は生あくびをした。

朝から続いていた偏頭痛も、いくらか良くなっている気がした。


大樹さんと別れた俺たちは、まず、若手の漁師のもとを訪れて、島の漁業についてあれこれ話を聞き、巻き網漁やハエナワ漁で使う漁具の修繕を手伝った。手品が得意な俺は、わりと手先が起用なので、そこそこ役に立てたと思う。その証拠に、帰りがけに盛大な絞首をされた。

漁師の次に訪れたのは芋焼酎の蔵だった。

夫婦二人で切り盛りしているこの蔵の芋焼酎は、匂いが強烈なうえに、舌にガツンとくる味わいだった。いわゆる「癖の強い酒」というやつだ。ところが、その個性が、むしろ本土のツウたちのあいだで話題になり、近年は「幻の焼酎」として雑誌に取材されるまでになったそうだ。

「で、この焼酎をネットを使って有名にした仕掛け人が、これから紹介する国立《くにたち》星矢さんです」

蔵を後にし、星矢さんの自宅に向かって車を走らせながら、翔くんが言った。

「例の、IT関連に強いっていう人ね」

「はい。この島には、パソコンやITに明るい人がいないんで、何かあると決まって星矢さんに頼むんです」

「それを仕事にしてるってこと？」

「そうです」

「へえ。やり手なんだね」

「まあ、たしかに、やり手かも知れません」

翔くんいわく、「星矢さんは焼酎蔵の規模が小さいことを逆手にとって、数が少なくて手に入りにくい『幻の焼酎』という触れ込みでネットで拡散させたんです。そうしたら、本土で一気に広まって」

「なるほど。人は、手に入らないモノほど欲しくなるからね」

「そうなんですよ」

星矢さんの噂話をしているうちに、車は住宅が密集した路地を抜け、少し広くなったところで停まった。

「着きました。そこが星矢さんの自宅です」

翔くんが、右手を指差した。

「え、その塀の向こうの家ってこと？」

「はい」

古びた塀は、うっすら緑がかって見えた。全体に苔が生えているのだ。その塀の奥には、えんじ色のトタン屋根をかぶった平屋があった。しかし、その屋根は、伸びすぎた庭木の枝葉に覆われていて、もはや家全体がひっそりと陰に潜んでいるようにさえ見えた。

「じゃ、行こうか」

俺が車から降りようとすると、なぜか翔くんが呼び止めた。

「あ、ちょっと、すみません」

「ん、なに？」

俺はドアに手をかけたまま振り返った。

「星矢さんって、ちょっと変わった感じの人なんですけど」

「ああ、オタク系なんでしょ？」

さっき、大樹さんがそう言っていたのを俺は思い出していた。

「まあ、はい。たしかにそっち系で……。年齢は、二七歳だったかな？　ほとんど部屋から出ない人なので、風貌とかはアレですけど、でも、悪い人ではないんで」

アレって何だろう？　そう思いつつも、とりあえず頷いておくことにした。

「そう。分かった」

「あ、もしかすると、ちょっと失礼な態度を取るかも知れませんけど、でも、ほんと、悪い人ではないんで」

「………」

翔くんが二度も続けて「悪い人じゃない」なんて言うものだから、逆に俺の胸のなかは、不安でもやもやしはじめてしまった。

車から降り、門（といっても扉は朽ちて無い）を抜けた。

そこには「あばら家」と言いたくなるほど古びた木造の家の玄関があった。建物の周囲は膝丈を超える雑草でびっしりと埋め尽くされている。

「なんか、空き家みたいだけど……」

思わず俺がつぶやくと、翔くんは唇の前に人差し指を立てて「しー」とやった。

玄関に呼び鈴らしきものは見当たらない。どうするのかな、と思って見ていたら、拳をつくった翔くんが引き戸をわりと強めに叩きながら声を張った。

「星矢さーん、こんにちは。翔です」

これを三回も繰り返したのに、反応がない。

「留守かな?」

「いや、いると思います。めったに外出しない人なので」

冷静な口調で言いながら、翔くんは引き戸に手をかけ、そのまま横に引いた。ガラガラと音を立てた引き戸が、半分くらいまで開いた。

「鍵がかかってないので、やっぱりいますね」

「うん」

「星矢さーん、翔です。上がりますよ」

今度は廊下の奥に向かって声をかけた。そして、あたりまえのように玄関のなかに入ると、靴を脱いで家に上がってしまった。

「えっ、勝手に入っていいの?」

目を丸くしている俺に、イケメンが軽く頷いてみせる。

「ええ、返事がないときは、いつもこうなんで……」

マジかよ──。

俺は恐るおそる靴を脱いで、赤の他人の家に上がった。うっすらと埃の浮いた廊下は一歩進むごとに床板が軋んだ。突き当たりの部屋からは、何やらカチャカチャと乾いた音が聞こえてくる。その部屋のドアは開けっ放しだ。

翔くんの後ろから、そっと部屋のなかを覗くと、事務椅子に腰掛けた大柄な男の背中が見えた。どうやらパソコンのキーボードを叩いているらしい。

「星矢さん、どうも」

部屋の入り口に立った翔くんが、男の背中に声をかけた。

「うん……」

ひとりごとみたいに応えた男は、パソコン画面とおでこがくっつきそうな姿勢のまま、右足で貧乏揺すりをしていた。

やがてキーボードを叩く指がピタリと止まった。

貧乏揺すりも止まる。

男は画面を見たまま「ぐふふ」と喉の奥で笑うと、椅子ごとくるりと回転して、ようやくこちらを向いた。

ぼさぼさの髪、銀縁メガネ、神経質そうな青白い肌、そして、陰鬱で残忍な感じの笑み——。

ギイイィ。

小鬼ヶ島神社の境内で聞いた、あの鳥の声が聞こえた気がした。

「星矢さん、そんなに集中して、何をしてたんですか？」

翔くんが、わりと親しげな口調で訊ねた。

「真夜中にさ、警視庁のサーバーに侵入しようとしてる奴がいたのよ。知識も技術もないくせに、馬鹿だろ？　だから、いま、俺がそいつをハッキングして、からかってたわけ」

ぐふふ、と笑って星矢さんは腕を組んだ。

爪を噛む癖があるのだろう、すべての爪がギザギザで、血が出そうなほどの深爪だ。

「真夜中から、いままで、ずっとですか？」

「そうだよ」

「相変わらず、すごいことしてますね……」

星矢さんは、フン、と自慢げに鼻を鳴らすと、「で、その人は誰なの？」と言いながら、顎で俺を指した。

「えっと、小島佑さんです。広告やイベントの会社の方で――」

翔くんが俺を紹介しはじめると、星矢さんはさも面倒臭そうな口調で言葉をかぶせた。

「ああ、はいはい。それなら知ってる。この島の活性化を請け負ったとかいう人でしょ？」

初対面とは思えない、この態度。

なるほど、翔くんが「悪い人じゃないんで」を連発するわけだ。正直、俺は、ため息をつきたいのを必死で堪えていた。

「あ、はい。そうなんですけど、でも、どうしてそれを星矢さんが知ってるんですか？」

「さあねぇ。ぐふふ」

例によって喉の奥で笑った星矢さんが、人差し指でメガネを上げて、あらためて俺を見た。

渋々ながらも、俺は軽く挨拶だけはしておくことにした。

「どうも、はじめまして。小島です」

しかし、星矢さんは、俺の挨拶をあっさりスルーすると、翔くんに向かってダルそうな声をかけた。

「で、俺に何の用？」

「はい。じつは、佑さんと仕事をするにあたって――」

翔くんが、俺と星矢さんを会わせたいと考えた理由について、あれこれしゃべりはじめた。

手持ち無沙汰になった俺は、この失礼な男の部屋のなかをぐるりと見回した。

床は、足の踏み場がないほどに、雑誌、漫画、ＤＶＤ、ゴミなどが散乱している。二つある大きな棚にはワケの分からない機材がぎっしりと積み上げられていて、窓枠の上には、なぜか小鬼ヶ島神社の「お札」が五つも貼られていた。しかも、その窓枠からは十数個もの「お守り」がぶら下げられている。

神頼みをするタイプには見えないよな――。

内心でつぶやいて、俺は視線を移した。

いま星矢さんがいる机の正面の壁と天井には、アイドルのポスターが貼られていた。ピンク色のメイド服を着たその少女には見覚えがあった。黒目がちな垂れ目で、リスっぽい顔をしたアイドル。

愛称は、ユリポン。

本名は、たしか……船山百合《ふなやまゆり》だったはずだ。

「もしかして、ユリポン、お好きなんですか？」

翔くんの説明が終わるのと同時に、俺は星矢さんに訊いてみた。

「は？　好き……だけど？」

星矢さんは、眉間に深いシワを寄せていた。好きで悪いかよ？　という顔だ。

「じつは、仕事でユリポンに会ったことがあるんです」

「え……」

星矢さんの目が点になった。

「彼女がまだデビューして間もない、無名の頃ですけどね」

しゃべりながら、だんだん思い出してきた。あれは地方の大型スーパーの屋上イベントの仕事だった。スタート時刻直前になってもお客さんが集まらず、俺は必死にチラシを配り歩いたのだ。でも、結局は、一部のコアなファンばかりのイベントになってしまい、上司や先輩からさんざん嫌味を言われたのだった。

「仕事って、どんな……」

「新曲発表にまつわる小さなライブ・イベントの運営です」

「う、運営様……」

いよいよ固まってしまった星矢さんに、俺は、そのときのユリポンの様子（ようするに舞台裏のネタ）をあれこれ話してやった。すると星矢さんは、青白い両手を自分の胸に当てながら深呼吸をした。

「まさか、そんなお話を聴けるなんて。ぼく、嬉しいッス」

なぜか星矢さんは、敬語を使いはじめた。

「イベントが終わったら、ユリポンの方からスタッフそれぞれに『お疲れ様でした』って頭を下げて回って、一人ひとりと握手をしてましたよ。すごく礼儀正しくて性格のいい娘なんですよね」

「な、なんと、握手まで……」

星矢さんは呼吸を忘れたような顔で俺の手をじっと見ていたと思ったら、ふいに椅子から立ち上がった。そして、床に散乱したモノたちを蹴散らしながらこちらに近づいてきた。

「そ、その手をお借りしたいです」

「え？」

「握手を、お願いします」

「え？　お、俺と？」

星矢さんは、うんうん、と大きく頷いた。そして、ちょっと引き気味な俺の手を両手で握った。

「はあ……、こ、この手が……」

ほかほかとあったかい、肉厚な手だった。

星矢さんは、なかなか俺の手を離そうとしなかった。

その様子を見ていた翔くんが、横から言った。

「あの、そういうわけですので、佑さんとの仕事で何かあったときは、星矢さん、また宜しくお願いしますね」

「ぐふ。ぐふふ。もちろん、任せておいてよ」

ふたたび陰鬱で残忍な感じの笑みを浮かべた星矢さんは、俺の手をいっそう強く握りながらそう言った。

手を握られたまま、翔くんを見た。

やれやれ、と目配せをして、二人で苦笑した。


翔くんの運転する車が、公民館の前に戻ってきた。

この日の視察も終了だ。

車から降り立った俺は、ふと空を見上げた。

ついさっきまで青かった広がりが、濃密なパイナップル色になっていた。

「ぼくが紹介したいなと思っていたところは、一応、すべて巡りましたんで」

言いながら翔くんが、運転席の方から回ってきた。

「そっか。なんか――」

俺が言葉を選んでいると、翔くんが代わりに言ってくれた。

「あっという間でしたよね」

「うん。ほんとだね」

パイナップル色に光る海から、すうっと音もなく風が吹き上がってきた。さらさらした光の粒子が首もとを撫でていく。

「これ、佑さんに預けておきます」

翔くんが右手をこちらに差し出した。その指先には車のキーがぶら下がっていた。

「え？」

「ぼくは明日から仕事に戻らなきゃいけないので。佑さんが気になるところがあったら、この車で自由に行ってみて下さい」

「助かるよ。ありがとう」俺はキーを受け取った。「で、翔くんは、ここからどうやって帰るの？」

「ふつうに歩いて帰りますよ」

「送っていこうか？」

「あはは。大丈夫です。たいした距離じゃないんで」

「そっか……」

これで翔くんとの日々も終わる――。

そう思うと、なんだか自分でも不思議なくらいに寂寥感にやられてしまった。

たった三日間、一緒にいただけなのに。

考えてみれば、俺は幼少期からずっと「代わりの利く奴」として扱われてきたけれど、翔くんと出会ってから――いや、この島に来てからは、それが少し違っていた気がする。

東軍、西軍にかかわらず、自分なりに身体を動かして仕事の「お手伝い」をしたことで、小島佑という「個」の存在を喜んでもらえた三日間だったような、そんな感覚があるのだ。もちろん俺が村と仕事をする人間だから、単にお客さん扱いされただけかも知れないけれど、それでも……。

「何かあったら、いつでも携帯に連絡して下さい。じゃあ、ぼくはこれで」

こちらに背を向けそうになった翔くんを、俺は呼び止めた。

「あっ、翔くんさ」

「はい？」

イケメンが小首を傾げた。

「夜メシ、一緒に食べない？」

「ああ、すみません。今夜はちょっと、用事があるんで」

「用事？」

「はい」

たしか、昨夜も「野暮用」があると言っていたけれど。

「そっか。じゃあ、仕方ないね。俺、試しに『もじゃもじゃ』に行ってみようかなって思ったんだけど」

「そうでしたか。でも、どっちにしろ、あの店は、ちょっと」

西軍の翔くんには、ハードルが高いのだろうか。

「やっぱり、東の店には行けない？」

「行けないってこともないですけど、でも……」翔くんは、眉毛をハの字にした。「ぼくが行ったら、大樹さんとかが、あんまりいい顔をしないんで」

大樹さん「とか」には、きっと父親である村長も含まれるのだろう。

「そっか。だよね」

頷いた俺は、あらためて翔くんに正対した。

「じゃあ、三日間、ありがとう。仕事にしては、楽しすぎて申し訳ないくらいだったよ」

「いえ。こちらこそ楽しかったです。ありがとうございました」

そう言ってにっこり微笑んだ翔くんが、そこで思い出したように「あっ」と口を開いた。「忘れてました。『もじゃもじゃ』といえば、るいるいさんのことなんですけど」

「え、るいるいさんが、どうかしたの？」

「たいしたことじゃないとは思うんですけど」翔くんは、そう前置きをして続けた。

「なんだか、島のあちこちで問題のタネになってるらしくて」

「るいるいさんが？　どういうこと？」

「なんていうか――、ようするに、島の男たちのあいだで争奪戦がはじまっていて、ギスギスしているとか……」

「えっ、本当に？」

「あくまで噂ですけど」

翔くんはそう言うけれど、この島の「噂」は、風のように速く、そして、かなり正確に伝わるのだ。

「大丈夫かな、るいるいさん」

「多分、大丈夫だとは思うんですけど。ただ、もし、るいるいさんと会う機会があったら、その、何て言うか……」

「男に気があるようなそぶりは、なるべくしない方がいいよって——」

「はい。それがいいかと」

「分かった。会えたら、それとなく伝えておくよ」

ただ、るいるいさんのことだから、俺の話をちゃんと聞いてくれるとは限らないけれど。

「じゃあ、ぼくは、そろそろ」

翔くんがチラリと腕時計を見た。この後の「用事」とやらが迫っているのかも知れない。

「うん。ほんと、三日間、ありがとう」

俺は、右手を差し出した。

「いいえ。何かあったら、いつでも電話して下さい」

あらためて言った翔くんが、俺の手をふわっと軽く握り返してきた。やはり絞首よりも、握手がいい。

「この島のこと、宜しくお願いします」

「うん……」

頷いた俺の胸の奥に、またチクリと針のような痛みが生じた。

翔くんは握っていた手を放し、かすかに微笑むと、くるりと踵を返して歩き出した。

夕照に染められた翔くんの背中が遠ざかっていく。

俺は見えなくなるまで、その背中を見送った。


その夜は、いよいよ「居酒屋もじゃもじゃ」に行ってみることにした。東軍の基地も公平に見ておくべきだと思ったし、何よりるいさんの件が気になっていたからだ。

公民館の上の部屋を出た俺は、すでに歩き慣れた川沿いの道を下って、「一徹」の前で右に折れた。橋を渡れば、そこはもう「居酒屋もじゃもじゃ」の目の前だった。

赤提灯を見詰めながら、深呼吸をひとつ。

店内からは、陽気な笑い声が洩れ聞こえている。

引き戸を開けて、なかへと入った。

割烹イメージの「一徹」とは違い、こちらは大衆居酒屋の典型とも言うべき店だった。かなり古びた板壁には手書きのメニューの短冊がべたべたと貼られていて、ついでに芸能人のサイン色紙や、タバコのヤニで黄ばんだアロハシャツ、弦の切れたウクレレなども飾られている。

「おっと、ご新規さん、いらっしゃい！」

店の奥のカウンターで、やたらと陽気な声が上がった。

その声の主を見た俺は、膝を打ちたくなった。

もじゃもじゃ頭のファンキーなじいさん――、間違いない。あの人こそが「もじゃさん」だ。

ソース焼きそばみたいなロングの茶髪。ド派手なアロハシャツ。鼈甲縁《べっこうぶち》のサングラス。奥歯が見えるほどのスマイルを浮かべた口のまわりには、年相応の真っ白な髭が伸びていた。つまり、あのもじゃもじゃ頭は茶色に染めているのだろう。

「あーっ、佑が来てくれたぁ♪」

カウンターの手前に立っていた絶世の美女が、キンキン声を発してこちらに手を振った。

「ど、どうも……」

インパクトの強い二人に気圧された俺は、入り口の前に立ったまま客席を見渡した。

先客は十数人ほどで、それぞれテーブル席で飲みながら、愉快そうにゲラゲラ笑っている。しかし、よく見ると、なんとなく目が笑っていないような気もする。

「おおっ、噂の佑が来てくれたのかよ。ヘイ、佑、カモン、カモン！　こっち来てカウンターに座りなよ」

もじゃさんに言われるまま、俺は三つしかないカウンター席の真ん中に腰を下ろした。

左右は空席だ。

「えっと、はじめまして」

俺はもじゃさんに言った。

「あはは。そんな堅苦しい挨拶はいらねえって。何にする？　ビールか？　それとも、いきなりアレ、イッちまうか？」

アレの意味するところは、もちろん分かっている。島の東側にだけ生えているというヒカリダケを漬け込んだ焼酎だ。飲めば、いま、まさに俺の背後にいるお客たちのように笑いが止まらなくなる。

「とりあえず、生ビールをお願いします」

「よっしゃ。るいるいちゃん、生ビール一丁ね！」

「うふふ。オッケー」

もじゃさんに負けないくらい陽気な声を上げたるいるいさんは、生ビールのサーバーの前に立った。そして俺は、その立ち姿にうっかり見惚れていたのだった。

なにしろ、この店で働いているときのるいるいさんは、この世のものとは思えない妖艶を漂わせていたのだ。

鎖骨の見えるロングのワンピースは白く艶やかで、その上から「天女の羽衣」を思わせる薄手の白いショールのようなものを肩にかけている。るいるいさんがわずかでも動くと、その衣装は、ひらり、ひらり、と蝶のように揺らめいた。ぼんやり眺めていると、なんだか夢でも見ているような気分にさせられてしまう。

俺は、ふとテーブル席を見渡した。やはり、怪しい酒を飲んで笑顔を浮かべた酔客たちの目も、生ビールを注ぐるいるいさんの姿に釘付けになっていた。

翔くんが言っていた「争奪戦」の話を思い出した。

お客たちの目が笑っていないのは、いまこの瞬間も互いにギスギスしているからだろう。

「はーい、佑、生ビールお待たせぇ」

天女がカウンターにジョッキを置いてくれた。

「あ、どうも」

と答えた俺の背中に、男たちの視線が刺さった。放っておいたら背中から血が滲んできそうだ。

「おーい、るいるいちゃん、俺んとこにはアレのおかわりを持ってきて」

「俺んとこにもね」

「じゃあ、俺も」

この天女を譲るまいと、男たちが次々と声を上げる。

「うふふ。ちょっと待っててね。順番だよ」

るいるいさんは大きくて美しい目で彼らにウインクを飛ばした。

「ヘイ、佑ボーイ。乾杯しようぜ」

カウンター越しに、もじゃさんが声をかけてきた。こちらに差し出した手には、茶色い液体の入ったグラスがあった。

「あ、はい」

俺はジョッキを手にすると、もじゃさんのグラスにコツンとぶつけて、乾杯した。

よく冷えたビールで喉を鳴らし、「ふう」と息をつく。

もじゃさんは景気よくグラスの中身を一気に飲み干して、「くはぁ、たまんねえな」と陽気な笑みを浮かべた——といっても、サングラスをかけているから口だけしか見えない笑顔だけれど。

「あのぅ——、もじゃさん、ですよね？」

「おう、そうだよ。よく知ってるな。つーか、俺ってあんがい有名人なのかな。あははは」

このファンキーなテンションに付いていくには、まだまだ酒精が足りない。俺は愛想笑いを浮かべながら訊いてみた。

「もじゃさんがいま飲み干したのって、ヒカリダケのアレですか？」

「あははは。残念。こいつはウーロン茶」

「え？」

「俺、こう見えてさ、酒はいっさい飲めねえの。あははは」

まさかの下戸《げこ》……。じゃあ、さっきの「くはぁ」は何だったのかとツッコミを入れたくなる。ところが、もじゃさんはそんなことはお構い無しで話題を変えてしゃべりだした。

「ところで佑ボーイ、腹減ってんだろ？」

「え？　あ、はい」

「んじゃ、適当に、この島の美味いもんを出そうか？」

もじゃさんは、俺の返事を聞く前に、親指を立ててニカッと陽気に笑ってみせた。

「あ、じゃあ——、はい。それでお願いします」

押しの強さと勢いに吞まれた俺は、それから、ひたすらこの店の雰囲気に流されていくのだった。


その後も俺は、もじゃさんの陽気さとるいるいさんが振りまく妖精の粉にやられて、まるで幻夢のなかにでもいるような気分でせっせと酒精を胃に流し込んだ。

そして結局は、他の客たちのテーブルに引き込まれ、ヒカリダケのエキスが溶けたアレを飲むことになった。

最初の一杯目では、とくに何の変調も感じられなかったのだが、二杯目を空けたあたりから、どういうわけだろう、食道のあたりが勝手にひくひくしはじめて、無性に笑えてしまう。しかも、笑っていることが引き金になって、実際に愉快な気分になってくるのが面白かった。

とはいえ俺は、笑いながらも心の底までは酔えなかった。

顔で笑っているお客たちが、内心ではるいるいさんを巡って牽制し合い、ときにいがみ合っているからだ。

しかし、そんな空気のなかにあっても、るいるいさんは一ミリもブレることがなかった。悪気のない艶美を気前よく振りまきながら、お客たちのあいだを、ひらり、ひらり、と軽やかに行き来するのだった。

夜が深まると、いよいよ酔客たちは俺にも（笑いながら）絡みはじめた。

そもそも佑は、るいるいちゃんの何なのだ？

魔法や超能力を使うという噂は本当なのか？

村長の紹介で来島したということは、西軍の一味なのか？

それらは質問というより、むしろ尋問に近い口調だったので、俺はなるべく誤解のないよう、ひとつひとつ答えておいた。

まず、るいるいさんとは、たまたまフェリーで知り合っただけの関係で、部屋が隣同士になっても行き来はしていないということ。

もちろん俺は、魔法や超能力なんて使えるはずもないので、そこは「まさか」と一蹴した。おそらくは、今日の午前中に学校で披露した、けん玉の「魔法」と、手品の「超能力」の噂に尾ひれがついて広まったのだろうが、それを酔った頭でいちいち説明するのは面倒だったので、笑い飛ばしておいたのだ。

東軍・西軍の件については、シンプルかつはっきりと伝えた。そもそも本土のサラリーマンである自分には、この島の東と西などまったく関係がないと。

しかし、いくら真剣に話してみても、しゃべる方も聞く方もひたすら笑っているので、行き交う言葉がふわふわして説得力や誠実さが生じない。この店のなかでは、何もかもが軽く、ゆるいのだ。まあ、アレを飲んでいる以上は仕方がないのだろうけど。

そして俺は、そのゆるさに便乗することにした。思い切って周囲のお客たちに、気になっていた「あのこと」について訊いてみることにしたのだ。

「あの、ちょっと、教えて欲しいんですけど」

「おう、なんだ？」

「この島の最大の秘密って、知ってますか？」

不意をつかれた質問だったのか、同じテーブルにいた五人のお客たちは、一瞬、言葉を失った。そして次の刹那、五人のうちの三人が、ちらりとカウンターに視線を送ったのだ。彼らの視線の先にいたのは、もじゃさんだった。

「もじゃさんに関係することなんですか？」

俺は、さらに突っ込んで訊ねた。

しかし、彼らはそろって首を横に振ると、笑いながらも知らぬ存ぜぬを貫き通すのだった。

それは、誰がどう見ても、怪しすぎる態度だった。

こうなったら仕方がない。

俺はグラスを手にしてテーブル席から離れ、カウンター席に戻った。そして、魚の切り身を焼いているもじゃさんの背中に、直接、声をかけた。

「この島の最大の秘密って、もじゃさんが関係してるんですか？」

すると、もじゃさんは、ゆっくりとこちらを振り返り、唇の両端を上げてニヤリと笑った。そして、俺のグラスにロックアイスを足しながら、さも意味ありげに声を低めてこう言ったのだ。

「いいかい、坊や。そもそも秘密ってのは、内緒ってことだろ？」

「………」

「大人なら、それくらいは分かるよな？」

たしかに、そりゃ、あたりまえだ――。

「はあ、まあ……」

「よし、いい子だ、佑ボーイ。この世には知らないままでいた方がいいこともある。だから、その件については、もう触れるな。いますぐに忘れるんだ」

なぜかハードボイルドを気取ったもじゃさんは、頼んでもいないのに、俺のグラスにアレをなみなみと注いだ。そして、一人で勝手に吹き出した。

「な～んちゃってよ。あはは。この一杯は、俺からのサービスな。遠慮なく飲んでくれ」

なんなんだ、この人は……と、なかば呆れながら、グラスに注がれたアレを喉に流し込んだ俺は――、
ん？

一瞬、固まった。

口のなかで違和感が弾けたのだ。

「え、もじゃさん、これ、水じゃないですかっ！」

「あはは。そのとおり。俺からのサービスはうめえだろ？」

ただでさえアレのせいでニヤニヤしていた俺は、つい声を上げて笑ってしまった。

「いやぁ、やられたなぁ」

考えてみれば、すでに今夜はけっこう飲んでいる。ここらでコップ一杯の水をはさむのも悪くない。そう思って、俺はさらにひと口、水を飲んだ。

もじゃさんは、焼きかけの魚の切り身をひっくり返した。

「わーい、佑、楽しそうだね」

るいるいさんがやってきて、俺の隣の席にひらりと腰を下ろした。

「あの酒、ヤバいですね。ほんと、箸が転んでもおかしくなってます」

「うふふ」るいるいさんは、ややもすれば見惚れてしまいそうな顔で笑うと、例によって明後日の会話をしはじめた。「あ、そうだ、佑に借りてるロールプレイングゲーム、もうすぐ二回目のクリアができそうだよ」

「えっ、またですか？」

「うん。二回目はコツが分かってるから、すっごく早いの」

「コツが分かるからって——、いくらなんでも早すぎますよ」

「うふふ、そうかな？」

「そうですよ。ふつうじゃあり得ないです。るいるいさんはやっぱりロールプレイングゲームの天才なんですね」

「わーい、佑に褒められたぁ」

それから俺は、背中に刺さる痛い視線を気にしながらも、魔導師が使う魔法がどうとか、勇者が仲間と起こす奇跡がどうとか、ロールプレイングゲームの話で盛り上がった。

るいるいさんの声は店内にキンキンと響き渡るので、テーブル席からは「聞こえたぞ佑、やっぱりお前、怪しい魔法を使うんだな」とか「この島に奇跡を起こしてみせろ」などと、馬鹿げた声が飛んできたりもした。

そういう声をいちいち否定するのも面倒なので、俺はカウンターの椅子をくるりと回し、他のお客たちに向かってジョークを返すことにした。

「じつは、ずっと隠していましたけど、俺、本当は勇者なので、魔法も超能力も使えちゃうんです」

しかし、そんな俺の冗談は、この店では受け入れられず、客席からはゆるいブーイングが上がった。まあ、るいるいさんと仲良く会話をしている以上、何を口にしてもブーイングになるのだろうけれど。

閉店時間になると、カウンターから出てきたもじゃさんが、ウクレレを弾きながら「蛍の光」を歌いはじめた。るいるいさんは酔客たちの席をまわり、飲食代を徴収してまわる。

「今夜もいっぱい飲んだね。来てくれてめっちゃ嬉しかったよ。うふふ」

天女のスマイルにくらくらした狼たちは、「うん、俺も嬉しかった」なんて言いながら、お札をるいるいさんに握らせる。なかには、支払いついでにるいるいさんの手を握る輩がいたりして、それを見た狼たちは目を三角にして、ガルルル、とやり合うのだった。ところがるいるいさんはというと、むしろ握られた手を両手で握り返したりするのだ。

「わあ、おっきくて、強そうな手だね。かっこいい。うふふ」

るいるいさんの台詞に、分かりやすく鼻の下を伸ばした輩と、その周囲で殺気立つ狼たち――。

なるほど、るいるいさんはこうやって、わずか三日で島全体をギスギスさせてしまったのか。

やれやれ……。

俺は嘆息しながら美女と野獣たちのやりとりを眺めていた。


俺の支払いは、他の客がすべて帰ったあとだった。

「ああ、今夜も楽しかったぁ♪」

るいるいさんが、テーブルの上の食器を片付けながら言った。すると、もじゃさんが、それに応える。

「ほんと最高な夜だったよなぁ。佑も来てくれたしよ」

「ぼくも楽しかったです」

「なあ、佑」

「はい」

「このあと、まっすぐ公民館に帰るだろ？」

「ええ」

「じゃあ、るいるいちゃんと一緒に帰ってやってくれよ」

「あ、もちろんです」

俺が頷くと、るいるいさんは大きな目がなくなるほどの笑顔を浮かべて喜んでくれた。

「わーい。嬉しい。じゃあ、急いで片付けちゃうね」

「ぼくも手伝います」

怪しいキノコと美女の笑顔のおかげで上機嫌になった俺は、カウンター席から立ち上がり、せっせと後片付けを手伝った。

「お客なのに、わりいな、佑」

「いえいえ」

この島に来てからの俺は、誰かの「お手伝い」をすることにずいぶんと慣れたし、それをしたあとのちょっぴり気恥ずかしいような清々しさも知った。これで賃金が発生したら、それこそ理想的な仕事のカタチなのかも知れない。ふと、そんなことを思った俺は、二人にバレないよう、こっそりため息を洩らした。


せっかくるいるいさんと一緒に川沿いの坂道を歩いているのに、今宵の空には薄雲が張り出していた。

「いまは見えませんけど、この道を歩きながら見上げる満天の星が好きなんですよね」

俺が言うと、るいるいさんは「あっ、わたしも！」とキンキン声を上げて、俺の腕に自分の腕を絡ませてきた。その動作は、あまりにも無邪気で自然だった。

俺は、ふと夕方の翔くんの言葉を思い出した。

「ねえ、るいるいさん」

「ん？」

「えっと――」俺はアルコールにぷかぷか浮いたような脳を必死に働かせながら続けた。

「るいるいさんは美人だから、ちょっとした行動が、ときに思わせぶりになって、男たちに正気を失わせちゃうってことがありそうですよね」

「うふふ。嬉しい。ありがと、佑」

絶世の美女は、俺の言葉をストレートに褒め言葉として受け取っていた。

駄目だ。話の切り口を変えよう。

「るいるいさん、本土でも飲み屋で働いてたんですか？」

「うふふ。そう思う？」

「なんだか、お店でもこなれた感じで、上手にお客たちをあしらってたんで」

「ハズレ。わたし、水商売ってはじめてなの」

「あ、そうなんですか」

「うん。はじめてだから、わくわくして楽しいよ」

「じゃあ、本土にいるときは、どんな仕事をしてたんです？」

「いろいろだよ。会社の事務とか、お弁当屋さんとか、企業のイメージモデルとか、たーくさん」

「イメージモデルって?」

「ほら、売り出し中の商品の前でポーズを決めてニコニコしてる女の子がいるじゃん」

「レースクイーンみたいな格好をして、車とかバイクの前に立ってる女性?」

「うん。モーターショーで、そういうのやったよ」

「うわ、すごっ」

「お友達に勧められてやったんだけど、ずっとハイヒールで立ってるのが大変だったから、もうやらないかな」

「るいるいさん、いろんな経験をしてるんですね」

俺は、いまの会社しか知らない自分を思って、少し引け目を感じてしまった。

「わたしね、自分の心が『いいな〜』って思ったことは、どんどんやるって決めてるの。あと、誰かに頼まれたことをやってみると、新しいことに出会えて楽しいんだよね」

「るいるいさん、すごいな……」

ふとこぼしたその言葉は、わずかとはいえ卑屈な羨望を含んだ俺の本音だったと思う。

この絶世の美女は、あきらかに周囲からズレているし、ひどく幼稚なところもある。でも、裏を返せば、それは、自分にも他人にも媚びず、素直だということなのではないか。

「ちなみに、るいるいさんのご両親って、どんな方なんですか?」

「二人とも、いまはあっちの人だよ」

るいるいさんは絡めていない方の手で、星のない夜空を指さしていた。

「パパは、わたしが小学二年生のときに逝っちゃったの。ビルの工事現場で資材の落下事故があって」

「あ、なんか——」

すみません、と俺が言う前に、るいるいさんは続きをしゃべり出した。いつもと変わらぬ、根っから明るい口調で。

「ママはルーマニア人でね、すごく優しかったよ。でも、病気だったから、パパの後を追いかけて逝っちゃった」

「そう……でしたか」

もはや慰めの言葉すら思いつかなかった。

考えてみれば、今日の午前中も、俺は、保健室で葉月ちゃんのお父さんについて訊ねてしまったのだ。

本日、二度目の同じミスだった。

しかし、るいるいさんは、ふだんどおりに「うふふ」と軽やかに笑うと、足取りを確かめるようにゆっくり歩きながら、自分の生い立ちを口にしはじめた。

「だから、わたし、父方のおじいちゃんとおばあちゃんの家で育ててもらったの。でも、最近、その二人も空に逝っちゃって、すっごく悲しいよって思ってたら、彼氏にもフラれちゃった」

「え……」

「ねえ、佑は、神様っているると思う？」

まさか、このタイミングで「いる」とは言えない。

「いない、かな。正直、分からないです」

すると、るいるいさんは「だよね。わたしも分からなくなっちゃった」と言って、星のない夜空を見上げた。

それから俺たちは、しばらくのあいだ無言で川沿いの坂道を歩いた。時折、やわらかな川風が吹いて、道路脇の樹々がざわめいた。

チカチカと明滅する壊れかけの街灯の下を歩いていたとき、るいるいさんの美しい唇がふたたび動き出した。

「この島での仕事はね、お友達に勧められたの」

「お友達に？」

「うん。寿々《すず》ちゃんっていう、ちょっと不思議なお友達」

「不思議って――」

「寿々ちゃんはね、びっくりするくらいよく当たる占い師だったんだよ」

「へえ」

と俺は頷いてみせたけれど、正直言えば、占いの類はあまり信じないし、さほど興味もない。

「でも、いまは『キッチン風見鶏』っていうお店で、めっちゃ美味しい料理を作ってるの」

「その人が、どうしてこんなマニアックな島のことを？」

「この島にね、寿々ちゃんの再従姉妹《はとこ》と、おばあちゃんのお姉さんがいるんだって」

「そうなんですか。誰だろう――」

俺は、この三日間で出会った人たちの顔を思い浮かべた。全島民をあわせても一九九人なのだ。もしかすると俺の知っている人かも知れない。

「佑は、誰だと思う？」

「俺の知ってる人ですか？」

「うふふ。そうだよ」

「えっ、誰だ？」

「わたしもね、昨日、寿々ちゃんからメールで教えてもらって、びっくりしたの。ヒント、欲しい？」

「はい。ぜひ」

「えっとね――、この島で、寿々ちゃんみたいに占いが出来るとしたら、誰でしょう？」

それは、あまりにも簡単すぎるヒントだった。

「分かりました」

「誰？」

「花蓮ちゃんと、椿姫です」

「せいかーい♪」

るいるいさんは夜空に向かって明るいキンキン声を放った。

つまり、椿姫の孫が花蓮ちゃんで、その再従姉妹が寿々ちゃんという人で、寿々ちゃんの友達がるいるいさんで、るいるいさんの肉親は、夜空にいて、そして、俺はいま、きっと――、夜空から見下ろされながら、るいるいさんと腕を組んで歩いていて……。

「なんか、不思議ですね、ご縁って」

素敵で、あったかくて、ちょっと悲しいものですね、という意味も込めて、俺はそう言った。でも、るいるいさんは、そのなかの一つだけを口にしたのだった。

「うん、すっごく素敵」

素敵。そうかも知れない。素敵という言葉のなかに、不思議さも、あったかさも、悲しさもきっと含まれているのだ。

「あ、そうだ。佑は、BTSって知ってる?」

るいるいさんが、例によって会話を明後日の方向に飛ばした。

「韓国の男性グループですよね。世界的に人気のある」

「そう。ダンスも歌も、めっちゃ格好よくて、わたし大好きなの」

「はい」

「でね、BTSの楽曲のなかに『マジックショップ』っていう歌があって、その歌詞に救われたんだぁ」

「へえ。どんな歌詞なんですか?」

「韓国語からの翻訳だけどね――」

そこでるいるいさんは、珍しく、ゆっくり息を吸うと、言葉の意味を確かめるように唇を動かした。

「自分のことが嫌になったり、永遠に消えてしまいたいって思った日は、心のなかにドアを一つ作ろう。その扉をくぐれば、そこは君を癒してくれるマジックショップだよ——。だいたい、そんな感じの歌詞かな。うふふ」

「心のなかに、もう一つのドアを作る……」

「うん。素敵でしょ？」

「はい……」

頷いた俺は、なぜだろう、絡まったるいるいさんの腕の細さや頼りなさを感じはじめていた。

いつもは底抜けにポジティブで陽気なるいるいさんにも、自分のことを嫌いになったり、永遠に消えてしまいたくなったりしたことがあったのだろうか。

「ええと『マジックショップ』ですね。俺もその歌、聴いてみます」

「うん、聴いて、聴いて！　日本語の歌詞がついたネットの動画もあるから」

「了解です」

それから少しのあいだ、俺たちは黙ったまま川沿いの道を歩いた。

島の夜は、本土よりもずっと闇が濃密で、深くて、なんというか、「ちゃんとした夜」だった。耳に入るのは、川のせせらぎと、枝葉のささやきと、俺たち二人の足音だけだ。

夜が、静かですね。

俺がそう言おうと口を開きかけたとき――、ふいに二人とは別の足音が交じったことに気づいた。

坂の上から、その足音は近づいてきた。

こんな時間に、誰だろう？

俺とるいるいさんは、暗がりの向こうをじっと見詰めながら歩いた。

やがて数少ない街灯の淡い光が、小柄な人影を浮かび上がらせた。

あっ――、と俺が思ったときには、向こうも俺を認識して、立ち止まりかけた。でも、結局は足を止めずに歩み寄ってきた。俺は、るいるいさんと腕を組んでいることが気になったけれど、腕を振り払うのもためらわれて、そのままでいた。

人影が、俺たちの目の前で立ち止まった。

「こんばんは」

先に挨拶をしたのは、菜々ちゃんだった。島で一軒の商店「よしだや」の娘さんだ。

菜々ちゃんは微笑を浮かべていたけれど、その目は少なからず泳いでいるようにも見えた。

「こんばんは」と、るいるいさんが返した。

俺は「こんな夜中に、一人でどこに？」と訊ねた。

「ちょっと、友達のところに行ってて」

菜々ちゃんの目がいっそう泳ぎはじめたから、逆に俺はそれ以上のことを訊けなくなってしまった。

「俺たちは、もじゃもじゃで飲んで、一緒に帰ってるところなんだけど」

「そうかなって思いました」

「うん」

「じゃあ」

「え？　あ、うん。じゃあ、また」

「おやすみなさい」

菜々ちゃんは軽く頭を下げて、すたすたと下流の方へと歩き去っていった。

俺たちも腕を組んだまま歩き出した。

しばらくして俺は後ろを振り返ったけれど、すでに菜々ちゃんの小柄な影は島の深い闇に溶けていた。

「いろいろあるんだね」

前触れもなく、るいるいさんが口を開いた。

「え？」

「うふふ。みんな、いろいろあるじゃん」

「…………」

どういう意味だろうか？　考えていると、るいるいさんが遠くを見ながら言った。

「あ、もうすぐ着いちゃうね」

少し先に、ぽつんと小さな明かりが見えていた。

それは公民館の玄関に灯る常夜灯だった。

「ですね」

と言って、俺は少しだけ歩幅を狭くした。

第四章　人生はゲーム

来島して四日目の朝を迎えた。

今日から俺は、自由な単独行動をとる。当初の狙いどおり、この島でのんびりとバカンスを楽しむのだとすれば、今日がそのはじまりということになるだろう。

自由を得た俺がまずやったことは、二度寝だった。

昨夜、ヒカリダケの酒をそこそこ飲んだせいか、毛細血管に砂が詰まったように身体が重たかったのだ。

なんとか布団から這い出したのは、午前十一時頃だった。

薄暗かった部屋のカーテンを開けると、窓ガラス越しに蛍光ブルーの空が飛び込んできた。

バカンス初日としては、このうえない天気だ。

遠くに横たわる海原は、彩度の高い藍色のセロファンのようで、初夏の陽光をひらひらと乱反射させている。

俺は窓ガラスを開けてベランダに出た。

清爽な空気を深呼吸してから、思い切り伸びをする。

まずは、散歩でもしてみようかな──。

さらさらとした島の風を受けていると、自然とそんな気分になってくる。

せっかく散歩をするなら、お隣のるいるいさんを誘ってみようかとも思ったけれど、やっぱりやめることにした。いま一緒に歩いているところを誰かに見られたりしたら面倒なことになりそうだ。

俺はベランダから部屋に戻り、顔を洗い、歯を磨いた。そして、ゆったりめのTシャツにショートパンツ、そしてサンダルというラフな格好で外に出た。念のための日焼け対策として頭にのせているのは、大樹さんからもらった麦わら帽子だ。

俺は、とくに目的地を決めずに歩き出した。

直感にまかせて川を渡り、集落の細い路地を抜け、新緑の映える外輪山のふもとの道をのんびりと進む。

青々とした風が吹き渡ると、頭上の枝葉がさやさやと囁き、大きめのTシャツがはためいた。

しばらくすると、俺は濃密な緑にはさまれた。

道の左右が森になったのだ。

足元にはバター色の木漏れ日がぽたぽたとこぼれ落ちている。その光のやわらかさに見とれながら歩いていたら、何かが左肩に触れた気がした。

「ん？」

小さな木の実でも落ちてきて当たったか？

なんとなく気になって左肩に触れたとき、その指がぬるりと滑った。

え——、嫌な予感を抱きつつ指を見た。

白と黒と茶色の絵の具のようなものが、第二関節から先にべったりとついていた。

それが鳥の糞だと気づいた瞬間、俺の口は不平をこぼしていた。

「マジかよ、ふざけんなよ……」

眉をひそめて頭上を見上げた。

たくさんの野鳥たちが、あちこちの枝葉でさえずっていた。

「はあ……」

俺はひとり惨めな気持ちになって、道路脇に生えている樹の幹に汚れた指をなすりつけた。ついでに、足元に落ちていた葉っぱを拾って、肩についた鳥の糞をすくい取るようにして落とした。といっても、直径五センチはあろうかというシミになってしまったけれど。

せっかく気分よく散歩していたのに、テンション下がるなぁ……。

胸裏で愚痴をこぼし、俺はのろのろと歩き出した。

とにかく、このことはさっさと忘れて散歩を楽しもう。

そう思ってしばらく歩いてみたものの、いかんせん水分を含んだ肩の汚れは微妙に冷たいし、樹にこすりつけただけの指先の汚れも気になる。頭上から降ってくる無数の野鳥たちのさえずりまでも、そこはかとないストレスだ。なにしろ、いつ、また糞を落とされるか分からないのだから。

せめて誰かが隣にいて、このハプニングを笑い飛ばしてくれたなら……。

そうは思うものの、現実はいつだって無慈悲だ。一歩、一歩、足を前に運ぶたびに、俺の足元では安物のサンダルがぺたぺたと音を立て、お前はひとりだと主張してくる。

そういえば、俺って、いつもひとりぼっちだよなぁ――。

しみじみとそう思ったら、うっかり会社にいるときの鬱々とした心の重さを思い出してしまった。

社長や同僚たちから向けられる、せせら笑い。

あの顔を見るといつも、俺の胸のなかには鉛色の靄《もや》のようなものが広がりはじめて、まるでひとつひとつの肺胞がゆっくりと煤けていくような――、そんな感覚を味わうのだった。

あの嫌な感覚の正体は、いったい何なのだろう？

テンションの下がった俺は、もしかして俺、ちょっと心が病んでるのか？　なんて考えながら、森にはさまれた薄暗い道を歩き続けた。

そして、そのまましばらく歩いていたら、ふと、その正体の輪郭が見えた気がしたのだった。

自分が自分でいられる「居場所」がないことからくる不安と淋しさ――。

あえて言葉にするならば、きっと、そんな感じなのだろう。

考えてみれば、北海道の田舎から上京して以来、俺には「ホーム」と呼べる場所がなかった気がする。毎日ひたすら直角と直線だらけの街であくせく働き、身も心も痩せ細るほど消耗させているのに、会社ではいつも肩をすくめ、隅っこで小さくなって生きてきた。くたくたに疲れ切って帰るひとり暮らしのアパートの部屋でさえも、そこが心安らぐ「ホーム」なのかと問われたら疑問符がつく。単に酷使した身体を横たえるためだけの空間にすぎないようにも思えるのだ。

あまり認めたくないけれど、人間関係もまた同様だった。何人か友達のような知人はいるけれど、でも、それは、あくまで「ような」を付けなければ嘘になる相手だし、ましてやここ数年は恋人ができそうな気配すらなかった。

つまり俺は、ずっと身の置き場も心の置き場もない「ホームレス」な日々を過ごしてきたのだ。鉛色の靄が俺の内側から洩れ出しているのは、自分の感情に無理やりフタをして、気づかぬフリをしてきた結果、心の容器がいよいよ腐食して小さな穴が開いてしまったのだと思う。

しかも、いま、そのことに気づく引き金となったのが、鳥の糞だなんて……。

「こんな島まで来て、なにやってんだ、俺——」

バター色の木漏れ日に向かってこぼしたら、すっと両肩から力が抜けて、ぐったりしてしまった。

俺は歩みを止めて、嘆息した。

やっぱり今日はもう散歩なんてやめて、公民館の部屋で日がな寝て過ごそうかな。俺は疲れているのだ。心も身体も。

そう自分に言い聞かせて、踵を返した。

と、その刹那——。

ん？

俺は、海側の森に、なんとなく不自然な「隙間」があることに気がついたのだった。

よく見ると、それは、鬱蒼とした森の奥へと伸びていく「道」のようだった。いや、もしかすると「道」ではなく「獣道」というべきかも知れない。なにしろ、そこを人が歩くとなると、背丈ほどもある草や、細い木々などの藪を漕ぎ分けていかねばならないのだ。

俺は、少しのあいだ、その「道」を見詰めていた。

すると、頭のなかに「どうせ暇なんだから」という言葉が浮かんだ。

行ってみるか？　少し歩いてみて駄目だったら、さっさと引き返してくればいい。

「暇つぶしだ……」

俺は、自分自身に向けてつぶやいた。そして、藪漕ぎをしながら森のなかへと分け入ってみた。

歩き出してすぐ、その「獣道」は上り坂になった。

ありがたかったのは、最初の十数メートルで藪漕ぎの必要がなくなったことだ。そこから先には、明らかに人が通ったと思われる踏み跡があって、ある程度まともな「道」になっていたのである。とはいえ、道幅は狭いままで、せいぜい七〇センチほどしかないから、ひたすら両肩を左右の藪に擦りながら進むような感じだった。

森のなかの上り坂を一分ほど進むと、急に勾配がきつくなってきた——と思ったら、ふいに日の前がパッと開けた。坂道のてっぺんが見えたのだ。

俺は、サンダルが脱げないよう気をつけながら最後の坂を上り、てっぺんに立った。

そして、なかば無意識につぶやいていた。

「うわ、すげえ……」

この「獣道」の終着点は、断崖絶壁だったのだ。

真っ青な海風に吹かれた俺は、恐るおそる崖の際までにじりよって、崖下を覗き見た。

崖の高さは少なくとも三〇メートルはありそうだ。高所恐怖症ではないはずの俺でも、ややもすると膝から力が抜けそうになる。

波が打ち寄せる浅瀬は明るいエメラルドグリーンで、海底に転がる石ころまでくっきりと見えた。しかし、この島の海は、そこから一気に深くなっているようだった。数十メートルも沖にいけば、そこはもう藍色の海なのだ。

俺は少し視線を上げて水平線を見晴るかした。空と海との境界線は、まさに地球の丸さを実感させるようなカーブを描いている。

この絶景が、貸し切りだ——。

俺はぐるりと周囲を見渡した。すぐ斜め後ろに、豆腐みたいな形をした岩があったので、そこに腰を下ろした。

遥か崖下から届く波の音。蛍光ブルーの空。青々とした海風。樹々のささやき。美しくて淋しい、青い孤島に流れてきた、ひとりぼっちの俺。

水平線のあたりをぼうっと眺めながら、俺はいろいろなことを考えた。

この島の活性化の仕事を放り出していいのか?

いつまで一人のバカンスを楽しんでいようか?

会社に戻ったら、どのタイミングで退職願を出そうか?

無職になったら、この先、いったい何をするのか?

しばらく考えていたけれど、建設的な答えは何ひとつ出てこなかった。

俺を「無能」と蔑む社長と同僚たちの冷笑がちらつく。

「ああ、もう、駄目ダメ」

声に出した俺は、「ふう」と大きく息を吐いて立ち上がった。

今日はやっぱり公民館の部屋に戻って、ひたすら寝て過ごそう。エネルギー充電だ。

夜も外食せずに済むよう、帰りがけに「よしだや」で食料を調達しておいた方がいいだろう。

眼下に広がる大海原をもう一度見てから、俺はもと来た「獣道」へと歩き出そうとした。

と、そのとき——、
え?

俺は、踏み出しかけた足を止めていた。

誰かの「声」が聞こえたのだ。

まさにいま俺が入り込もうとしている獣道の方から。

最初に聞こえたのは、若い女性の声だった気がする。そして、その声に応えたのは、おそらく若い男だ。

こんなところに、男女で……。

もしかすると、ここを「道」らしく踏みならしているのは、声の二人なのかも知れない。だとしたら、二人はこの場所を逢い引きするときの隠れ家のように使っているのだろう。

そんな場所に、俺がいたら――。

想像したら、すぐにでも逃げ出したくなってくる。でも、いま俺が獣道を下りていけば、途中で二人と鉢合わせになる。この道はあまりにも細いのだ。急な坂道のところですれ違うのは危険をともなう。

どうしよう……。

意味もなくきょろきょろしながら焦っていたら、だんだんと二人の声が近づいてきて――。

「えっ」

俺は、思わず声を出して固まった。

獣道からひょっこり男が顔を出したのだ。

その男もまた、俺に気づいて、まるで幽霊でも見たように全身を硬直させた。

「な、なんで……」

つぶやいた男の背後から、「どうしたの？」と言いながら、女も顔を出した。そして、男とまったく同じように俺を見つけて固まった。

海風が崖を駆け上ってきて、呆然とした俺たち三人の髪の毛をさらさらと揺らした。

沈黙を破ったのは、翔くんだった。

「どうして、佑さんが、ここに――」

翔くんの斜め後ろにいる菜々ちゃんが、両手を胸にあてた。そして、深くゆっくりと呼吸をした。

「なんか、ごめん。俺、二人が来るなんて、思ってもいなかったから」

「あ、いや。べつに謝らなくても」

翔くんがそう言ったけれど、考えてみればそのとおりだ。

とにかく――。

「じゃ、俺は、帰るから」

そう言って、翔くんたちの横を足早に通り過ぎようとすると、

「あっ、あの、佑さん」

翔くんに呼び止められた。

「え――」

俺は足を止めた。きっと、二人の関係は内緒にして欲しい、そんなことを言われるのだろうな、と思った。なにしろ翔くんは西軍、菜々ちゃんは東軍なのだ。思えば「よしだや」でランチを買ったとき、翔くんが菜々ちゃんに目配せをしていたのを俺は見てい

「ねえ、やっぱり、もう、こそこそしていないで、オープンにしちゃおうよ」

「えっ――」

翔くんが菜々ちゃんの方を向いた。

「だって、どうせ、もう島のみんなには感づかれてるんだし、隠してても仕方ないよ」

「いや、でも、それは、さすがに駄目だって。俺、前にも言ったじゃん」

翔くんは、子供をたしなめるように言った。

「でも」

「俺たち、島で暮らせなくなるよ」

「そうなったら、わたし、それでいいよ」

「よくないだろ。『よしだや』はどうするんだよ」

「………」

菜々ちゃんは口をつぐんだ。不平はあるけれど言葉にはできない、そんな顔だ。

ふと俺は、翔くんに聞いていたことを思い出した。この島のライフラインでもある「よしだや」を、これまで照子さんは必死に守ってきたのだ。そして菜々ちゃんも、そのことを理解して、おそらく跡を継ぐ気でいると。

「この島の東西の壁って、そんなにぶ厚いの？」

俺は、分かり切ったことを訊いてしまったのだろう。翔くんと菜々ちゃんは眉をハの字にして、力なく微笑んだ。そして、翔くんが「まあ、はい」と答えてくれた。

それから、しばらくは、誰も口を開かなかった。

俺たちは、ただ、崖下で砕ける波音を聞きながら、変な緊張感のなかにいた。

とにかく、これ以上、二人の邪魔をしていたくはない。

そう思った俺は、豆腐形の岩から腰を上げた。

「俺さ、散歩の途中に、たまたまこの『獣道』みたいなのを見つけて、ここに来ちゃったんだけど。もう、来ないから」

「え――」

翔くんと菜々ちゃんが、どこか申し訳なさそうな顔をして俺を見上げた。

「というわけで、俺、いまいち体調がよくないっていうか、疲れが出てるみたいだから、先に帰って寝るわ」

「大丈夫ですか?」と翔くん。

「うん。じつは昨日も、ちょっと身体がだるくて頭痛もあったんだけど。でも、寝れば大丈夫だと思う」

「…………」

「じゃあ、先に帰るね」

二人に小さく手を振って歩き出した俺の背中を、翔くんがふたたび呼び止めて立ち上がった。

「あ、あのっ」

立ち止まった俺は、先回りをして答えた。

「大丈夫。絶対、誰にも言わないから」

菜々ちゃんも立ち上がって、翔くんの隣に並んで立った。

そして、二人そろってぺこりと頭を下げたのだ。

この二人が結ばれないなんて、めちゃくちゃ理不尽じゃないか。

俺は胸のなかに熱っぽい塊を抱えたまま、「じゃあね」と微笑んで手を振り、そのまま「獣道」へと歩き出した。

一人で「獣道」を下り、少し藪漕ぎをして、舗装路に出た。

その足で俺は「よしだや」に向かった。昼と夜の食材の買い出しをしておかなければならない。

正直言えば、俺の足取りは重かった。なにしろ、まさにいま、翔くんとこっそり会っている菜々ちゃんの母親の店に行くのだ。気まずさを感じるなという方が無理だろう。

ちょっとした買い物をするにも、選択肢が「よしだや」しかないというのが、この島のリアルなのだ。「ライフライン」という単語が、俺の脳裏にちらついた。秘密の崖の上に吹き渡る青い海風が、どこか切なくも思えてくる。

二人の関係を内緒にして欲しい、と俺に向かって頭を下げた翔くんと菜々ちゃんの切実な姿――。

西と、東って……。

「なんなんだよ、それ」

ぽつりと声に出してみたら、会社のことも、未来のことも、鳥の糞のことも、なんだかもう全部をひっくるめて放り出したいような、妙な気持ちになってくるのだった。

俺は、森の匂いのする空気を深く吸った。そして、吸った空気を言葉にして吐き出した。

「ほんと、阿呆かっつーの……」

両手をポケットに突っ込んで、木漏れ日の道路を歩く。

ぺたぺたと踵で鳴るサンダルの音が、ひときわ頼りなく響いていた。


しばらく歩き続けて集落に入った。

通りの少し先に「よしだや」が見えてくる。

店先に置かれたベンチには、今日もちょこんとおトメさんが座っていた。

ベンチの前を通るとき、俺はおトメさんに声をかけた。

「どうも」

「ああ、こんにちは」

まぶしそうに目を細めたおトメさんが、にっこりと笑いかけてくれる。

俺はそのまま店内に入り、惣菜パン、缶詰、インスタントラーメンなどの食材をみつくろってレジに持っていった。すると、レジで待ち構えていた照子さんが、「ねえねえ、あんた、知ってる?」と、いつものマシンガントークの口火を切った。

照子さんの口から無尽蔵に発せられる言葉の半分は、島の誰かの噂話で、それ以外のすべては、俺への質問だった。

俺のことなんて訊かなくていいから、菜々ちゃんの本心を訊いてあげて下さい——。

俺は心の声を吞み込み、ため息も一緒に吞み込んだ。

それからしばらくのあいだ照子さんのおしゃべりに付き合っていたけれど、照子さんが大きな息継ぎをしたわずかな隙をみて、「じゃあ、そろそろ、ぼくは」と言って、店の外へと逃げ出した。

「ふう……」

無意識に息をついた俺に、おトメさんが手招きをした。

「ねえ」

「え? あ、はい」

俺は、にこにこ顔の老婆の方へと近づいていった。

「あなたは優しい人だねぇ」

「え?」

「照子さんのおしゃべりに、ちゃんと付き合ってあげて」

「ああ、いや、べつに……」

俺は首筋を搔きながら、おトメさんの隣にそっと腰を下ろした。本当に話し相手が欲しいのは、きっとおトメさんに違いない。

俺は、レジ袋のなかから、買ったばかりのあんぱんを取り出した。

「よかったら、半分、食べませんか?」

するとおトメさんは、小さな目がなくなってしまうほどしわしわな笑みを浮かべた。

「佑さんは、お昼ご飯はまだなの?」

おトメさんが、はじめて俺の名前を呼んでくれた。穏やかで、恵み深いような声色が、亡くなった祖母の声と重なって聞こえる。

「はい。これからです」

「だったらね、ちょっと手伝って欲しいの」

「手伝う？」

「そう」

小さく頷いたおトメさんは続けた。

「昨日、ちょっと作りすぎちゃったご飯が、うちで余ってて」

ようするに、それを腐らせて捨てるのはもったいないから、うちに食べに来てくれないか――、というわけだった。

「えっと……」

おトメさんと話すのは、まだ、これが二度目なのだ。自宅にお邪魔するのは、さすがにハードルが高い気がする。どうしたものかと俺がまごついているうちに――、

「うちはね、すぐそこなのよ」

おトメさんはベンチから腰を上げていた。

「あぁ、はい……」

釣られて俺も立ち上がった。

いま買った食材は、どれもすぐに腐るようなものではない。しかも、どうせ俺は暇だし。

そう自分に言い聞かせた。

おトメさんが歩き出した。ペンギンみたいに上体を左右に揺すりながら、ゆっくり、ゆっくり、歩を進めていく。

自然と俺も歩き出していた。

少し丸まった小さな背中から出ている「見えない糸」に引っ張られるように。

🚢

「お邪魔します」

おトメさんの家のなかをきょろきょろ見ながら、俺は簡素な玄関で靴を脱いだ。

「散らかってて、ごめんね」

「いいえ」

と首を振りながらも、俺は少しいたたまれないような気持ちにやられていた。というのも、おトメさんがひとりで住む家は、おトメさん以上に「年老いて」見えたのだ。

せっかくの庭も、星矢さんの家みたいに雑草がはびこっているし、使われていないように見える部屋は、何十年も放置された物置のようにうっすらと埃をかぶっていた。天井近くに蜘蛛の巣が張っている部屋もある。ほとんどの窓は水垢がこびりついて磨りガラスのようになっていて、カーテンのない部屋の畳は紫外線で劣化し、少し波打っていた。

きれいにしてあるのは、玄関、廊下、食卓のある台所、そして四畳半の寝室だけだった。

年老いたおトメさんひとりでは、なかなか家全体にまで手が行き届かないのだろう。

「佑さん、そこに座ってて」

台所に立ったおトメさんは、古びたテーブルを指して言った。俺は、二つある椅子のうちの一つに腰掛けた。

「昔はね、四人で暮らしていたの」言いながらおトメさんは、冷蔵庫の扉を開け、なかからラップのかかった皿を取り出した。「でも、いまはひとりだから」

ひとりだから――、の先は言わなかった。

「えっと、手伝いましょうか？」

俺が言うと、おトメさんは、何かを思いついたように「あっ」と声を出した。

「寝室の蛍光灯が切れちゃってるの。交換してくれるかしら？」

「もちろんです」

「じゃあ、忘れないうちに、ご飯の前にお願いします」

「はい」

俺は食卓の椅子を抱えて、おトメさんと一緒に寝室に向かった。

寝室は砂壁の和室で、時代めいた木製のベッドが一つと、大きな箪笥と小さな箪笥がそれぞれ一つずつあった。小さな箪笥の上には仏壇と遺影が置かれている。遺影は、亡くなったご主人のものだろう。あまり換気をしていないのか、淀んだ部屋の空気に線香の匂いが残っていた。

「これ、買ったはいいけど、ずっと交換できなくて……」

おトメさんは、仏壇の脇に置いてあった新しい蛍光管を手にすると、それを両手で持ってこちらに差し出した。

受け取った俺は、食卓から持ってきた椅子に乗り、さくっと交換した。

「他にも、何か、お手伝いできることがあればやりますけど」

椅子から下りながら俺は言った。

身体の利かないお年寄り一人ではできないことが、まだまだたくさんあるのではないかという気がしたのだ。

「ありがとね。でも、蛍光灯だけ替えてもらえれば大丈夫」

「本当ですか？」

「うん、本当よ」

「………」

「さあ、じゃあ、お昼を食べましょ」

おトメさんは、にっこり笑うと、ペンギン歩きで寝室から出ていった。

ほんと、遠慮しなくていいのにな……。

おトメさんの小さな後ろ姿を眺めながら、俺は軽めのため息をこぼしていた。


古びたテーブルには、料理の盛られた皿が五つも並んだ。

白身魚の醬油漬け、地魚の焼き物、青菜のおひたし、明日葉《あしたば》などを使った天ぷら、そして、具だくさんの味噌汁。

「残り物ばかりで悪いけど、一応、どれも島料理なの」

「え、そうなんですか？」

「一応ね。はい、ご飯もどうぞ」

「ありがとうございます」

小さな茶碗を受け取った。

「遠慮なく食べてね」

「はい。じゃあ、頂きます」

俺はテーブル越しに向かい合ったおトメさんと一緒に、昼ご飯を食べはじめた。

残り物などと謙遜していたけれど、おトメさんの手料理は、ちょっと驚くほどに美味しかった。聞けば、それもそのはず——、なんと、「一徹」の虎徹さんに島の伝統料理を指南したのは、このおトメさんだというのだ。

「どうりで美味しいわけですね」

「うふふ。気に入ってくれたなら、いつでも食べに来ていいのよ」

社交辞令だと分かっていても、おトメさんに言われると気持ちがなごむし、箸が進む。

「ありがとうございます」

少しして、おトメさんが、お茶を淹れながら言った。

「佑さん、島には、いつまでいられるの？」

「えっと、まだ、いつとは決めていないんですけど……」

「今朝、天気予報を見てたら、明日からしばらく風が強くて、海が荒れるみたいよ」

「じゃあ、船は発着しないんですか？」

「そうね。お仕事は大丈夫？」

「ええ、まあ……」

仕事のことを思い出したとたん、俺の食道はきゅっと細くなった気がして、咀嚼中の天ぷらを飲み込むのに変に時間がかかってしまった。

「あ、そうそう。うちにはね、庭に小さな離れがあるの」

「はい」

「佑さんの今回のお仕事が終わって、いつかまた『遊び』で来島してくれたときは、そこに泊まればいいわ」

「え？　いや、そんな……」

俺は慌てて首を横に振った。それは遠慮でもなく、恐縮でもなかった。そもそも俺がこの島に戻ってくるなどということはあり得ないのだ。島の人たちにたいして心苦しくて――、きっと、記憶から捨て去りたいような思い出になってしまうだろうから。

「うふふ。遠慮しなくていいのよ。わたしも、ひとりでご飯を食べるのは淋しいから、誰かが居てくれた方がずっといいの」

「……」

このとき俺は、単純に「じゃあ、そうさせて頂きます」と優しい嘘をつけばよかったのかも知れない。それなのに、なぜだろう、俺は、ただ曖昧に薄ら笑いを浮かべるばかりで、何ひとつとしておトメさんに言葉を返してあげられないのだった。

胸の浅いところがヒリヒリしはじめた俺は、あえて話題を変えることにした。

「えっと、おトメさん」

「なあに？」

「俺、ちょっと、おトメさんに訊きたいことがあるんですけど」

「――？」

おトメさんは、箸を手にしたまま小首を傾げた。

「なんか、この島の人たちって、皆さん東と西に分かれてるじゃないですか」

「…………」

「おトメさんは、そういうのを、どう思いますか？」

するとおトメさんは、小声で「ごちそうさまでした」とつぶやいて、俺の方をまっすぐに見た。小さくて優しい目が、笑っているようにも、悲しんでいるようにも見える。

「本当はね」おトメさんは、丁寧に言葉を選ぶように、ゆっくりと答えてくれた。「この島の人たちだって、きっと、好きこのんで東だ西だって言ってるわけじゃないと思うのね」

「と言いますと？」

「うーん……、人って、ほら、周りの人たちと同じようにしていないといけないって思いがちでしょ？」

「………」

「うっかり、みんなと違うことをしていたら、周りから浮いちゃうんじゃないか、叩かれちゃうんじゃないかって思ったりして」

「いわゆる『同調圧力』ってやつですか？」

「どうちょう──なに？」

「ええと、ようするに、黙ってみんなと同じにしていろっていう、無言の圧力みたいな」

「ああ、そう。そういう感じね」

おトメさんは、深く頷いた。

「ってことは、やっぱり島の人たちも、本心では東西の分断なんてやめにしたいって思ってるんですかね？」

少し、考えるそぶりを見せてから、おトメさんは再び頷いた。

「このまま続けたいと願っている人は、ほとんどいないと思うけど……。でも、あっさり終わりにできると思っている人も、少ないかも知れない」

なるほど。

みんな、本心ではやめたい。

でも、やめられる気はしない。

それを分かっているのに、どうしてやめないのだろう？

「誰か、率先して『やめよう』って言い出した人はいないんですか？」

俺の問いかけに、おトメさんは微笑んだ。

「いたけど……」

「え？」

「佑さんが、よく知ってる人」

「ぼくが？」

と声に出した次の瞬間、俺の脳裏には車を運転するイケメンの横顔が浮かんだ。まさか。

「翔くん……ですか？」

「うん。そうよ」

おトメさんは、どこか懐かしいような顔をして続けた。

「あのときはね、村長さんからも、大樹さんからも、ずいぶんとしぼられたみたいだけど」

知らなかった。翔くんは、この島でただひとり、暗黙のルールに反旗を翻した勇敢な男だったのだ。

「いろいろあるのよね」

「え？」

おトメさんの言葉に、俺はるいるいさんを思い出していた。夜道で菜々ちゃんとばったり会ったとき、るいるいさんも同じことを言っていたのだ。

「人には、それぞれ事情があるの」

「…………」

「彼には、彼だけの事情がね、きっとあるのよ」

微笑みながら俺を見詰めているおトメさん。その小さな目を見ていたら、なんとなく俺には分かってしまった。毎日、毎日、店の前のベンチに座って、行き交う人たちを観察しているおトメさんは、すでに感付いていたのだ。

翔くんと、菜々ちゃんの、二人だけの事情を。

「事情……、そうですね」

俺は、そう言って、皿に残っていたおかずを口に運んだ。

そして、そっと箸を置き、「美味しかったです。ごちそうさまでした」と両手を合わせた。

「お粗末様でした」

おトメさんが、にっこり笑ってくれたとき、俺のヒップポケットで電子音が鳴った。

電話だ。

スマートフォンを手にして画面を見た。会社からだった。

俺は無視して留守電にしようと思ったのだが、気を遣ってくれたおトメさんに「いいのよ、出て」と促されてしまった。

「あっ、えっと……、はい。すみません」

俺は椅子の上で身体を横に向けて電話に出た。

「もしもし……」

「おう。僻地の島はどうだ？」

ザラリとした耳障りなダミ声――、社長だった。

「ええと、悪く、ないです」

「はあ？　なんだ、その中途半場な返事は」

言葉のあと、社長が鼻で嗤ったのが分かった。

「すみません……」

「まあ、いい。あのな、お前、そんな島のことはもういいから、いったん帰ってこい」

「え？」

「甲虫展の現場の連中がよ、お前を寄越せって言ってるんだってよ」

「現場の人たちが、ですか？」

俺は、一緒に仕事をしてきたいくつかの顔を思い出していた。

「だから、そうだって言ってんだろ。いつ帰って来られるんだ？」

再び甲虫展の仕事に戻れるのだとすれば、それは素直に嬉しいことだし、甲虫展が終わるまで退職願を出すのを遅らせてもいいとすら思う。でも、俺は本当のことを言うしかなかった。

「すみません。すぐには戻れそうにないんです」

「はあ？　ナニ言ってんだ、小島クン」

「え……」

「そっちは適当にごまかしてカネだけ会社にまわるようにして、さっさと帰ってこいって言ってんだよ」

「でも、波が荒れて、フェリーが運航していないので」

そのフェリーは週に一便しかないうえに、おトメさんいわく、明日からしばらくは海が荒れて、フェリーの運航は見込めないのだ。

「でも、じゃねえんだよ。お前みたいな奴が、珍しく仕事で重宝されてんだぞ」

「…………」

「そんな誰も知らねえような島、どうだっていいんだよ。そっちの担当者と話し合ってカネの流れだけビシッと決めて、さっさと戻ってこい。分かったな」

「あっ、でも、フェリーが――」

プツ、と音がした。一方的に通話が切られていた。

スマートフォンを耳から離し、俺は大きく息を吸い、そして、胸のなかに渦巻いた熱を「ふう」と吐き出した。

「なんか……大丈夫？」

心配そうなおトメさんの声を聞いた刹那、俺は胸に渦巻いた熱の正体を確信した。それは、とても純粋な嫌悪だった。

「はい、大丈夫です」

明るく答えようとした声が、少し震えてしまった。

お昼をご馳走になった俺は、公民館の部屋に帰ることにした。

おトメさんは、家の前の路上まで見送りに出てくれた。そして、敷地内を指差して言った。

「あそこが、さっき言った離れなのよ」

見ると、古びた母屋のすぐ横に、白壁の小さな平屋があった。八畳一間といったところだろうか。

「母屋よりも新しくて、きれいなの」

俺は、どう答えたものか迷って、「はい」とだけ言っておいた。

「いつでも使ってね」

「ありがとうございます。何か、ぼくがお手伝いできることがあったら、いつでも言って下さい」

「うん。ありがとね」

「じゃあ、そろそろ、ぼくは」

「うん」

「ごちそうさまでした」

心を込めて、そう言った。すると、おトメさんがにこにこしながら近づいてきて——。

え……。

俺の首に手を伸ばしたのだ。

しわしわで、小さな手が、俺の首をふわっと軽く締めた。ちゃんと揺すれるように、俺は自分から少し前かがみになった。

「佑さん、またね」

「はい」

優しく揺すられながら、返事をした。

おトメさんの手が離れ、俺はまっすぐに立った。

と、そのとき、俺の目の前を女子中学生が通りかかった。

学校訪問をしたときに出会っているからだろう、うっすら見覚えのあるおかっぱ頭の少女だった。しかし、その少女は、まるで破廉恥なモノでも見たかのように、両手で口をふさぎながら、ちょっと慌てた様子で走り去って行くのだった。

ん？　どうしたんだろう？

ひらひらと揺れながら遠ざかっていく紺色のスカートを眺めていたら、俺は急に目が覚めたようにハッとした。

そうだった。翔くんが言っていたではないか。

男女で絞首をやると、アレですから——。

俺は、目の前にいるおトメさんを見た。おトメさんは、とくに変わった様子もなく微笑んでいた。

あらためて「ごちそうさまでした」と言った俺は、くるりと踵を返し、女子中学生が消えた方に向かって歩き出した。

なるべく大股で、首筋を掻きながら。


ふと肌寒さを感じて、薄目を開けた。

視界に入ってきたのは見慣れない天井だった。

それから数秒かけて、ようやく自分の置かれている状況を理解した。

おトメさんの家から公民館の二階の部屋に戻った俺は、窓を開けたまま、布団も敷かず畳の上で大の字になり、うっかりそのまま寝入ってしまったのだ。

「さむ……」

無意識につぶやいて、のろのろと上体を起こし、あぐらをかいた。寝相が悪かったのか、首筋と肩甲骨まわりがギシギシと軋むほど固くなっていた。

窓の外を見ると、すでに陽が暮れかかっている。

あぐらをかいた俺の傍にスマートフォンが転がっていた。あくびを嚙み殺しながらそれを手にしたとき、さっきの社長からの電話を思い出してしまった。

「はあ……」

思わず、ため息がこぼれる。

スマートフォンを立ち上げ、この島の天気予報を調べてみた。おトメさんの言うとおり、しばらくは強風が続き、海も荒れるらしい。

「ほら見ろ。だから帰れないっつーの」

傲慢な社長の顔を思い出しながら、ひとりでぼやいた。

いま、社長の声を聞くのはストレスが強すぎる。だから俺はメールを送ることにした。

『天気予報を確認しましたが、しばらくは天候が悪く、フェリーが運航されないため、戻れそうにありません。天候が回復しましたら、またメールを致します』

本当にメールするのか、俺？

少し苛立ちながら入力した文章を読み返し、送信した。

社長からのレスは、すぐに来た。

『船がないなら泳いで戻れよ』

こいつ、やっぱりイカれてるな……。

俺は部屋の隅に置いてある旅行カバンを見た。カバンのなかには退職願が入っている。いまから速達で送りつけてやろうか、とも思ったのだが、考えてみればフェリーが動かなければ、郵便物も届かないのだった。

ふと、甲虫展の企画を一緒に進めていた現場のリーダーのひとり、篠山《しのやま》先生の顔を思い浮かべた。篠山先生は四十代後半と、俺よりもだいぶ年上なのだが、とても気さくな人で、なにより昆虫を心から愛する研究者のひとりだった。

俺は篠山先生に電話をして仕事の進捗状況を聞きつつ、こちらの事情を話すべきかとも思ったのだが、やっぱりやめておくことにした。一応、会社の後輩がいまの正式な担当者なのだ。彼の頭越しに連絡をとるのはルール違反だろう。篠山先生も直接、俺に連絡してこないということは、きっと同じことを考えているに違いない。

薄暗い部屋のまんなかであぐらをかいたまま、少し悶々としながら佇んでいたら、いきなりスマートフォンの呼び出し音が鳴った。電話だ。

「うわっ」

驚いた俺は、手にしていた端末を落としそうになった。

画面を見ると、意外な名前が表示されていた。

「もしもし……」

俺は電話に出た。

「おう、佑か」

「はい」

「お前、いま、どこにいる？」

大樹さんの太くて張りのある声が、耳の奥にガツンと響く。

「公民館の上の部屋にいますけど……」

寝ていたことは、あえて言わなくていいだろう。

「そうか。そこに翔はいるか？」

「え？」

「いるのかって聞いてんだよ」

大樹さんは、同じ台詞を繰り返した。機嫌の悪さがまるごと声にのっている。

「いや、いませんけど……。何かあったんですか？」

「ったく、あいつ、どこに行きやがったんだ」

大樹さんは、俺の問いかけを無視してひとりごとを口にした。

「あの……」

「バレちまったんだよ」

「え？」

「あの馬鹿、東の女と付き合ってることを公言しやがったんだ」

そんな――、どうして？

「…………」

脳裏に、翔くんと菜々ちゃんの顔がちらついた。

俺が言葉を失っていると、大樹さんは、また違う質問をぶつけてきた。

「佑、お前、昨夜は『もじゃもじゃ』に行ったんだよな？」

「え？　あ、はい……」

東軍の店に行ったことを叱られるのかと思って、俺は首をすくめながら答えた。ところが、そこはあっさりスルーされた。

「あの女、どうだった？」

「あの女？」

「本土ギャルだよ」

るいるいさんのことだ。もしかして、夜道を一緒に帰ったことが噂になってしまったのだろうか。

「どうだった、と言いますと……」

俺は恐るおそる訊き返した。

「あの店に行ったなら、お前も分かってると思うけどよ、あの女が、いま、島の男連中をいろいろと引っ搔き回してるっていうじゃねえか」

「うーん……」

たしかに魅了はしている。でも、引っ搔き回すという表現は、ちょっとそぐわない気がした。

俺が返答に迷っていると、大樹さんは続けた。

「東軍のなかで仲間割れがはじまってるらしいな。で、それを馬鹿にした西軍の連中と小突き合いの喧嘩になっちまったんだってよ」

「え、喧嘩に？」

「そうだ。ったく、下らねえことで島がギスギスしてよ。しかも、翔の野郎まで馬鹿なことをしやがって」

「えっと……、島の雰囲気って、そんなに急に悪くなるもんですか？」

いくらなんでも大袈裟なのでは、と思った俺に、大樹さんは、いっそう声を太くして言った。

「あたりめえだろ」

「………」

「この島はな、お前が考えている以上にせまいんだ。噂も、雰囲気も、何もかもが一瞬で広まっちまうんだよ」

「はい……」

「って、佑に文句を言っても仕方ねえな」

「…………」

大樹さんが「はあ」と盛大なため息をついたから、俺は何も言えなくなってしまった。

「とにかく、もしも翔がそっちに行ったら、俺に電話しろって伝えてくれ」

「分かりました」

「宜しくな」

そう言って、大樹さんは、さっさと通話を切ってしまった。

俺は、しんとした部屋のなかに、ひとり取り残されたような気分になった。

夕暮れどきの風が、開け放った窓から吹き込んで、カーテンがひらひらと揺れた。

あの崖で俺と別れたあと、翔くんと菜々ちゃんに、いったい何があったのだろうか？

俺は、手にしていたスマートフォンを見下ろした。

そして、駄目もとで、翔くんに電話をかけてみた。

ワンコール、ツーコール、スリーコール……。

やっぱり出てくれないよなぁ、と思った刹那――、

「もしもし」

翔くんの穏やかな声が聞こえてきた。俺が予想していたような切迫した声ではなかった。

「あ、佑だけど」

「はい。どうしました？」

どうしましたって──、

「え？」

「えって──、え？」

なんだか俺は拍子抜けして、ふっと笑ってしまった。

「翔くん、大丈夫なの？」

「あ……、もしかして、もう伝わってるんですか？」

「うん。いま、大樹さんから電話があったから」

翔くんは、やれやれという感じで深く息を吐いた。

「すみません、佑さんにまで迷惑をかけちゃって」

「いや、迷惑だなんて思ってないけど。いま、どこにいるの？」

俺の問いかけに、一瞬だけ翔くんは沈黙した。教えていいかどうか迷ったのだろう。

でも、結局は口を開いてくれた。

「港の近くにある、海辺にいます」

「菜々ちゃんは？」

「自宅に帰らせました」

「そっか」

「はい」

たしかに、よく耳を澄ますと、翔くんの声の背後から波の音が聞こえてくる。

「もうすぐ夜だよ」

「ですね――」

翔くんは、今夜、どこに帰るのだろう？　そう思ったとき、ぎゅるる、と俺の腹が情けない音を出した。

俺は部屋の入り口を見た。そこには、昼間「よしだや」で買っておいた食料の詰まった袋が転がっていた。昼ごはんはおトメさんにご馳走になったから、昼と夜の二食分が残っている。

「俺、いまからそっちに行っていいかな？」

「え？」

「もし俺でよかったら、だけど――、話し相手くらいにはなれるかなって」

「…………」

「俺は、ほら、救世主だし」

椿姫を思い出しながらそう言ったら、イケメンはくすっと笑ってくれた。


翔くんに指定された待ち合わせ場所は、港の岸壁沿いに並んでいるコンテナの裏側だった。時刻は、完全に陽が落ちたあとの午後七時半ということになった。

きっと夜の海辺は風もあって冷えるだろう。そう考えた俺は、少し厚めのパーカーをはおって部屋の玄関を出た。

と、ちょうどそのとき――、

隣の部屋のドアが、カチャ、っと音を立てた。

鍵が開いたのだ。

その音に振り向くと、ドアがゆっくりと開いて、なかからるいるいさんが現れた。

「わあ、佑がいるぅ！」

るいるいさんは驚いたような顔で、こちらに小さく手を振った。

ピンク色のTシャツに、デニムのショートパンツ。金髪は後ろでまとめてポニーテールにしてあった。

「あ、どうも。どこかにお出かけですか？」

「ううん。違うの。いまね、ちょうど佑に声をかけようと思って部屋を出たところだったの」

俺に、声を？

「どうしたんです？」

「うふふ。べつにどうもしないよ。わたし今日ね、お仕事が休みなの。なんか退屈だから、一緒に飲まないかなぁって」

るいるいさんはパチンとウインクを飛ばしてきた。

一瞬、くらっとしかけた俺だが、しかし、すぐに持ち直した。

「ええと、すみません。いま、出かけるところなんで」

「わあ、そうなんだ。どこに行くの？」

るいるいさんの軽いノリと勢いに釣られた俺は、つい、「ちょっと港の方に――」と言ってしまった。

「港？　夜の港に行って何するの？」

「あっ、いや、ち、違います。べつに港に行くわけじゃないんです。港のある方にっていう意味です」

「ふーん、そうなんだ。じゃあ、わたしも行っていい？」

「えっ？　だ、駄目ですよ」

「えー、なんでぇ？」

「なんでって……、それは、まあ、ぼくひとりで行くことになってるからです」

るいるいさんは腕を組んで、斜め下から俺を見上げるようにした。なんか怪しいなぁ、と言っているように。

「じゃあ、ぼくは急いでいるので」

狼狽《ろうばい》を隠しながら俺は言った。

「えー、つまんないのぉ。なんか、佑、『逃げる村人』みたいじゃん」

「なんです、それ？」

逃げる村人？

「知らないの？　佑に借りてるゲームに出てくるのに。すっごく重要なキャラだよ」

「そ、そうなんですね」

逃げる村人って——、そんなキャラいたか？

まあ、るいるいさんは二度もクリアしているわけだから、きっと俺の知らないゲームの詳細を知っているのだろう。

「佑、歩いていくの？」

「ええ、まあ」

「ふうん」

腕を組んだまま、るいるいさんが小首を傾げた。さらに何か質問を重ねてきそうな気配を感じた俺は、慌てて話題をそらした。

「あ、そうだ。るいるいさんに貸しているゲーム、そろそろ返して下さいね。ぼくも続きをやりたいんで」

「オッケー。いま返す？」

「いえ、またでいいです」

「じゃあ、佑がどこかに行ってるうちに、ひとりで遊んでおこうっと」

「あはは。そうして下さい」

「うん」

「じゃあ、ぼくはこれで」

「うん。じゃあね、バイバーイ」

るいるいさんが手を振りながら自室に戻るのを見届けた俺は、思わず「ふう……」と息を吐いていた。

腕時計を見た。まだ大丈夫だ。時間に余裕はある。

俺は階段を下りて、翔くんに借りている車を横目に足を進めた。本当は距離的にも車で行きたかったのだが、港に車を停めておくと目立つし、車を見ただけで、誰がそこにいるのかがバレてしまうのがこの島なのだ。だから俺は、あえて徒歩で港へ向かうことにしたのだった。

いつものように暗い川沿いの坂道を下りていく。

空はもうとっぷりと暮れていて、チョンと棒で突っついたら、星がぽろぽろと落ちてきそうな星空だった。

このまま坂道を真っ直ぐ下っていくと、人家もあるし「一徹」の前に出てしまう。俺は、なるべく人に出会わないよう、途中で細い脇道へとそれた。

脇道は、いっそう暗くて足元がおぼつかなかった。だからスマートフォンの懐中電灯機能を使って前を照らしながらゆっくり歩いた。

暗闇のなか、俺は虫たちの恋歌に囲まれていた。

夜風はさらりとして涼しく、海と森の両方の匂いが溶けていた。

翔くんと菜々ちゃん。西と東。大樹さんと、村長と、るいるいさんと、ギスギスした男たちと――、会社と、俺。

いろんなことを考えながら歩いた。

まさか、いま、この瞬間――、

俺の後をつけている人影が闇のなかにあることなど、まるで考えもせずに。


港に吹く風は、思ったほど冷たくはなかった。

はおってきたパーカーのファスナーを開け放ったまま、俺は翔くんと並んでコンクリートの岸壁に腰を下ろしていた。俺たちの背後には貨物用のコンテナが三つ横に並んでいて、常夜灯の明かりを遮ってくれている。

「ここなら、人に見つかることはないね」

俺は膝から下を黒い海の上に投げ出して、子供のようにぶらぶらさせながら言った。

「見つかってもいいんですけどね」

翔くんは、思いがけずあっさりと答えた。

「そうなの？」

「誰かから逃げてるわけじゃないですし、どっちにしろ今夜は、自宅か大樹さんのところに帰るんで」

「そっか」

たとえ逃げたところで、この島にいる限りは、すぐに見つかってしまうだろう。

「どっちかというと、佑さんがぼくと一緒にいるところを見られた方が、面倒なことになる気がして……」

考えてみれば、それも一理ある。翔くんといることで、なにか良からぬ噂を立てられてしまうかも知れない。

「っていうか、佑さん、噂になってますよ」

翔くんは、ふっと微笑みながら言った。

「えっ、噂って――、俺が？」

「はい。昼間っから、おトメさんと絞首をしてたらしいって」

「え――」

あれは、ほんの数時間前のことなのに、もう……。

あまりの情報の伝播の速さに、俺は絶句してしまった。おそらく、すでに島中の人たちが知っているのだろう。

「その噂、本当なんですか？」

「え……、うん、まあね。正確には、絞首を『交わした』わけじゃなくて、一方的にされたんだけどね」

そのときの俺の様子を想像したのだろう、翔くんがくすくす笑い出した。

「つーかさ、結局、男女で絞首を交わすと、どういう意味になるわけ？」

俺は、ずっと気になっていたことを、あらためて訊いた。

「いろいろあるんですけど――、簡単に言うと、そもそもの『あなたをつなぎ留めておきたい』っていう意味が転じて、あなたと一緒に暮らしたいっていう意味になります」

「あ、なるほど」

「…………」

「で、そこから転じて、プロポーズになったり、男女間の『深い仲』になろうっていう意味になったりもするんです」

「深い仲って――、そんな阿呆な……」

俺はおトメさんの柔和な笑顔を思い出しながら嘆息した。

「あはは。相手はおトメさんですから、もちろん、そこまで深い意味はなかったと思いますけど、でも――」

「でも？」

「さすがに、その噂を聞いたときは笑っちゃいました」

「なにそれ。マジで勘弁してよ」

俺と翔くんは、暗がりのなか、互いの顔を見て、小さく笑い合った。笑い声は、海原を渡ってきた湿っぽい夜風に霧散した。夜の海は少し怖いくらいに黒々としていた。でも、足元の水面は、常夜灯の白い明かりをひらひらと揺らしている。

「そういえば――、大樹さんですけど」

「あ、うん」

「電話で、なんて言ってました？」

翔くんが本題を切り出してきたので、俺はぶらぶらさせていた脚を止めた。

「翔くんが、菜々ちゃんとの関係を公言したって。で、俺の部屋に来てるんじゃないかって」

「怒ってましたよね？」

「まあ、そうだね。イライラしてる感じだったかな」

「ですよね……」

翔くんの声が、わずかにしぼんだ気がした。

「あのさ、部外者の俺が言うのもアレだけど、菜々ちゃんとのことで大樹さんが怒るのって、はっきり言って余計なお世話だよね」

俺は、少しでも翔くんに寄り添うつもりでそう言ったのに、思いがけず、翔くんは首を横に振ったのだ。

「それが、じつは、そうでもないんです」

「え？」

「今回のことは、大樹さんとの約束を破ったぼくが悪いんで、怒って当然なんです」

「約束？」

「はい」と小さく頷いた翔くんは、「こんなこと、佑さんに言っても仕方ないことなんですけど」と前置きをしてから、少し意外な告白をしはじめたのだった。

「菜々ちゃんとぼくのことは、島の人たちには絶対に内緒にするって、大樹さんと約束をしてたんです」

「えっ？　大樹さん、知ってたの？」

驚いた俺に構わず、翔くんは正面の海を眺めたまま続きをしゃべりはじめた。

「知ってました。知ってたからこそ、あえてぼくを『監視する』という体で、家に泊まらせてくれているんです」

「それって、つまり――」

「実家にいると父の目があるんで、なかなか自由に菜々ちゃんと会えなくて。でも、大樹さんの家に泊まるときは、こっそり外に出られるんです。というか、大樹さんが目をつぶってくれているんです」

「じゃあ、大樹さんはむしろ応援してくれてたってこと？」

「うーん、そうとも言えますけど……」

「違うの？」

「応援というよりは、情けをかけてくれてるって感じですかね」

「えっと、ごめん。よく分かんないや。どういうこと？」

あらためて俺が問い直すと、翔くんは「すみません。ようするに」と言いながら軽く鼻の頭を掻いて説明をはじめた。

「大樹さんは、あえて気づかないフリをしてくれるけど、でも、二人の関係に賛成はしないっていうスタンスなんです。こっそり会うことは許してやる。でも、島の人たちには絶対に内緒にしておけって、そう言われたんです」

「そっか。で、翔くんは、それを承諾した――」

「はい。約束しました。誰にも言いませんって」

「なるほど……」

翔くんの言う「約束」とは、そういうことだったのだ。

「大樹さんって、ああ見えて情に厚いというか、面倒見がよくて優しい人なんです」

「うん。なんか、分かる」

頷きながら俺は、麦わら帽子をくれたときの、「兄貴」っぽく笑った大樹さんの顔を思い出していた。

「ぼくと菜々ちゃんが、なるべく自由に会えて、しかも、この島にいられる――、そういう状況を確保できるようにしてくれてたんですよね」

「そっか……」

「とはいえ、最初から、島の人たちには怪しまれていたんですけど」

「なんか、そうみたいだね」

俺がそう言うと、翔くんは黒い海を見たまま苦笑した。そして、「今日はツイてなかったです」とひとりごとみたいにつぶやいた。

「え――」

「秘密の場所に行ったら、佑さんとバッタリ会うし」

「あはは……」

俺も苦笑するしかない。

「しかも、あの後、菜々ちゃんとぼくは、あえて時間差をとって崖から帰ろうとしたのに、一緒にいたことがバレちゃうんですから」

「どうしてバレたの？」

「ほんと、アンラッキーだったんですけど――」

翔くんが言うには、こういうことだった。

最初にあの「獣道」を下って道路に出たのは菜々ちゃんだったのだが、そこをたまま東軍の村議会議員の車が通りかかり、藪から出てきたことを不審に思われてしまった。しかも、しばらくしてその車が引き返してきたところに、今度は同じ藪のなかから翔くんが出てしまったのだというのだ。

「ってことは、東の議員からしてみれば、西の村長の息子である翔くんの失態の現場を押さえた、と……」

「そういうことです」

だからその議員は、わざわざ車を停めて翔くんを呼び止め、嬉々として翔くんを問い詰めたのだという。

「それで、翔くんは、認めちゃったの？」

「現行犯みたいなもんですから、もういいやって」

「いや、現行犯って――」

べつに悪いことをしたわけじゃないのに。

「それに、最近は菜々ちゃんも、もうこれ以上、周囲に隠しているのは嫌だって言ってますし」

「それ、言ってたね」

あの崖の上で、俺も聞いた。

「もっと言うと、うちの親父の選挙は終わりだなって言われて、ちょっと腹が立っちゃって」

「え——」

「だから、つい、『ぼくたちのことは政治とは関係ないし、言いたければ言えばいい』って、捨て台詞を吐いちゃって……」

「翔くんが？」

「つい、やっちゃいました」

自嘲気味に笑った翔くんは、両手を後ろについて、少し顔を上に向けた。海の上に広がる星空を見上げたのだ。

ため息をこらえながら、俺も同じ姿勢をとった。

地上では、しょうもないことが起きているのに、空を見上げれば信じられない数の星たちがきらめいていた。よく見ると、夜空のまんなかを、星のように光る人工衛星がゆっくりと移動していた。

時折、ツーッと流れ星が落ちる。

「なんかさ——」夜空を見たまま、俺は言った。「星空というより、宇宙って感じの空だよね」

「ぼくは見慣れちゃってますけど……、でも、言われてみれば、そうですね」

「すごいよ、ほんと」

「………」

翔くんは、黙って夜空を見上げていた。

俺も何も言わず、人工衛星を目で追った。

足元からは、たぷん、たぷん、と甘い音が聞こえてくる。揺れる海水がコンクリートの岸壁に当たっているのだ。

「夜空は、すごいのに」ふいに翔くんが口を開いた。「小さすぎますよね、この島」

ほとほと愛想を尽かしました、という口調だった。

俺は返事をせず、黙って星空を見上げながら考えていた。

たしかにこの島の面積は小さい。でも、実際のサイズよりもはるかにせまく感じさせてしまう明確な理由が、島民の心のなかにあるじゃないか。

「ねえ、翔くんさ」

「はい」

「西と東のいがみ合いって、無くせないのかな？」

島が小さいというより、むしろ島民の「心」が半分にまで小さくなってしまっていることの方が問題なのだ。俺はそう確信して問いかけた。

すると翔くんは、何も言わず、ゆっくり深く頷くと、岸壁から投げ出していた脚を引いてあぐらをかいた。そして、肚を決めたように、ひとつ大きく呼吸をした。

「ぼくの母は、五年前――ぼくが十七歳のときに亡くなったんですね」

思いがけない話の展開に、俺は「え――」と声を洩らしていた。でも、翔くんは、いつもの穏やかな声色で続けた。

「母は、隣の七丈島の出身なんです」

「……」

「この島に嫁いできたときは、母もやっぱり東西の分断には驚いたみたいで、当時、村議会議員だった父に、いまどきこんなのはおかしいでしょって、融和を訴えていたらしいんです。でも――」

翔くんの父親も、島の重鎮たちも、古くからの風習はそう簡単には変えられないと首を横に振ったのだという。

しかし、翔くんの母親はあきらめなかった。

せめて七丈島から来た自分くらいは、なるべく東西にこだわらず、すべての島民たちと平等に接しようと心がけたのだ。

「でも、結局は駄目でした」

「え?」

「この島の人たちは、まったく変わらなくて」

「……」

「母が亡くなったとき、何人かの東の女性たちが泣きながら葬儀の手伝いをしてくれたんです。ぼくとしては、それはすごく嬉しいことだったんですけど、でも――」

そのことが原因となって、しばらくのあいだ島内がギスギスしてしまったのだという。

「えっ、そんなことで、どうして……」

「すごく下らないんですけど」と翔くんは前置きをして、小さなため息をついた。「理由は二つあります。一つは西の葬儀を東が手伝っていう習慣がなかったからで、もう一つは、父の村長選への出馬が決まっていたからです」

「そんな、政治的なことで？」

「そうらしいです」

「はあ……」

俺は、部外者なのに、翔くんよりも深いため息をついてしまった。

「当時のぼくは、七丈島の高校の寮に住んでいたので、葬儀のために帰島していたんですけど、その間、西の人からも東の人からも、なんだか白い目で見られてたんですよね」

「え、東の人が葬儀を手伝ったから？」

「はい……」

母親を失って、まさにどん底に落ちている高校生を――。

いつの間にか、俺は眉間にシワを寄せていた。

「さすがにひどいな、それ」

答える代わりに、翔くんは再び「ふう」と肩で息をした。

「母の葬儀をあんな空気にするなんて――って、当時のぼくは、ものすごく腹が立ってきて、その夜、親父に言っちゃったんですよね」

「……」

「いい加減、西だ東だって、下らないことにこだわってるなら、政治家なんてやめちまえって。何のための政治だって」

「翔くんが、そこまで言ったの？」

「言っちゃいましたね。実際は、もっと激しい言葉でしたけど」

「マジか……」

「生まれてはじめて、父と取っ組み合いの大喧嘩になりました」

こんなに穏やかな翔くんが……。

俺には、そのシーンが少しも想像できなかった。

「佑さん、覚えてますか？」

「え？」

「この港で佑さんとはじめて会ったとき、ぼくは『枝野翔です』って挨拶をしたんです」

「あ、うん。覚えてる」

「あの『枝野』って苗字、じつは、母の旧姓なんです」

「…………」

謎が、ひとつ解けた。

「母を亡くしたとき、ぼくは決めたんです。この島にいるときは『枝野』として生きよう。『西』という文字が入った『西森』は封印しようって」

「…………」

「七丈島の高校を卒業して、この島に戻ってきたとき、親父とは喧嘩したままで、まともに和解してなくて――っていうか、するつもりもなかったんですけど」

そこでいったん翔くんは、自嘲気味に笑った。

俺はただ、「うん」と短く合いの手を入れるしかない。

「で、ぼくと親父の冷えた関係を見兼ねた大樹さんが、ぼくを拾ってくれたんです」

「拾った？」

「大樹さんの燃料店に、社員として迎え入れてくれたんです」

「なるほど。そのとき、菜々ちゃんは、まだ――」

「はい。七丈島の高校生です。すでに付き合ってましたけど」

翔くんと菜々ちゃんが付き合いはじめたのは、翔くんが高校三年生、菜々ちゃんが一年生のときのことだったという。当時は二人とも演劇部に所属していて、いつか一緒に都会に出て、いい俳優になろうと夢を語り合っていたそうだ。

「でも、ぼくは父の援助なしで、ひとり都会に出るっていう勇気を持てなくて、卒業した後、のこのこと島に戻ってきたんです」

そして、その二年後――、菜々ちゃんもまた、この島に戻ってきた。菜々ちゃんは、島のライフラインである「よしだや」と、その店を守っている母親を捨てて都会に出る勇気が持てなかったのだ。

菜々ちゃんが帰ってくると、二人の関係が少しずつ怪しまれるようになり、当然のことながら、その噂は村長と大樹さんの耳にも入った。

そして、ある日、大樹さんが翔くんに迫ったのだ。

「翔、お前、菜々と付き合ってんのか？」と。

翔くんが答えあぐねていると、大樹さんはこう言った。

「もし本当なら、俺にはアイデアがあるぞ」

で、そのときのアイデアというのが、大樹さんが翔くんのお目付役となり、自分のところに「半分、住み込みさせる」というものだったのだ。

村長は、もともと大樹さんのことを片腕として信頼しているから、翔くんを預けることに異論はなかったという。

と、そこまで聞いたとき——、
俺は、しみじみと翔くんの横顔を眺めていた。

こんなに穏やかな美青年も、じつは、ずいぶんと苦労をしてきたのだ。

「なんか、俺さ——」

「はい」

「翔くんのこと、ぜんぜん知らなかったなぁ……」

思わず、そうつぶやいたら、翔くんはくすっと笑った。

「そりゃ、そうですよ」

「え……」

「だって、まだ、出会って数日ですよ」

「まあ、そうだけどさ」

俺が気の抜けたような声で返事をしたとき——、
ぎゅるるる〜、と、いかにも情けない音がした。

俺の腹が鳴ったのだ。

翔くんが、くすっと失笑するのと同時に、俺は大事なことを思い出した。

「あっ、忘れてた」

「何を、です？」

「部屋から食料を持ってきたんだよ」

言いながら俺は、傍に置いてある袋を引き寄せた。そして、なかから惣菜パンやおにぎりなどの、ここで食べられそうな食料を取り出し、翔くんと俺のあいだに並べた。

「好きなの、食べていいよ」

「いいんですか？」

「もちろん。絶対に腹が減るだろうなと思って持ってきたんだよね。お茶も、はい」

五〇〇ミリのペットボトルを一つ差し出した。

「なんか、すみません。じつは、ぼくもけっこう腹ペコだったんです」

「よかった。持ってきて」

それから俺たちは、島のライフライン「よしだや」で買った食料をパクつきながら、再び会話をはじめた。

「翔くんさ――」

「はい」

「俺のことを案内してくれた三日間は、東の人たちのところをメインに回ったでしょ？」

「あ、分かりました？」

「途中で、ふと気づいたんだけどね」

「鋭いですね」

「いや、誰だって分かるよ」

「はは……」

惣菜パンを咀嚼しながら、翔くんは短く笑った。

「そうやってさ、『枝野』を名乗った翔くんは、なるべく東西の分け隔てがないようにしてるの？」

「まあ、そうですね。でも、あまり角が立たないように、両者の様子を見ながらって感じですけど」

やっぱり亡くなった母の遺志を継いでいるのだ。

「でも、そのせいで翔くんは、西軍の人たちと、ちょっと、なんていうか――」

「微妙に距離を置かれてます」

「やっぱりか」

「佑さん、それも気づいてたんですね」

「見てれば分かるって……」

今度は、翔くんも笑わなかった。笑えなかったのかも知れないけれど。

ツツーッと、明るい流れ星が夜空を駆け下りた。

翔くんも見ていたはずだ。

でも、俺たちは、しばらくのあいだ言葉を交わさず、それぞれ黒い海と満天の星を眺めていた。

やがて、ふと、俺の頭のなかに疑問が浮かんだ。

「翔くんに、そういう仲間はいないの？」

「仲間？」

「うん。翔くんみたいに、東西分断を馬鹿らしく思ってる人」

「いないこともないですけど、でも、仲間ってわけじゃ……」

「ちなみに、誰？」

「ええと——」翔くんは、人差し指をこめかみに当てて、思いつく名前を挙げていった。「菜々ちゃんはもちろんですけど、椿姫のところの花蓮ちゃんもそうですね。あと、星矢さんは東西なんて一ミリも興味がないって鼻で嗤ってます」

「あはは。いかにも星矢さんらしいなぁ」

「あとは、当然ですけど、島外から来た役場の人たちや学校の先生たちは、西だ東だって目を三角にしている人たちを、やれやれって感じで傍観していると思います」

「だろうね……」

「あと、佑さんに会わせた若い漁師も——、あの人は西の人なんですけど、少し前に『西だ東だっていうのは下らない』って言ってましたね」

「そっか。ってことは、翔くんは基本的に、東西分断の反対派を俺に紹介してくれたんだ」

「あ、たしかに——。ぼくもあんまり意識してなかったんですけど、結果的に、だいたいはそうなってましたね」

「他にも、いるんじゃない？　たとえば、おトメさんも分断には賛成してないみたいだったよ」

「ああ、おトメさんは、どう見ても平和主義ですもんね」

「だよね」

「きっと、ぼくが知らないだけで、他にもいるとは思うんです。でも、心のなかで思うだけで、なかなか表には……」

「出せない、と——」

「はい。生前の母も、そう言ってました」

「そっか……」

きっと、そうなのだろう。島民の多くは、自分が属している「居場所」を裏切ったときに向けられる「批判」を怖れているのだ。怖いのは、相手方ではなく、むしろ「身内」に違いない。本心では、こんな小さな島のなかを東西で分断したりせず、ふつうに仲良く暮らした方が快適であることを知っている。でも、それを主張すれば、とたんに裏切者扱いされてしまう。

同調圧力——という目に見えない恐怖。

ふつうに生きている人たちの心を縛り付ける鎖。

まるで、どこかの国と国の関係みたいじゃないか。

本当は、お互いに助け合い、笑い合い、与え合い、愛し合う世界になった方がいいってことを誰もが知っている。それなのに、自分たちが生まれてすらいなかった「古い時代の人たちが起こしたいざこざ」の責任を、いま生きている人たちが負わされているのだ。しかも、その責任を放棄しようとすると「同調圧力」に潰されそうになる。自分が愛し、属する「身内」にやられてしまうのだ。

また、星が流れた。

流れ星は、夜空のどこかで音もなく消える。

人工衛星も、いつの間にか見えなくなっていた。国境のない宇宙を、日本の上空からどこかの国の上空へと移動していったのだ。

「なんか、本当の『勇者』は、俺じゃなくて、翔くんだよね」

俺は、心の声をそのまま口にした。

「なんです、急に」

「だってさ、島の人たちは、声を上げるのが怖くて動けないでいるのに、翔くんだけは──」

「ああ……」

そういうことですか、という感じで、翔くんは苦笑した。

「ってことは、翔くんのお母さんは『初代・勇者』だね。かっこいいと思うよ」

「あはは。ありがとうございます。でも、いまだからぼくは分かるんですけど、生前の母もなかなかつらかったと思います」

「え――」

「このせまい島のなかで、たとえほんの数人であっても、島民から冷たくされたり、白い目で見られたりするのって、なかなか……」

「…………」

「心を病みそうになりますから」

「うん……」

そうだろうな、と素直に思う。

俺は、頷きながら、自分の会社での姿を憶っていた。

「やっぱり『勇者』は、心が病みそうになってるぼくじゃなくて、佑さんですよ」

「なんで?」

「だって、ほら、椿姫が『お告げ』で救世主だって言ってたじゃないですか」

「また、それ?」

俺は、笑った。

「これ、本当に、冗談で言ってるわけじゃないんですよ。椿姫のお告げって、あり得ないほどの確率で、そのとおりになるんですから。そのことは島の誰もが確信してますし」

俺は内心で、はいはい、と軽くあしらいつつ、違う言葉を口にした。

「椿姫が俺のことを『救世主』だって言ったの、島の人には内緒にしといてよ」

また、妙な噂が流れたりしたら面倒なことになりそうだし、考えてみれば、すでに

「もじゃもじゃ」でも、俺が魔法を使うとか超能力があるとか、阿呆らしい噂が流れていたし。

「分かってます。絶対に誰にも言いません――って、いま、ぼくが約束しても、説得力はゼロだと思いますけど」

「ぷはは。たしかに」ちょうどおにぎりを食べていた俺は、口のなかの米を噴き出しそうになった。「翔くんは、大樹さんとの約束を破ったばかりの嘘つきだもんな」

「でしょ？」

少しのあいだ、俺たちはにやにやしながらパンやらおにぎりやらを食べていた。でも、時間とともに、その笑みもゆっくり閉じてきた。

「大樹さん、怒ってるというより、心配してるんだろうね」

俺は、なるべく穏やかな声色で言った。

「だと思います。あ、でも、やっぱり怒ってるな、きっと」

「心配だから、余計に怒るんだよ」

「ぼくも、そう思ってます……」

翔くんはパンを食べ終え、お茶をひとくち飲んだ。そして、黒い海と黒い空の境界線のあたりを見詰めながら、ため息まじりにこぼした。

「なんだかなぁ……。自分、何してるんですかね？」

翔くんのその台詞は、ここ数年のあいだ、まさに俺が心のなかで、何度も、何度も、繰り返してきたものだった。だから俺は、うっかり「俺も一緒だよ」などと安易な返事をしそうになった。でも、ぎりぎりのところで踏みとどまれた。というのも、その瞬間、俺の脳裏には、あの絶世の美女の顔が思い浮かんでいたのだ。

「翔くん、BTSって知ってる?」

「韓国の、防弾少年団のことですか?」

「うん、そう。彼らの曲に『マジックショップ』っていうのがあるんだけど」

「はあ……」

翔くんは、小首を傾げたままこちらを見ていた。

「その曲、歌詞がすごくいいんだよね」

「………」

「まだ、うろ覚えなんだけど、たしか――」俺はるいるいさんの顔を思い出しながら、例の歌詞を翔くんに聞かせた。「自分のことが嫌になったり、消えてしまいたいって思ったときは、心のなかにもうひとつのドアを作ろう。その扉をくぐれば、そこは君を癒してくれるマジックショップだよ――って、そんな感じかな」

るいるいさんに教わったとおりじゃないかも知れないけれど、だいたいこんな内容だったはずだ。

「心のなかに、ドアを作る……」

「うん。なんかさ、心が弱ったときに自分自身を守るためのコア・シェルターみたいな感じかなって、俺は受け取ったんだけどね」

「なんか――、いいですね」

「でしょ。じつは、俺も、ネット動画で『マジックショップ』のPVを観たばかりなんだけど」

若干、照れ笑い気味に俺がそう言った刹那——、俺と翔くんは、ハッとして笑みを消した。

いま、微かな物音が聞こえた気がしたのだ。

俺たちの前は海、背後はコンテナだ。

人がいるとしたら、右か左しかなかった。

ジャッ、ジャッ……。

砂利を踏むような音がした。足音だ。その音は、左から聞こえた。俺たちがそろって左を振り向いたとき、コンテナの角から人影が現れた。

どうしてここに、俺たち以外の人間が——。

息を呑んでいる俺たちに向かって、その人影は仁王立ちをした。

湿った夜風が、海から吹きつけてくる。

人影の髪が、さらりと軽くなびいた。

え——?

そのシルエットに、俺は思わず声を上げそうになった。

しかし、先に声を出したのは、影の方だった。

「めっちゃ嬉しいんだけど。佑、もう『マジックショップ』聴いてくれたんだね。うふふ」

星空まで届きそうなキンキン声――。

「なっ、なんで、るい……」

あまりの出来事に、俺は語尾を呑み込んでしまった。

翔くんも、呆気にとられて固まっている。

「うふふ。びっくりした？」

「し、しましたよ、そりゃ」

やっとのことで声が出た。

「わたし、ゲームをしたの」

意味不明なことを言いながら、るいるいさんはランウェイを歩くモデルのような足取りで、こちらに近づいてきた。

そして、微妙に空いていた俺と翔くんのあいだにしゃがみ込むと、地面に置いてあった食料を左右に押し分けて、空いたところに腰を下ろした。

「わあ、コンテナのこっち側、風がつよーい」

るいるいさんは長い脛を海の上でぶらぶらさせつつ言うと、あらためて「ハーイ」と翔くんに手を上げたのだった。

「えっ――、あ、ど、どうも」

翔くんは、ぽかんとした顔のまま、軽く顎を出すようなお辞儀をした。

「ゲームをしたって、どういうことですか？」

なんとか先に冷静になれた俺が、るいるいさんに訊いた。

「うふふ。知りたい？」

「そりゃ、知りたいですよ」

「じゃあ、教えてあげるぅ」るいるいさんは、ずいぶんと楽しげに顔の横でピースサインを作って見せた。「あのね、佑に借りてるゲームのなかに『逃げる村人』が出てきたの。その村人、せっかくわたしから話しかけても、『ワシは、これから行くところがある』って冷たく言うだけで、勝手にどこかへ歩いて行っちゃうの。だから、わたし、気になって、その村人にずっと付いて行ったら、めちゃくちゃ大事な情報のある場所にたどり着けたの」

「え……。ってことは」

「うふふ。分かった？　さっき佑が、その村人みたいに冷たくしたから、わたし、ゲームと一緒だ！　と思って付いてきたの。そしたら、やっぱり二人は大事な話をしてた」

「俺のこと、尾行したんですか？」

「うん、そうだよ。わたし、ふつうに歩いてたのに、佑、ぜーんぜん気づかないから、途中で笑いそうになっちゃった」

この人、マジか——。

「ってことは、コンテナの裏側で、ずっと俺たちの話を聞いてたと」

「うん。ごめんね。静かだから、聞こえちゃったの。うふふ。ねえ、わたしも、このおにぎりもらっていい？」

「え？」

「めっちゃ、お腹すいちゃった」

魅力的な笑顔を浮かべたるいるいさんは、すでにおにぎりを手にしていた。

「そりゃ、いいですけど――」

「わーい、佑、ありがとう」

自由奔放なるいるいさんの美しすぎる笑顔。

やれやれ、と俺は脱力してしまった。

すると、くすくすと笑い声が聞こえてきた。笑っているのは翔くんだ。

「あの、はじめまして、でいいですよね？」

笑いながら翔くんがるいるいさんに話しかけた。

「うん。はじめまして。翔くんって、噂どおり、めっちゃイケメンだね」

「あはは。ありがとうございます」

「しかも、お母さんと息子がそろって『心がイケメン』って、めっちゃかっこいいし素敵だと思う」

翔くん親子をベタ褒めしたるいるいさんは、おにぎりにぱくりとかぶりついた。

「んー、美味しい。わたし、明太子のおにぎり大好きなの」

俺と翔くんは、るいるいさんの突拍子もない言動とテンションに振り回されて、もはや苦笑するしかなかった。

「ねえ、佑」

るいるいさんが、右側にいる俺を振り向いた。

「なんですか?」

「いまこそ、わたしたちの出番じゃない?」

「え?」

「地球防衛軍だよ」

「は? どういうことです?」

「地球防衛軍って、なんのことですか?」

翔くんが苦笑しながら訊いてきた。

「あのね、わたしと佑で結成したの。西と東とか、国と国とか、そういうのとはぜーんぜん関係ない仲間のことだよ。たとえば、宇宙人が攻めてきたら、地球人はみんな仲間になるでしょ? そういう感じ。うふふ」

るいるいさんは、わりと雑な説明をしたように思えたけれど、優しい翔くんは「なるほど」と笑ってくれた。

「顔も心もイケメンだから、翔くんも入れてあげるね」

「あはは。ありがとうございます」

るいるいさんらしい理由で、いきなりメンバーがひとり増えたところで、あらためて俺は訊いた。

「で、るいるいさん、地球防衛軍の出番って、どういうことですか?」

「えっとね、西と東に分かれてるこの島って、めっちゃ変だし、なんかゲームの世界みたいじゃない?」

そんなゲーム、あったかな？　戦国系か？

「そう……ですかね？」

「そうだよ。すっごく面白いじゃん。だから、わたしたちが、この島をまるごと舞台にして、リアルに冒険遊びをしちゃうの」

「リアルに冒険遊び？」

もはや何を言っているのか、さっぱり分からない。

「うん。わたしね、翔くんの話を聞いてて、ちょっと面白いアイデアを思いついちゃったんだ。うふふ」

「アイデア、ですか」

一応、俺は合いの手を入れた。

「そう。あのね、『もじゃもじゃ』のお客さんが言ってたんだけど、来週、この島の神社で、めっちゃ変わったお祭りがあるんだって」

「ああ、ありますね。大祭です」

翔くんが頷いて、俺を見た。

大祭といえば、つまり小鬼ヶ島神社の祭りだ。

「でしょ？　あとね、この島には、めっちゃ不思議な伝説があるらしいの。島民の誰かが小鬼に隠されちゃったりするんだって」

「ああ、それは、ぼくも聞いてますけど……」

さすがにそれはただの伝説でしょ、とはあえて言わずに、俺はるいるいさんの話の続きを聞くことにした。

「わーい、佑も知ってたんだね。じゃあ、もう、わたしのアイデアっていうか、地球防衛軍の『作戦』を聞いてもすぐに分かるよ。うふふ」

それからるいるいさんは、おにぎりに続けてパンを食べながら、その「作戦」とやらを嬉々としてしゃべり出したのだった。

正直言えば――、どうせ、しょうもない戯言《ざれごと》だろう、と聞き流すつもりでいたのだけれど、るいるいさんの口からとめどなく湧き出てきた「作戦」は、俺の想像をはるかに超えるクオリティだった。内容そのものは、るいるいさんらしく奇想天外で、素っ頓狂で、ひたすら馬鹿げているのに、その一方では、緻密さと理路整然とした流れを兼ね備えていたのだ。しかも、その「作戦」が成功したら――と、想像したら、あまりにも痛快すぎて、俺の背中には鳥肌が立っていた。聞いていた俺と翔くんは、知らぬまに前のめりになっていた。

ひととおり「作戦」の概略を話し終えたるいるいさんは、今度はそれを遂行するにあたって足りないモノを指折り数え上げて、翔くんや俺に相談してきた。たとえば必要となる人材（メンバー）や、島の習慣についての細かい情報、あるいは地球防衛軍のメンバーがこっそり集まって「秘密会議」を開いたりするための場所（秘密基地）であるとか、とにかく、思いつきにしては驚くほど具体的なのだった。

「いやぁ、マジですごいな……。るいるいさんの頭のなかって、どうなってるんですか？」

途中、俺は思わずそう訊いてしまった。

するると、るいるいさんは「え？」と小首を傾げたと思ったら、例によって、うふふ、と美しすぎる笑みを浮かべて、こう答えたのだった。

「わたしの頭のなかには、『わくわくの素』がいーっぱい詰まってると思う」

「…………」

俺も、翔くんも、そろってため息をこぼした。もはや、このるいるいさんには、どうやっても敵わないということを悟ったのだ。

「ねえ、るいるいさん」

俺には、ちょっと気になることがあった。

「なあに？」

「この作戦、めちゃくちゃ面白いんですけど、でも、るいるいさんには毎晩の仕事があるじゃないですか。だから、夜の打ち合わせはもちろん、作戦の準備もできないし――、さすがに実行に移すのは無理な気がするんですけど」

「うふふ。それは大丈夫だよ」

「え？」

「昨日、もじゃさんにね、『一週間くらい、バイトは休みだな』って言われちゃったから」

「休みって……、どうしてですか？」

訊いたのは翔くんだった。

「なんか、島がギスギスしちゃってるから、るいるいちゃんはしばらく店に来ないで、ひとりで大人しくしてなさいって言われちゃったの」

「大人しく……」と、俺。

「うん、そう。お休みしているあいだは、島の男の人とは絶対に誰とも仲良くしちゃ駄目だって」

「もじゃさん、そこまで言ったんだ」

俺は腕を組んで言った。

それにしても、もじゃさんにそこまで言われた翌日に、一緒に飲もうと俺に声をかけたり、こっそり後を付けてきたりして、いま、こうして目の前でにこにこ無邪気に笑っているのだから──、るいるいさんの自由奔放さには、なんだかもう拍手すらしたくなってくる。

「るいるいさんは、世界一の自由人ですね」

俺が思っていることを、翔くんが言葉にしてくれた。

「うふふ。翔くん、ありがとう」

褒められたのかどうか、俺としては微妙なところだと思うのだが、るいるいさんは、ひたすら嬉しそうに笑っていた。

まあ、それはともかく、るいるいさんがしばらくのあいだフリーになるというのであれば──。

「翔くん」

俺は、るいるいさんの向こうにいるイケメンに呼びかけた。

「はい」

「なんかさ、るいるいさんの『作戦』を聞いてたら、俺までわくわくしてきちゃったんだけど」

すると翔くんは、ゆっくり頷いた。

「はい。ぼくもです」

「じゃあ、るいるいさんの『作戦』、マジでやってみる？」

翔くんが乗る確率は、せいぜい二〇パーセントくらいかな、と思っていたら――。

「はい」

翔くんは、あっさり頷いたのだった。

「え……、大丈夫なの？」

自分で誘っておきながら、不安になってしまった。

「大丈夫かどうかは、正直、分かりませんけど――、でも、なんだろう……。もう、どうにでもなれって感じですかね」

いつもは誠実すぎるほどのイケメンが、珍しく悪戯っぽい笑みを浮かべていた。

「そっか……。うん。そうだよな。もう、こうなったら、どうにでもなれ、だよな」

俺は、自分で自分に言い聞かせるように言った。この作戦を実行したあげくに、失敗したら――、もちろん会社から指示された仕事など丸ごとブッ飛んでしまうだろう。

でも、構わないや、それでも。

翔くんと目が合った。

二人でニヤリと笑い合ったとき——、

「あっ、そうだ！」るいるいさんは例によって会話を明後日に飛ばすのだった。「翔くんのお父さんって、村長さんなんだね」

「え？　まあ、はい」

「村長さん、じつは、淋しいんじゃないかって、『もじゃもじゃ』に来たお客さんたちが言ってたよ。再婚すればいいのにねって」

いきなり翔くんに向かって、なんて余計なことを——。

るいるいさん、少しは空気を読んでくれよ。

俺は、ひとり、どぎまぎしてしまった。しかし、なぜか翔くんは「あはは」と声に出して笑ったのだ。

「ほんとですよね。じつは、ぼくもそう思ってるんです」

え？　そうなの？

「わーい。翔くんも、やっぱりそう思ってるんだぁ。もう、みんな幸せになっちゃえばいいのにね！」

るいるいさんが言うと、まるできれいごとみたいな台詞も、違和感なく、まっすぐストンと心のなかに落ちてくるから不思議だ。だから俺は、ちょっと照れながらも、きれいごとに乗ってみることにしたのだった。

「じゃあ、みんなが幸せになるように、我ら地球防衛軍は頑張らないとなぁ」

口にした瞬間、俺の胸のなかでは変な高揚感とくすぐったさが入り混じって、ほんわかと熱を持った気がした。

そのとき――、俺の左手に、華奢でやわらかなぬくもりが触れた。

え？　と、自分の手を見下ろした。

るいるいさんが「よーし」と言いながら、左右にいる俺と翔くんの手を取っていたのだ。

「みんなで力を合わせて、絶対にクリアするぞぉ！」

るいるいさんは勢いよく両手を夜空に向かって突き上げて、いつものキンキン声で叫んだ。

片腕だけの万歳をさせられた左右の男たちは、

「おーう」

「おーう」

と、あからさまに恥ずかしがりながらも、とりあえず、るいるいさんの掛け声に合わせるのだった。

それにしても、「クリアするぞぉ！」って、この人、現実の人生を本当にゲームだと思っているんだろうなぁ……。

るいるいさんに左手を持ち上げられたまま、俺は自分の頬が緩んでいることに気づいて、ふっと笑った。

るいるいさんは、いつも、こんな気分で生きているのかな——。

そう思って、俺は隣を振り向いた。

神々しいような横顔は、「ひゃっほう♪」と夜空に向かって声を上げていた。そのひとつ向こうのイケメンは、とても照れ臭そうに眉尻を下げて笑っている。

ほんの数日前までは、まったくの赤の他人だった三人の大人たちが、いきなり地球防衛軍の仲間となって、この島を根っこから揺るがすような「いたずら大作戦」を遂行しようだなんて。


俺、夢でも見てるんじゃないか——。

変なテンションにやられたまま、俺は、星で埋め尽くされた夜空を見上げた。

人生はゲーム。

どうせ会社も辞めるんだし。

こうなったら、とことん遊び倒してやろう。

なぜか気が合う、出会ったばかりのこの仲間たちと。


翌日から、島を覆う空気がいっそう険悪になった。

これまで「水面下の不仲」だったものが、一気に顕在化したのだ。

例えば、男衆の何人かが港で喧嘩をして警察沙汰（といっても駐在所に一人だけいる警官に止められただけ）になったとか、翔くんと菜々ちゃんの仲を発覚させた東軍の議員の家の庭に生ゴミが捨てられていたとか――、なんだか、しょうもないような諍いがぽつぽつと起こりはじめ、そういった噂が波紋のように島民たちへと広がっていくことで、いっそう険悪さが増してきたのである。

あの夜、翔くんは港から大樹さんの家に帰った。そして、予想どおり、大樹さんにこってり絞られたそうだ。でも、その翌日からはもうガソリンスタンドの仕事をきっちりこなしている。

ここそこそ雲隠れしているよりは、むしろ、堂々と働け――。

というのが大樹さんの判断らしい。

とはいえ、ガソリンを入れにきた西軍の人たちからは、これまで以上に冷ややかな目で見られるし、東軍の人からは、あからさまな捨て台詞を吐かれたこともあったそうだ。

一方の菜々ちゃんは店のレジに立たなくなり、家のなかに引きこもってしまったという。お客さんたちから浴びせられる視線の棘に耐えられないのかも知れないし、あるいは照子さんが娘を守ろうとしているのかも知れない。

そして、俺の部屋の前――つまり、公民館の前には、やたらと島の男衆がうろうろするようになっていた。これは偶然を装ってるいるいさんに会うための「出待ち」に違いなかった。「出待ち」をしている面々の多くは「もじゃもじゃ」に通っている東軍の男たちなのだが、ときどき見覚えのある西軍の男の顔もあった。ここですれ違う男たちは、もはや東と西すらも関係なく、たった一人の勝ち残りデスマッチ的様相を呈していた。

彼らは一様に、ここで誰かと出会ってしまうことに気恥ずかしさを覚えているようで、あえていったん帰るフリをしてから、すぐに戻ってきたり、何度も出会ってしまったときは、「お前、こんなところで何をしてる?」「お前こそ、何してるんだ?」などと、まるで初恋をした中学生同士みたいな探り合いをするので、なんだか、もう、見ているこちらが切なくなってしまうのだった。

渦中のるいるいさんはというと、いつもどおりの能天気ぶりを発揮していた。「出待ち」の男たちなど端《はな》から眼中にないわけで、自宅謹慎をむしろチャンスとばかり、得意のロールプレイングゲームに興じているのだった。俺が貸したゲームだけでは飽き足らず、スマートフォンに新たなロールプレイングゲームをダウンロードして、いまはそちらに熱中しているという。

外に出られないるいるいさんのために、俺はちょくちょく二人分の食料を買い出ししては、外をうろつく男衆に見つからないよう、こっそりベランダ越しに彼女の分の荷物を手渡ししていた。

一応、自由に島を歩ける俺の耳には、日々、しょうもない「噂」が入ってきた。

たとえば、翔くんを揶揄した東軍の男にたいして、大樹さんがガソリンを売らないと啖呵を切り、一悶着あったとか、おしゃべり好きな照子さんの口数がかなり減って心配だとか、「もじゃもじゃ」と「一徹」のお客が増えて、夜な夜な島民たちは相手方に対する罵詈雑言を爆発させているとか……。

島を駆け巡る噂は、島民たちの心を濁らせ、空気をどんどん邪悪に変えていった。

島の空気が変わったことで、俺にまで妙な影響が出てきた。

島民たちから直接電話がかかってくるようになったのだ。しかも、そのほとんどすべてが「頼みごと」なのだ。

俺は一応、中立の人間だし、なんとなく暇そうだから、使い勝手のいい存在に見えるのだろう。

彼らの「頼みごと」の内容は十人十色だった。

たとえば、東軍の人から、「ちょっと気まずいから、大樹さんの店でガソリンを入れてきてくれよ」と言われたり、西軍の人から、「今日中に『よしだや』で子供用のノートを買ってきて欲しいんだけど」などと言われるのだ。

彼らの気持ちも分からないではないので、俺は(仕方なく)やれる範囲で手伝いはしたけれど、依頼のなかには「パパイヤ農家の農場に、魚の腐ったアラをばら撒いてこい」などという、嫌がらせの指令が来たりもして、さすがにそういう類の依頼はすべて断った。

もっともひどい人になると、魔法や超能力を使って相手方を陥れろ、なんて無茶なことを言ってくる輩もいた。どうやら、飲みの席では、いまだに俺に特殊能力があるという噂が生き残っているらしいのだ。まったくもって、やれやれ、である。

とまあ、そんな感じで、島の空気がギスギスしていくなか、俺とるいるいさんと翔くんの三人は、スマートフォンを駆使して、水面下で「作戦会議」を重ねていった。

本当は、おトメさんの家の「離れ」を借りて、そこを地球防衛軍の秘密基地にしようと思っていたのだけれど、翔くんもるいるいさんも、いまは大手を振って家から出られない立場なので、電話とメッセージはもちろん、夜な夜な三人でビデオ通話を使った会議を重ねたのだった。

最初に俺たちが取り掛かったのは、るいるいさんのアイデアを遂行するにあたって必要な新メンバーを仲間に引き入れることだった。

新しい隊員候補は、とりあえず以下の四名ということになっていた。

小鬼ヶ島神社で巫女をしている可憐な花蓮ちゃん。

「民宿ほらがい」で働いている菩薩の理香子さん。

島のみんなから愛されているおトメさん。

そして、天才ハッカーの星矢さんだった。

理香子さんと花蓮ちゃんは、イケメンで誠実な翔くんが、早々に電話で口説き落としてくれた。

おトメさんの説得は、もはや「絞首の仲」となった俺が担当することになった。俺は「よしだや」で食料を買い出しするついでに、いつものようにおトメさんが座っているベンチに腰掛け、そして、地球防衛軍とその作戦について、包み隠さず相談してみた。するとおトメさんは、まさに目が無くなるほど嬉しそうな顔をして入隊を約束してくれたのだった。

これで、残すは星矢さん一人となったわけだが――、

「問題は、星矢さんですね」

と、翔くんは電話口でため息をつくのだった。

「どうして？」

俺は軽く訊き返した。

「あの人は『超』がつくほどの面倒臭がりなので、わざわざぼくらの作戦に乗ってくれるとは思えないんです。きっと、ぼくらが土下座をしても断られると思います」

「そうかな」

「え？」

「じつは、俺、イケる気がしてるんだけど」

「いやぁ、さすがに――」

「試しに、俺に任せてくれるかな？」

「え……」

黙ってしまった翔くんを元気付けるように、俺は言った。

「たぶん大丈夫だと思うから」

「その自信――、何か、根拠があるんですか？」

「それがね、あるんだよ」

「マジですか？」

「うん。かなりマジでね。悪いけどさ、星矢さんと花蓮ちゃんの電話番号を教えてくれ

る？」

「それは、まあ、いいですけど……」

俺は翔くんから二人の電話番号を聞き出した。

「サンキュ。じゃあ、また連絡するよ」

そう言って通話を切った俺は、足の踏み場もない星矢さんの部屋を思い出した。

あの変わり者なら、きっと落とせる――。

俺は確信を抱きつつ、まずは、すでに入隊が決まっている花蓮ちゃんの番号をコールした。


港で翔くんと落ち合ったあの日から、四日が経った。

島を漂うギスギスした空気は、相変わらず日ごとに重さを増しつつある。

このところ俺は、引きこもり状態のるいるいさんに気を遣って外食を控えていた。つまり、「よしだや」で買ってきた惣菜やらインスタント食品ばかりを食べていたのである。

しかし、似たようなものばかり食べ続けていたら、さすがに飽きてきたので――ちょっぴり、るいるいさんには悪いけれど――夜、久しぶりに「一徹」に顔を出すことにした。あの美味しい島料理が恋しくなってしまったのだ。

その日は、生ぬるい空気に湿りけがあって、肌を撫でる夜風がずいぶんとなまめかしかった。

部屋を出た俺は、のんびり歩いて「一徹」に向かい、紺色の暖簾をくぐった。

店内に入るとすぐに、厨房に立つ虎徹さんと目が合った。

無口な職人は、包丁を手にしたまま「ん」と黙礼だけして、顎で「なかへ入れ」と伝えてきた。

今日は少し早めに来たつもりなのに、店内はすでに多くのお客であふれていた。できれば、カウンターで静かに飲みたいな——、と思っていたのだけれど、さっそく奥のテーブル席の人たちに見つかって、声をかけられてしまった。

「おっ、佑じゃねえか。いいときに来たな。ちょっと、こっち来いよ」

手招きされた俺は、へらへらと愛想笑いを浮かべながら、奥の席へと歩を進めた。

「ほら、ここに座れ」

勧められた席のはす向かいには、村長が座っていた。村長は何やら楽しげに笑いながら電話をしていた。

「おっと、いま、エースが飲みに来たぞ」

村長は電話の向こうの誰かに向かってそう言うと、「オッケー、いまエースに代わるよ」と言って、スマートフォンをテーブルの上——ちょうど俺と村長のあいだ——に置いた。そして、俺を見て「いいタイミングできてくれたなぁ」と上機嫌で笑い、スピーカーフォンのボタンをタップした。

席に着いて早々、俺は、みんなの前で「誰か」と電話で話すハメになったのだった。

「えっと、すみません、お電話代わりました」

とりあえず、スマートフォンに向かってそう言ってみた。

「よお、我が社のエースくんじゃねえか」

耳障りな、ダミ声――。

俺は、大きな手で心臓を握られたようになり、声を詰まらせてしまった。

「え……」

「どうやら本当にフェリーは発着しないらしいな。おまえ、俺に嘘をついてたわけじゃねえんだな」

社長がそう言ったとき、テーブルを囲んでいた人たちの表情が硬くなったのが分かった。

「そんな、嘘だなんて……」

「で、もう算段はつけたのかよ?」

社長は、こちらがスピーカーフォンになっているとは知らず、べらべらといつものようにしゃべっていた。おそらく酒を飲んでいるのだろう、酔って、くだを巻くときのようなしゃべり方だ。

「えっと――」

「えっと、じゃねえだろ、馬鹿」

「…………」

「さっさと一円でも多く助成金をふんだくる算段だけつけろって言っただろうが」

「あ、いや……」

正面にいた村長と目が合った。驚きと、困惑と、訝しさの入り混じった顔をしていた。

「それくらいならなら無能なおめえにだってできんだろ？」

「…………」

「おい、こら、なに黙ってんだ。お前は、そのためにわざわざ僻地まで行ってんだろうが。まさか、日がな一日遊んでたわけじゃねえだろうな？」

まずい、まずい、まずい。

俺の周りには、氷のような空気に気づいた他のテーブルの人たちまで集まりつつあった。

「ちょっ、社長、あの、ちょっと待ってく――」

「待てねえんだよ」

「あ、でも、ちゃんと島の仕事を――」

「うるせえ、馬鹿。僻地の島なんてどうでもいいって言ってんだろうが。さっさとカネをふんだくる算段だけして、次のフェリーで帰ってこい。そしたら――」

と社長が言ったところで、俺はほとんど無意識に村長のスマートフォンに手を伸ばしていた。そして、スピーカーフォンをオフにして、端末を耳にぎゅっと押し当てた。

「――どおり、甲虫展の続きをやらせてやるからよ」

社長は、こちらの音声の変化に気づかず、相変わらず勝手にしゃべり続けていた。

俺は、立ち上がった。

ガタン、と椅子が大きな音を立てた。

俺を凝視するいくつもの硬い視線。

社長は、まだ何かをしゃべっていた。

俺は、慌てて踵を返すと、足早にテーブル席から離れた。

そして、そのまま、店の外へと飛び出した。

「聞いてんのか、お前」

「あ、ちょ――」

「聞いてんなら返事くらいしろ。いいか、そんなちっぽけな過疎の島なんて、どうでもいいんだよ」

「社長……」

心臓が暴れていた。耳の奥でドクドクと脈打っている。

「人口も一昨年から二〇〇人を切ったって、間抜けな村長が言ってたぞ」

「社長」

俺は、もう一度、呼びかけた。

「なんだよ。ハアハア言いやがって、気持ち悪りい」

ハアハア？　言われて気づいた。たしかに俺は、呼吸が整っていなかった。それも当然だ。いまにも背後から島の人たちが追ってきて、囲まれてしまうのではないか、という恐怖すら抱いていたのだから。

「まずいです」

「何がまずいんだよ。島の食い物か？　どうせ僻地の島なんて、ろくな食いもんもねえだろうからな」

「ち、違います」

「だいたいよ、そんなちっぽけな島、まるごと沈んだところで日本は誰も痛くもかゆくもねえんだ。島の連中だって、しょうがねえからそんな僻地で生きてるわけだろ？　だったら、みんな都会に出てきて人間らしい生活をすればいいんだよ。違うか？」

「違います、本当に」

俺は、かすれた声でそう言っていた。

「ほう、何が違うんだ」

「いろいろ、違うんです」

「くくく。じゃあ、なにか？　そのちっぽけな島には、都会でバリバリ働いて生きていく能力のねえ、馬鹿な連中しかいねえってことか？」

「社長、ちょっと、ぼくの話を……」

なぜだろう。電話の相手が社長だと思うと、声がかすれてしまう。それが情けなくて嫌だった。すごく。

「お前、まさか、その島が気に入ったとか言うんじゃねえだろうな」

俺は、気に入ったのだろうか？

少し考えてから、こう答えた。

「いい島だと思います」

「ふうん。そうかよ」と、軽い口調で言った社長は、そこから急にイライラを言葉にのせはじめた。「無能な社員が気に入ったってことは、やっぱりそこには無能な連中しかいねえんだな。無能同士、仲良くなったってのか？」

無能同士、仲良く——？

俺は、ふと口を閉じた。

なまめかしい夜の海風が吹いて、Tシャツの背中がはためいた。

俺は、暴れる心臓のあたりを右手で押さえながら、島の夜気をゆっくり、深く、吸い込んで——、吐いた。

これまで出会ってきた島の人々の顔が、脳裏に浮かんでは消えていく。

翔くん、菜々ちゃん、大樹さん、村長さん、おトメさん、照子さん、理香子さん、葉月ちゃん、星矢さん、虎徹さん、もじゃさん、いろいろな仕事を体験させてくれた東軍と西軍の人たち、役場の人たち、学校の先生や生徒たち……。思い出した顔は、どれもみな人の好さそうな笑みを浮かべていた。

「無能じゃ……ないです」

腹の底から絞り出すように、俺はそう言った。

「はぁ？　いまさらナニ言ってんだ。おめえは誰もが認める無能だろうが。おめえとツルんでる島民も、みんな同じだ。類は友を呼ぶって昔から言うだろ？　そんなことわざも知らねえのかよ」

たしかに、この島には馬鹿げた風習もあるし、カナブンが口に飛び込んでくるし、東西に分かれて無意味な争いをしてもいる。阿呆といえば、阿呆らしい島だ。でも、そこに暮らす島民一人ひとりを見てみると、それぞれがとても人間らしい阿呆であり、どう考えても愛すべき「いい人たち」なのだった。

「ぼくのことを無能って言うのは構いません。でも——」俺の右手は、相変わらず心臓のあたりを押さえていた。その手を、緊張で痛みはじめた胃のあたりにずらして続けた。「社長は、この島の人たちのことを知らないので、馬鹿にしないで下さい」

「はあ？」社長の声に、明らかな怒りが加わった。「ナニ偉そうなこと言ってんだ。てめえ、いま、どこでしゃべってる」

「店の外に出て来ました」

「ほう、そうか。それで、いきなり偉そうな口を利いてんのかよ」

「違います。ただ——、思ったことを言ってるだけです」

「だーかーらー、誰に向かって、それを言って——」

俺は社長に最後まで言わせず、言葉をかぶせた。

「ぼくは、この島でちゃんと仕事をします。で、島に貢献した分だけのギャラをもらうようにします」

「てめえ、ナニ言ってんだ、コラ」

低い社長の声に、ぐっと凄みが加わった。

「助成金をふんだくるなんて、そんな悪徳商法みたいなことをするくらいなら――」

そこで、俺はいったん言葉を止めて、大きく息を吸った。

「するくらいなら、なんだ？　言ってみろ、コラ」

「ぼ……、ぼくは、会社より、この島の味方をします」

ふいに、社長と俺のあいだに沈黙が降りた。

ずっしりと重たいその空気に耐えていると、ぽつり、ぽつり、と夜空から雨滴が落ちてきた。

「やっぱ、てめえはよ――」先に口を開いたのは社長だった。「馬鹿で、クズで、とことん無能な男だな」

俺は、もう一度、この島の澄んだ空気を肺に吸い込んだ。

そして、その空気を吐き出しながら、胸のなかでつかえていた思いを一気に口にした。

「馬鹿でクズで無能でも、ぼくは悪徳商法はやりません。どうしても社長がやれって言うなら、そんなクソみたいな会社、ぼくは辞めます」

言いながら、脳裏に退職願がちらついていた。しかも、言ったあとに俺は気づいた。いま、社長に「クソみたいな会社」なんて言ってしまったのだ。もはや俺は、この島で仕事をちゃんとしようがしまいが、どっちにしろ会社には戻れないではないか。

「くくく……」

社長は、喉の奥をひくつかせるように笑った。

そして、ゾッとするほど低くて怖い声を出した。

「飼い主の手を思いっきり噛んじゃった小島くんよぉ。お前、いまこの瞬間からプータローだな」

「…………」

「クビだよ、クビ。出張の旅費も、かかった経費もぜんぶ、お前が個人で支払え。うちの仕事とは関係ねえ、お前の個人的な旅行なんだからよ。それと、島と契約した仕事を反故にした責任を法的に取ってもらうことになるだろうな」

法的に——という言葉に反応して、胃がぎゅっと痛んだ。でも、ここで折れたくはなかった。絶対に。

「そ、それで、かまいません」

なんとかそれだけ言って、俺は一方的に通話を切った。

正直、もうこれ以上、社長の怖い声を聞いていられなかったのだ。

「はあ……」

無意識に洩らした深いため息が、声になっていた。

どうして俺は、こんなに小心者なのだろう。

村長のスマートフォンを握っていた手が小さく震えていた。しかも、汗ばんでいた。

俺は、その手と端末の両方を穿いていたジーンズにこすりつけて汗を拭いた。

いつの間にか、夜空から落ちてくる雨粒の数が増えていた。

「雨か……」

背骨から精気が抜け落ちてしまったような、ひどい脱力感にやられていた俺は、なまぬるい雨に打たれながら、「一徹」の暖簾の前で杭のように立っていた。

身体は脱力しているのに、心臓だけは相変わらず暴れていて、肋骨を内側からドンドンと叩く。そのせいで、耳の奥も、相変わらず脈打っていた。

ああ、やっちゃったなぁ、という後悔と、これでいいんだ、という信念。ふたつの相反する感情がドロドロに溶けて、暴れる心臓にまとわりついている気がした。

とにかく、このスマートフォンを村長に返さないと……。

俺は気力を振り絞って暖簾をくぐり、ふたたび店内に戻ると、恐るおそる奥の席に向かって歩き出した。

店内は、まるで水槽のなかみたいな冷たい静けさで満ちていた。

虎徹さんを含めたすべての人が、俺の一挙手一投足を見詰めているのだ。

彼らの視線には、怒りと呆れが込められていた。

そうなるのも当然だ。なにしろ俺は、この島から補助金をふんだくるために悪徳業者から派遣された「無能な男」ということになってしまったのだから。

「あ、あの……、これ、お返しします」

椅子に座ったまま、村長は俺をじっと見上げていた。少しも笑っていない村長の顔を見るのは、もしかすると、はじめてかも知れなかった。

テーブルの上にそっとスマートフォンを置いた。

ごくり、と唾を飲み込み、そして、軽く会釈をした。

ひりついた店内の空気に押しつぶされそうだった。

「えっと、じゃあ、ぼくは――」

そう言って俺は、背中を丸めて逃げるように「一徹」から出たのだった。

外に出た俺は、夜空を見上げた。

さっきよりも雨脚が強くなっていた。

こりゃ、史上最低な夜かもナ……。

胸裏でつぶやいて、雨のなかへと歩き出した。島の周回道路を横断し、そのまま川沿いの坂道を上っていく。

いつもの満天の星もなく、虫たちの恋歌も聞こえない坂道は、気鬱な雨音と瀬音に覆い尽くされていた。

俺を打つのは、中途半端な、なまぬるい雨だった。

どうせなら、このまま土砂降りになって、ずぶ濡れで帰るのも悪くないのに――。

そんな自虐的なことを思いながら歩いていたら、どうやら俺の心の声が天に届いたらしい。雨はみるみる勢いを増し、あっという間に世界をまるごと水浸しにするのだった。

びしょ濡れになったTシャツとジーンズが、べったりと俺の身体に張り付いた。なまぬるい雨なのに、体温はきっちり奪われていく。

「もっと降れよ」

かすれた声でつぶやいてみた。

降って、降って、降りまくって、中途半端でなまぬるい俺の過去と現在を洗い流してくれればいいのに――。

都合のいいことを考えながら空を見上げた。

風も強まり、シャワーのような雨粒が俺の顔を打つ。

上を見たまま「ばーか」と言ってみた。

口に飛び込んできた雨が、なんだか少しほろ苦かった。


部屋に戻り、熱いシャワーを浴びた。

着古したTシャツとショートパンツに着替えると、ようやく少しだけ人心地がついた気がした。

全身がだるく感じるのは、雨で冷えたせいか、ストレスのせいか、あるいは両方だろうか……。

俺は部屋の隅に畳んであった布団を敷いた。

照明を落とし、部屋を真っ暗にして布団に潜り込む。

目を閉じると、激しい風雨の音が、部屋のなかにまで沁み込んできた。

窓の外は、もはや嵐の様相を呈していた。

嵐か――。

この島で俺が置かれた状況もまた、嵐の真っ只中だよな、と思って胸が重くなる。

もはや地球防衛軍の作戦どころではない。

俺の噂はすぐに広まってしまうだろう。おそらく明日には、ほぼすべての島民が知っているに違いない……。

小島佑という男は、島の助成金をかすめ取るために悪徳業者から派遣された「無能な男」だった、と——。

社長じゃないけれど、一秒でも早くフェリーに乗って本土に帰るべきだ。

考えていたら、いったん落ち着きかけていた心臓が、再び激しく拍動しはじめた。

俺は閉じていた目を開けた。枕元に置いておいたスマートフォンを手にして、この島周辺の天気予報をチェックした。いま降っている雨は明日にはやみそうだが、風はしばらく強いままらしい。

続けてフェリー会社の運行予測のページを開いてみた。三日先のフェリーは、すでに「運休予定」となっていた。週に一便しかないということは——、最低でも、あと十日はこの島に居続けるハメになるということだ。

真っ暗な天井に向かって嘆息したら空腹を感じた。

そういえば、せっかく「一徹」に出向いたのに、何も食べないまま逃げ帰ってきてしまったのだ。

買い置きしてあった食料は、すでにあらかた食べ終えていた。残っているのは、少しのつまみと缶ビールとウイスキーくらいなものだろう。

この際、アルコールを気付け薬にして、ついでに空腹も解消させようか——。ふと、そう思ったけれど、やはりこのまま寝てしまうことにした。

空腹よりも、心と身体のだるさが勝ったのだ。

闇のなかで再び目を閉じ、三回、深呼吸を繰り返した。

しばらくは、激しい風雨の音を聞いていた。

しかし、いつしか俺は、ずぶずぶと布団に沈み込むように眠りに落ちていくのだった。

第五章　心までイケメン

翌朝――。

俺は布団のなかでうっすらと目を開けた。

カーテンを透かしたやわらかな日射しが、部屋の空気に溶け込んでいる。

昨夜の雨は、すでに上がっているようだ。

このまま布団から出るか、あるいは二度寝をするか、と考えたとき――、俺は自分の身体の異変にようやく気づいた。

頭痛、悪寒、全身のこわばり、そして、喉の痛み。

完全に風邪を引いている。

しかも、かなりの熱が出ているようだ。

いま思えば、来島してからずっと、俺の体調はどこか怪しかった。それでも、きっと気が張っていたのだろう、なんとかぎりぎりのところで持ちこたえていたのだ。でも、ここにきていよいよ限界を超えてしまったらしい。理由は、昨夜の出来事によるストレスか、あるいは雨に打たれて身体を冷やしたせいか……。いずれにせよ自業自得だ。

とにかく脱水症状にだけはならないよう、いったん身体を起こして、ふらふらと台所まで歩いていき、コップ一杯の水を飲んだ。

「ヤバいなぁ……」

つぶやいた俺はコップを流しに置き、再び布団に戻った。

高熱のせいで少し息が上がっていた。ただ寝ているだけでも、呼吸がいつもより荒くなってしまう。寒気もひどかった。俺は布団のなかで丸まって、奥歯をガチガチと鳴らし続けた。

目を閉じると、昨夜の最悪の出来事を思い出してしまう。

そして、いまのこの状況。

ったく、どれだけツイてないんだよ——。

胸裏でそう思っても、口で悪態をつけるほどの余裕はない。

ああ、やっぱり、こんな島、来るんじゃなかったな……、と気持ちが落ちていくのと比例して、俺の意識もするすると暗闇のなかへ落ちていった。

次に目を覚ましたのは、正午を少し過ぎた頃だった。

震えはおさまったものの、頭痛は悪化していた。

俺は布団のなかでスマートフォンを手にして、るいるいさんと翔くんに風邪を引いてしまったことをメッセージで伝えた。

翔くんからは、すぐにレスがきた。

『大丈夫ですか？　何か必要なモノがあったら遠慮なく言って下さい。お届けしますので』

必要なもの、と言っても、いまの翔くんに「よしだや」に行かせるわけにはいかない。だから俺は『大丈夫。たいしたことないから。でも、何かあったら頼むね。ありがとう』と返信しておいた。

しばらくすると、るいるいさんからもレスがきた。

『ひゃあ、たいへーん！　熱、高い？　大丈夫？　わたし、ちょうどいま散歩してるの。アイス買ってってあげるね。他にいるものある？』

自宅謹慎しているはずのるいるいさんが、なぜ、出歩いているのだ？　俺はそこが気になって、すぐに返信した。

『アイス嬉しいです。できれば適当な食料をお願いします。っていうか、るいるいさんこそ出歩いて大丈夫なんですか？　出待ちしている人たちにつかまってませんか？』

俺の心配をよそに、るいるいさんからもすぐにレスが来た。

『大丈夫だよ。いま、みんなで一緒にお散歩してるの。もうすぐ帰るから待っててね。ベランダ越しに渡すね。新しくはじめたゲームもクリアしたよ。めっちゃ面白かった～♪』

このメッセージを読んだとき、ようやく俺は気づいたのだった。そもそも、あの自由すぎるるいるいさんが、まじめに自宅で謹慎などしていられるわけはない。これまで大人しくしていたのは、ただ単純に「ゲームに没頭したいから」自宅で過ごしていたにすぎないのだ。

それにしても――、るいるいさんの言う『みんなで一緒にお散歩』という状況は、つまり、るいるいさんを狙っている男衆を引き連れた散歩、ということなのだろうか。

あれこれ考えていると、ただでさえ痛む頭が割れそうになってきたので、無駄に心配するのはやめておくことにした。

とにかく、いま、二人とメッセージをやりとりして、分かったことがあった。それは、いまのところ二人は、昨夜の俺に関する話を知らない、ということだった。とはいえ、知られるのは時間の問題だ。

翔くんとるいるいさんには、どう話せばいいだろう――。

悶々としたまま布団のなかでぐったりしていると、ふいに外から人の声が聞こえてきた。

遠くからでもよく響く金属質のキンキン声。

るいるいさんと男衆が散歩から帰ってきたのだ。

「みんな、じゃあね、バイバーイ。きゃー、アハハハ、もう付いてきちゃ駄目だってば！　わたし、これから一人でやることあるんだから。だーめ。喧嘩する人は大大大嫌いだからね。じゃあ、今度こそバイバイ！」

少しして、るいるいさんが外階段を上がってくる足音がした。隣の部屋のドアが開き、バタンと勢いよく閉まった。

どうやら、出待ち軍団からうまく抜け出せたようだ。

布団のなかで勝手にホッとした俺は、身体をごろんと横に転がして、るいるいさんの部屋と俺の部屋を隔てている白い壁を見詰めた。

枕元のスマートフォンが鳴った。

さっそく、るいるいさんからの電話だった。

「もしもし」

横になったまま電話に出た。

「お待たせぇ。アイスと、食べ物と、飲み物を買ってきたよ」

「すみません。ありがとうございます」

「やっぱ、声に元気がないね」

「そうですか」

「うん。おじいちゃんみたいな声だよ」

「喉が痛いんです」

言って、俺は軽く咳込んだ。

「熱は？」

「うーん、まだ、ちょっと高そうな感じです」

「そっか。ベランダには出られそう？」

「あ、はい。それくらいは大丈夫です。いま出ますね」

俺は、毛細血管にまでびっしりと熱い砂が詰まってしまったような身体に鞭打って、布団から這い出した。そして、手ぐしで適当に寝癖をごまかすと、掃き出し窓を開けた。

ベランダに出たら、清爽な風に頬を撫でられた。

遠くを見れば、きらめくコバルトブルーの海。

俺は隣との壁の近くまで手すりを伝って歩き、外側に顔を出した。ちょうどるいるいさんも顔を出したところだった。

「あ、佑」

「お帰りなさい」

「ねえ、ほんと、大丈夫なの？」

「大丈夫です。なんか、いま、外の空気を吸えて、ちょっと気分いいです」

「そっか。はい、これ」

るいるいさんは、食料が入った袋を手渡してくれた。

「ありがとうございます。ほんと、助かります」

俺は、足元にその袋をそっと置いた。なかに何が入っているのかは、後で確認すればいい。

「うふふ。お礼なんて言わなくていいのに。だって、わたしがゲームをしてる間は、いつも、佑が買ってきてくれたじゃん」

「え？　まあ、そうですけど……」

やはりるいるいさんにとっては「謹慎」ではなく「ゲームの時間」という認識なのだった。

「あとは、はい、これ。アイスだよ」

るいるいさんが手渡してくれたのは、バニラをチョコクランチで包み込んだアイスバーだった。

「これ、大好物なんです」

「マジで？　よかったぁ。わたしも同じの買ってきたの」

それから俺たちは、ベランダの柵にもたれておしゃべりをしながらアイスを齧りはじめた。

最初の話題は、るいるいさんの散歩についてだった。

俺が想像していたとおり、るいるいさんは五人もの男衆を引き連れて、住宅地と海沿いの道路を練り歩いてきたのだそうだ。しかし、あまりにも男衆の仲が悪かったので、るいるいさんは途中でルールを策定したという。

「喧嘩をしたり、汚い言葉を使ったりしたら、そこでゲームセット。退場ってことにしたの」

るいるいさんは楽しそうに言ったけれど、やっぱりここでも「ゲーム」という単語が出てくるのがこの人らしくて、俺もくすっと笑ってしまった。

やがて、アイスを食べ終えた。

少し疲れた俺は、「ふう」と嘆息して言った。

「ご馳走さまでした。美味かったです」

「うふふ。よかった。なんか、少しだけ佑の顔に元気が戻ったみたい。ちょっぴりだけどね」

「はい、ぼくも、そんな気がします」

冷たいアイスが熱のある身体を冷ましてくれたのか、あるいは、るいるいさんの底抜けに明るくて純粋なエネルギーに触れたおかげか、もしかすると、その両方かも知れないけれど――、とにかく、るいるいさんの言うとおり、さっきよりはいくらか身体がラクになっている気がした。

「あ、そうだ、佑」

「はい？」

「なんかね、今日、佑が、めっちゃ噂の人になってたよ」

「え……」

俺は、食べ終えたアイスのバーを落としそうになった。

るいるいさんは、邪気のない大きな目で、じっと俺を見ていた。俺は、その鳶色の瞳に引き込まれて、視線をそらすことができなくなっていた。

「めっちゃ悪い噂だったけど」

「あ、はい……」

俺は観念して、るいるいさんに昨夜のことをざっくりと話して聞かせた。その間、るいるいさんは、珍しくひとことも口をはさまず、しかも表情さえ変えずに聞いてくれたのだった。

「そんなわけで、いま、ぼくは、けっこうヤバいんです」

「ふうん、噂とまったくおんなじ」

「でしょうね……」

「ねえ、佑」

「はい」

「結局、佑は、何をしにこの島に来たの？」

「え？」

柵にもたれかかったまま、るいるいさんは小首を傾げた。

「佑ってさ、そんな悪い社長の言うとおりにする人じゃないよね？」

「まあ、はい」

「じゃあ、ちゃんとこの島のために働くつもりで来たんでしょ？　だったら、みんなにそう言えばいいじゃん」

「えっと……」

俺の胸に「良心」という名の棘がチクリと刺さった。

「わたしが、みんなに言ってあげるよ」

「あ、ちょっと――」

「なに？」

「なんか……、すみません。るいるいさんには、ぜんぶ本当のことを話しますんで」

「え？」

美しいるいるいさんの顔に不安の色が浮かぶのを、俺ははじめて見てしまった。

「じつは、この仕事は、適当でいいやって……、バカンス気分で島に来て、適当にのんびり遊んで、楽しんで、会社に戻ったらさっさと退職願を出してやるぞって――、そんな感じでここに来たんです」

るいるいさんの表情がさらに曇った。

「いまもカバンのなかに、その退職願が入ってます」

「佑……」

「すみません、なんか……」

「ううん」

るいるいさんは首を横に振った。いつもは底抜けに明るいるいるいさんの顔が、どんどん曇っていくのを見ていられなくて――、俺はまた「すみません」と謝っていた。

するとるいるいさんは小さく微笑んで言った。

「いろいろだもんね」

「え？」

「人には、いろいろあるから。きっと、佑にもいろいろあったんだよね」

るいるいさんは、菜々ちゃんのことも、そう言っていた。

人には、いろいろあるから――。

俺は、会社にいた頃の自分を憶った。たしかに、あった。「いろいろ」だけでは表現しきれないほど、たくさんの出来事が。しかも、その多くがマイナスの出来事だったと思う。

「正直、会社に、仕返しをしてやろうと思ってたんです」

「仕返し？」

「ちょっと情けないんですけど、社長からはパワハラを受けて、同僚たちには小馬鹿にされて……。この島にぼくが来たのも、同僚たちが嫌がった仕事を押し付けられたからなんです」

「………」

「なんか、そういうのが何年も続いてて、めちゃくちゃ悔しくて、腹が立って、さすがにもう我慢できないなって」

「うん」

「それで、仕返しのつもりでこの島に来たんです。会社の出張費を使ってバカンスを楽しんでやれって」

「そっかぁ。佑にとっては、小さな復讐だったんだね」

るいるいさんは俺の胸中を代弁してくれた。

「ほんと、ちっぽけな復讐ですけど……」

「わたし、ちっとも気づかなかったなぁ」

「すみません、なんか……。敵を欺くには、まず味方からって言いますけど——、そもそもぼくには味方がいなくて。だから結局、みんなを騙すことになってしまって」

「わたしのことも騙したよね」

るいるいさんは、俺を軽くにらんでみせた。

「すみません……」

「翔くんには？」

俺は小さく首を振った。

「まだ伝えてません。でも、彼のおかげで、この島の仕事は、ちゃんとやりたいなって思うようになりました」

「…………」

「あ、これは本当です」

「うん」

分かってるよ、という感じでるいるいさんは頷いてくれたのだが、いつもより明らかに口数が減っていた。

さすがに少しは軽蔑されたかも知れない。なにしろ俺の個人的な復讐のために、無関係なこの島の人たちに実害を与えそうになっていたのだから。

「ねえ、佑」

「はい」

「えっとね、うーん……」るいるいさんは珍しく、言いかけた言葉を呑み込んだようだった。そして、あらためてこう言い直した。「とにかく、早く元気になってね」

「え――」

「いまは寝た方がいいと思う」

「…………」

俺は、何も言わず、ただゆっくりと頷いてみせた。

「また必要なモノとかあったら、わたしに連絡してね」

「はい……」

「じゃ、またね。バーイ」

「はい、また」

るいるいさんは自室に戻っていった。

柵にもたれかかっていた俺の手には、アイスのバーが残されていて、なんだかそれがやたらと物悲しく見えた。

部屋に戻った俺は、るいるいさんが買ってきてくれた食材を冷蔵庫にしまった。そういえば、はじめてるいるいさんと出会ったあのフェリーのなかでも、彼女は船べりで嘔吐している俺のために冷たい水を買ってきてくれたのだった。

ふたたび布団に潜り込んだ。仰向けになって目を閉じると、淋しげに笑ったるいるいさんの顔が脳裏にちらついた。

頭痛がひどいので、強めにこめかみを揉んだ。

それからしばらくのあいだ、眉間にシワを寄せつつ、静かに呼吸を繰り返していたら、熱を帯びた身体から余分な力が抜けてきた気がした。

もうすぐ眠れるかも――。

夢うつつのふわふわした世界のなかでそう思ったとき、ふいに、ピンポン、と電子音が鳴った。部屋のチャイムだ。

え？　俺の意識は一気に現実に引き戻された。

誰だろう、いったい……。

いま、俺を訪ねてくる人がいるとすれば——、そうだ、俺に怒りを覚えた島民かも知れない。

そう考えたとたんに、鳩尾《みぞおち》のあたりが絞り上げられるように鈍く痛んだ。

ピンポン。チャイムがふたたび鳴った。

この島には逃げ場がない。いま居留守を使えば状況はさらに悪化するだろう。ということは、チャイムを無視するのは得策ではないということだ。

俺は重たい身体を引きずりながら布団から這い出し、玄関に向かった。そして、そっとドアスコープを覗いた。

え——？

ドアの向こうに見えたのは、思いがけない顔だった。

俺はチェーンを外し、ドアをゆっくりと開けた。

「あれ、佑さん、お休み中でしたか？　なんか、すみません」

言いながら後頭部を掻いたのは、釣りをするためにこの島にやってきたという、役場のヒロムさんだったのだ。

「ちょっと風邪っぽかったんで、横になってただけです」

「風邪ですか。じゃあ、ますます申し訳ないなぁ」

「いえ。大丈夫です。たいした風邪じゃないので」

俺は両手を前に出してそう言ってから、「で、今日は……」と小首を傾げてみせた。

「あ、そうだ。とりあえず、これを」

「え？」

「スマっていう魚が釣れたもんで、いま、役場でさばいてお刺身にしてきたんですよ」

ヒロムさんは、手にしていたビニール袋を俺に押し付けた。

「これ、ぜんぶ頂いちゃっても？」

一人分の刺身としては、かなり重たい気がしたのだ。

「はい、もちろんです」

ヒロムさんは、よく日に焼けた顔でニッと笑った。

「スマって、あまり聞いたことがない魚ですけど」

「あはは。ですよね。でも、これ、けっこうレアな魚なんですよ。スマガツオとも呼ばれてますけど、もう、全身がトロって感じの最高に美味い魚なんです」

「そんなにいい魚を――」

「せっかく島に来てくれたんで、味わって頂きたいなって思いまして。といっても、本土でも揚がる魚なんですけどね」

俺は、受け取ったビニール袋のなかを覗いてみた。発泡トレーの上に切り身（半身）がデンとのっている。

「じゃあ、すみません。遠慮なく頂きます」

半分は、るいるいさんにおすそ分けだな、と思いながら軽く頭を下げると、ヒロムさんが「あっ、あと、じつは、ですね……」と、急に声を低くした。

「はい？」

「ええと、なんと言いますか——、今日、ちょっと、つまらない噂を役場の方で耳にしまして」

来た、と思った。ここからが本題だったのだ。考えてみれば当然だ。ヒロムさんは俺の仕事の「担当者」なのだから、昨夜の「噂の真相」を確かめに来たに違いない。

「つまらない噂、ですか?」

俺は、熱っぽいおでこに手の甲を当てながら、とぼけた返事をした。

「はい。じつは——」

ヒロムさんは、かなり言いにくそうに、噂の内容を俺に説明した。そして、その内容は、ほぼ昨夜の出来事のままだった。

「私個人としては、佑さんはそういう人じゃないと思ってまして、噂は所詮ただの噂だろうと——」

「………」

「大丈夫、ですよね? 仕事は、予定どおりということで」

人の好さそうなヒロムさんの丸顔を見ていたら、俺の口は自然と動いていた。

「大丈夫です。ちゃんとやらせて頂きます」

するとヒロムさんは「はあ……」と嘆息して、分かりやすく胸を撫で下ろした。

「ですよねぇ。いやぁ、確認しに来てよかったです、ほんと」

「すみません。ご心配をおかけしてしまって」

「いえいえ。こちらこそ、風邪でお休み中に失礼しました」

それから少し世間話をしたあと、ヒロムさんは「では、くれぐれもお大事に」と言い残して帰っていった。

玄関のドアをそっと閉めると、今度は俺が「はあ……」と嘆息してしまった。

うっかり、仕事はちゃんとやる、なんて言ってしまったけれど、考えてみれば、俺はすでに社長から首を切られているのだ。つまり、仕事を「ちゃんと」はできない。こうなったら、たとえノーギャラになったとしても、フリーランスとして仕事を全うすべきなのかも知れない。でも、組織の後ろ盾がない俺に、そんなことができるのだろうか？

考えると、いっそう頭が痛くなってくるけれど、とにかく俺は、ふらふらする足取りでキッチンに向かい、冷蔵庫に刺身をしまっておいた。

と――、そのとき、ふたたび部屋のチャイムが鳴った。

ヒロムさん、何か伝え忘れたのかな？

そう思った俺は玄関に戻ってドアを開けた。そして、ドアノブを握ったまま、思わず「え――」と固まってしまった。

目の前に女性が立っていたのだ。しかも、二人。

「理香子さん。葉月ちゃん……」

「先生、こんにちは」

葉月ちゃんが、くりっとした目を細めて挨拶してくれた。

「佑さんが風邪を引いたって、さっき翔くんから聞いたので」

「え、あ……はい」

「よかったら、これ」

ちょっと照れ臭そうに、理香子さんが紙袋を差し出してくれた。中身は、手づくりのサンドイッチだった。

「葉月と一緒に作ったんです。ねっ」

そう言って理香子さんは、隣にいる葉月ちゃんの頭にポンと手をのせた。微笑んだ葉月ちゃんは、学校にいるときより、ずいぶんと穏やかな顔で頷いた。

「ありがとうございます。葉月ちゃんも、ありがとね」

はにかんだ葉月ちゃんは、目元が理香子さんとよく似ていた。

「佑さん、なんだか昨夜、いろいろあったみたいで――」

大変でしたね、という顔で理香子さんが言う。

もはや、この噂を知らない島民など誰もいないのだろう。

「なんか、すみません……。いま、ぼくのところに来て、理香子さんこそ大丈夫ですか?」

俺はむしろ、ここに来た理香子さんの評判に傷をつけるんじゃないかと、そっちの方が心配だった。

「大丈夫ですよ。わたしたちは、まだ、他所者に毛が生えたくらいの存在なので」

理香子さんは、あの菩薩を思わせる慈悲深い笑みを浮かべた。そして、そんな理香子さんを、葉月ちゃんが不思議そうな顔で見上げる。

「ママ、他所者に毛が生えたくらいって、どういうこと?」

「ええとね——、違う土地から来たけど、少しだけこの島の人になれたっていうことかな」

「ふうん」

理香子さんと葉月ちゃんの会話は、いかにも仲のいい母娘といった感じで微笑ましい。理香子さんは、俺の噂についてはひと言も訊ねてこなかった。ただ、おっとりとした口調で、葉月ちゃんの学校での出来事や、俺が披露した手品のことなどを話すだけだった。

俺は、手作りサンドイッチの入った紙袋を見下ろした。

ほんと、俺は、何をやってるんだろう——。

島の人たちを裏切っていたのは、社長だけじゃない。

俺だって「最初から」まともに仕事をする気はなかったのだ。この人たちを裏切る前提でいたという意味でも、同罪だ。

この島で暮らす「島民」である理香子さんと葉月ちゃんが、にっこり微笑みながら俺に話しかけてくる。俺は、胸の内側にチクチクした痛みを覚えながら無難な返事をし続けた。

そして、小さな会話の切れ目に、俺は言った。

「風邪、葉月ちゃんにうつしちゃいけないんで——」

理香子さんの顔から、さっと微笑が消えた。

「あ、ごめんなさい。サンドイッチを渡すだけのつもりだったのに」

「いいえ」

「佑さん、ゆっくり休んで、早く治して下さいね。何か必要なものがあったら連絡して下さい」

「はい。ありがとうございます」

俺は葉月ちゃんにも「ありがとね」と微笑みかけた。

心のなかで「ごめんね」と言いながら。

理香子さんと葉月ちゃんが帰っていった。

部屋のなかに戻ると、なぜだろう、さっきより天井が高く感じた。俺は、隅にどかしておいたテーブルの上に、サンドイッチの入った袋をそっと置いて、布団の上にあぐらをかいた。

「ふう。頭、痛いな……」

つぶやいて、布団に横たわろうとしたとき——、今度はチャイムではなく、スマートフォンの着信音が鳴った。端末を手にして画面を確認した。でも、画面には着信相手の名前が表示されていなかった。

誰だろう?

いよいよ今度こそ、島民からのクレームかも——。

電話に出る前に、俺は胃のあたりを右手で押さえながら、ひとつ深呼吸をした。そして、通話ボタンをタップした。

「もしもし……」

風邪のせいではなく、声がかすれてしまった。

「あ、佑さんですか？」

聞き覚えのある女性の声。

「そうです……けど」

「わたし、菜々です。『よしだや』の」

「え、菜々ちゃん？」

「はい。急に、すみません。翔くんから佑さんの電話番号を聞いていたので」

「あ……、うん。そうなんだ」

島民からのクレーム電話ではなかったことに、とりあえずホッとしつつも、予想外な人からの突然の電話に、俺は少しばかりたじろいでいた。

「風邪を引いてるって聞きましたけど」

「ああ、うん。ちょっとね」

「大丈夫ですか？」

「たいしたことないよ。ただ、ちょっと頭痛がするかな」

正直言えば、身体はかなりだるいし、悪寒もするし、喉も痛い。

「でも、なんか、つらそうですね」

「多少は、ね。なんか、ごめん、いろいろと心配かけちゃって」

俺はあえて自分から「いろいろと」と言った。風邪だけではなく、俺の噂のことも含めて心配してくれているということが、声の感じで伝わってきたから。

「いいえ、そんな……」

「むしろ、菜々ちゃんこそ大丈夫？」

「わたしは、大丈夫なんですけど……」

菜々ちゃんは、言葉の後半を呑み込んだ。気になった俺は、「けど、なに？」と訊ねた。

「あの……、佑さんは、聞いていませんか？」

「え――、何を？」

「翔くんが、いま、どこにいるか」

「え？　ガソリンスタンドで働いてるんじゃないの？」

俺がそう聞き返すと、菜々ちゃんは「そっか、やっぱり何も聞いてないんですね」と、張りのない声を出した。

「ごめん、話がちっとも見えないんだけど。どういうこと？」

すると電話の向こうから、小さな決意のような「間」が伝わってきた。そして、菜々ちゃんは口を開いた。

「じつは、翔くん、さっきまでわたしと電話をしていたんですけど、夜になったら出かけるって言い出したんです」

「出かけるって、どうして？」

「それを教えてくれないんです。どこに行くのかもはっきり教えてくれなくて。だから、わたし……」

「そっか。どこに行くにしろ、いま、翔くんが人の集まるところに行くのは、ちょっと、マズいよね？」

「わたしも、そう思うんです」

「翔くんの、個人的な友達の家を訪ねるとか？」

「だとしたら、それをわたしに内緒にする理由が……」

たしかに、そうだ。

「菜々ちゃんは、止めたんだよね？」

「もちろんです。さすがに、いまは外出しない方がよくない？　って。でも、翔くんは『大丈夫だよ』って笑って」

「なんか……、気になるね」

「はい。電話を切ったあと、やっぱり気になったから、ちゃんと理由を聞こうと思って、何度かリダイヤルをしてみたんですけど——、でも、留守電になっちゃってて」

「大樹さんは、どうしてるのかな？」

仮の保護者として、翔くんを止めなかったのだろうか？

「大樹さんは、翔くんより先に、どこかに出かけてたみたいです」

「そっか……」それでは止めようもない。「翔くん、なにを考えてるんだろう？」

「ほんと、それが分からないから……」

堂々巡りの会話をしている俺たちのあいだに、ふと、小さな沈黙が降りた。

正直言うと、俺は、少し嫌な予感がしていた。

翔くんは、ああ見えて胸のうちに熱いモノを秘めているタイプだから、なにか突拍子もないことをしやしないか、という一抹の不安を覚えてしまうのだ。

「あの……、佑さん」

「ん？」

「急に、すみませんでした」

「え？」

「風邪を引いているのに、余計な心配をさせちゃって」

「いや、そんなこと……」

また、短い沈黙が降りた。これ以上、俺たちが会話をしていても得られる情報はない。だから、そろそろ通話を終えようか――と、思ったとき、ふいに菜々ちゃんが、何かを思い出したように「あっ、あの」と言った。

「え？」

「さっき、わたしと電話をしてたとき」

「うん」

「翔くん、佑さんのことを話していました」

「えっ、なんて？」

「あの人は、絶対に『噂』みたいな人じゃないって」

「……………」

「人を裏切るタイプの人間じゃないって言ってました」

菜々ちゃんの恵み深い声が、俺の胸の奥に浸透してきた。

「そっか……」

「はい」

俺は、生粋の島民である菜々ちゃんにたいして、ごめんね、と言うべきか、ありがとう、と言うべきかが分からなくて、そのまま黙ってしまった。

「一応、それだけは佑さんに伝えておこうかなって――」

「うん……」

「翔くんと連絡が取れたら、お知らせしますね」

「俺からも、翔くんに電話してみるよ」

「ありがとうございます」

お礼を言うべきなのは、俺なのに……。

「じゃあ、くれぐれも、お大事にして下さいね」

「うん、じゃあ」

それで、菜々ちゃんとの通話を終えた。

俺は、身体のつらさをこらえて、すぐに翔くんの番号をコールしてみた。でも、やっぱり菜々ちゃんの言うとおり、留守番電話になってしまった。

いったい翔くんは、どこで、何をしているのだろう……。

スマートフォンを、そっと枕元に戻した。

そして俺は、布団の上であぐらをかいたまま両手を前に突くと、何度か肩で呼吸をした。ウイルスに冒された身体は、そろそろ限界に近づきつつあるようだった。

ふと窓の外を見ると、神々しいような夕焼けが広がっていた。空に浮かぶ雲たちは金色に縁取られ、海もまたその色彩を吸い込んできらきら輝きながら揺れていた。

物音ひとつしない部屋に、少し乱れた俺の呼吸音だけが漂っている。

いま、俺、ひとりぼっちだなぁ――。

そう思った俺は、空っぽな感じで「へへ……」と笑っていた。そして、その笑みのかけらを口角に残したまま、本土にいた頃の自分の姿を憶った。

考えてみれば、俺はとことん他人とのつながりが希薄な男だった。一人暮らしをしている安アパートに友達が遊びに来たこともなければ、招待したこともない。病気で伏せていても、差し入れどころか、そもそも心配してくれる仲間すらいなかった。平日はそれこそ馬車馬のように働くばかりだったし、休日はボロ雑巾のようになった身体をベッドに横たえ、ひたすら体力を回復させることに傾注するだけだった。電話も、メールも、SNSも、仕事以外ではほとんど使った覚えがない。

俺は、あまりにも「ひとり」すぎたのだ。「ひとり」すぎたからこそ、逆に自分が

「孤独」であることに気づけなかったのかも知れない。そして、「孤独」に気づけなかったのかも知れない。たからこそ、七年ものあいだ、あの会社に通い続けてしまったのではないか。

しかし、この島に来たことで、俺は変わった。

俺はいま、自分が「孤独」であるということに気づいているのだから。

光がなければ影が存在できないように、そもそも周囲に誰もいない世界では、「孤独」という概念すら存在し得ない。

でも、この島に来た俺は、自分の「孤独」に気づける人間になれた。周囲に誰かがいてくれる人間になれたのだ。それなのに、いま、この島のほとんどすべての人に嫌われているなんて。

「自業自得だけど……」

俺はそっとつぶやいてみた。そして、布団の上にずるずると倒れ込むようにして横たわった。少し休みたい。スマートフォンの着信音をミュート設定にした。

掛け布団をかけて、エビのように丸くなった。

軽く目を閉じ、乱れた自分の呼吸に耳を澄ました。

そうこうしているうちに——、俺は眠りに落ちていた。

夢さえも見ない、それは、深い、深い、眠りだった。

自分の咳で目が覚めた。

薄くまぶたを開くと、暗闇のなか、ぼんやりと天井が見えた。俺は仰向けに寝ていたのだ。

あれから、どれくらい眠っていたのだろう――。

枕の上で頭を転がし、窓を見た。外はすでに夜だった。

手探りで枕元のスマートフォンを掴み、時刻を確認した。

午後七時二四分――。

そこそこ寝ていたような気もするけれど、実際は一時間ほどで目が覚めてしまったようだ。

スマートフォンには着信履歴があった。「西森大樹」という名前が表示されている。

おそらくは、俺の「噂」を耳にして、その真偽を確かめようとしたのだろう。

麦わら帽子をくれたときの大樹さんの笑顔を思い出した。

いま、大樹さんは、どんな気持ちでいるだろう……。

怒っているか、悲しんでいるか。あるいは情けないような気分になっているだろうか。

想像していたら、暗い天井に向かって「はあ……」と湿っぽいため息をこぼしてしまった。

このまま着信を無視していても、大樹さんはきっとまた電話をかけてくるだろう。あるいは、この部屋に訪ねてくるかも知れない。びくびくしながらその時を待つくらいなら、むしろ、こちらからコールバックして、すべてを正直に打ち明けた方がいい。

俺は上体を起こして、布団の上であぐらをかいた。身体がやたらと重く、背中が丸まってしまう。関節がジンジンと痛むのは高熱のせいだろう。頭痛も相変わらずだった。立ち上がるのが億劫すぎて、部屋の照明は点けなかった。

とにかく、電話をかけなければ——。

暗い部屋のまんなかで、手にしたスマートフォンを見下ろした。大樹さんの名前をタップする前に、二度の深呼吸を必要とした。

電話をかけた。呼び出し音が鳴りはじめる。俺は目を閉じて、コールを数えていた。

大樹さんの太い声が俺の鼓膜をふるわせたのは、五コール目のことだった。

「おう、ちょっと、そのまま待ってろ」

第一声が、これだった。

「えっ?」

大樹さんの声の背後は、やけに騒々しかった。どこか人の多いところにいるらしい。

この時間だと、おそらく「一徹」ではないか?

俺がそう見当をつけたとき、その喧騒がぴたりと消えた。

「外に出た。いま『一徹』にいるんだ」

「はい……」

予想どおりだった。おそらく大樹さんは、俺との会話を周囲に聞かれないように、わざわざ店の外に出たのだ。

「翔と菜々のことで、西の連中がうるせえからよ、少しなだめに来たんだよ」

大樹さんは、俺が訊いてもいないのに、「一徹」を訪れた理由を口にした。そして、その口調が、あまりにもいつもどおりだったので、俺はむしろ怖さを感じていた。

「ええと……」

「なんだ」

「いま、ちょっと、風邪を引いてて、寝てたんですけど」

「おう」

「目が覚めたら、大樹さんから、その……、着信があることに気づいたので……」

「おう」

「いま、かけ直してみたんですけど……」

「そうか」

大樹さんは、俺を尋問してしゃべらせるのではなく、俺の方から自発的にしゃべり出すのを待っているようだった。犯人の刑を少しでも軽くするために、刑事があえて逮捕せず、自首を待っている――、そんな刑事ドラマじみた配慮を感じた。翔くんが兄のように慕う大樹さんは、こういう人なのだ。

だったら、俺も……。

恐怖を吹っ切って、結論から話すことにした。

「大樹さんに謝らなければならないことがあります」

「…………」

大樹さんは、何も言わなかった。その間が、俺に先をうながしていた。

「たぶん、すでに耳に入っていると思うんですけど、ぼくはそもそも敏腕な社員じゃありません。むしろ会社では『無能』っていうレッテルを貼られてて、居場所すらないというか……」

「で？」

「ええと、なので、この島にぼくが派遣されたのは、周りの同僚たちが、この仕事に乗り気じゃなかったことで、必然的に押し付けられた結果で――」

それから俺は、るいさんにそうしたように、これまでのことを洗いざらい大樹さんに打ち明けた。会社における情けない自分の立場、社長にいいようにコントロールされ続けてきた日々のこと、そんな会社への仕返しのつもりで来島したこと。でも、翔くんや島の人たちと出会ったことで、やっぱりちゃんと仕事をして、島に貢献したいと思うようになったこと。

「でも……」

「でも、なんだ？」

「結果的に、ぼくは、関わったすべての人を騙すカタチになってしまって」

「そうだよな」

「はい……」

「で？」

大樹さんは、突き放すでもなく、ただ淡々と先をうながした。

「ええと、そういうわけですので、いまは本当に申し訳ないなと思っています」

「なるほど」

「はい……」

「俺に話すことは、それで全てか？」

「え――」

「お前は、ずっと周囲を騙してきたけど、いまは島のために働きたいと思ってる」

「…………」

大樹さんの言いたいことが読めず、俺は返す言葉を見つけられずにいた。

「なあ、佑」

大樹さんの声が、少し穏やかになった。

「はい」

「そんなに都合のいい話、島のみんなが信じてくれると思うか？」

「…………」

「お前と社長の会話をリアルに聞いた人間は、一人や二人じゃねえんだぞ」

「そう簡単には……、信じてもらえないと思います。でも――」

「でも、それは本当なんですってか？」

「…………」

何も答えられずにいる俺に愛想を尽かしたのか、大樹さんは「ふう」と、これみよがしのため息をついた。俺は暗くて静かな部屋のまんなかでうなだれていた。

「お前、これからどうすんだよ」

「できれば……なるべく早いフェリーで、帰りたいです」

俺は、本音を口にした。

「しばらくは無理だぞ。船は強風で欠航だ」大樹さんは、天気予報と同じことを言った。

「いま『一徹』で、お前がどんな風に言われてたか、教えてやるよ」

「え――」

「佑が来たせいで島が荒れちまった。あいつは村の金を騙し取ろうとしたわけだから訴訟を起こすべきだ。喧嘩のタネになってる本土ギャルも、じつは最初から佑の仲間なんじゃねえか」

「えっ？　それは、ちがっ――」

「いいから、聞け」

久しぶりに大樹さんが太くて低い声を出した。その圧力に、俺は何も言い返せなかった。大樹さんは、続けた。

「西側の村長が佑を呼んだはずなのに、翔とグルになって東側を優遇しようとしていた。しかも、魔法だの超能力だのと吹聴してまわってる。悪徳商法をやってる会社でも最低の使いっ走り。まだあるぞ――」

「………」

「いいか、お前んとこの社長に騙されていた村長までが、いま島民たちから陰口を叩かれはじめてるんだ」

「え——」

「そもそも村長が、佑の会社の社長と癒着をしてて、島のカネを横流しする代わりに、キックバックを受け取る算段なんじゃねえかって言われてんだよ」

「そ、そんな……」

まさか、そこまで悪意のある噂話になっているなんて——。

恐怖と息苦しさを覚えた俺は、閉じていた目をゆっくりと開いた。そして、スマートフォンを持っていない右手で、口元を押さえた。

「ほんのついさっきまで、俺は、店んなかでそんな話をずっと聞かされてたんだぜ」

「…………」

「なあ、佑」

「はい……」

「お前、いろいろと軽く考えすぎてんじゃねえか？　噂ってのはよ、こうやって尾ひれがついて、お前の周りの連中まで不幸の連鎖に巻き込んでいくんだよ」

「…………」

「たぶん——、いま店のなかにいる連中はよ、席を外した俺のことをああだこうだ悪く言ってるんだろうな」

「すみません……」

口元を押さえた指の隙間から、なんとか声を絞り出した。

大樹さんは、またため息をつくと、少しのあいだ言葉を発しなかった。その沈黙の重さに耐え切れなくて、俺はぽつりと情けない言葉をこぼしてしまった。

「帰れないあいだ、ぼくは、どうすれば……」

「お前、逃げることしか考えてねえのか？」

「でも……」

「また、居場所を作れないまま逃げんのかよ？」

居場所、という単語が、俺の胸には重たく響いた。

「なあ、それでいいのか？」

「…………」

「佑が、この島からさっさと逃げて、会社からも逃げて、どこかに転職したとしてもよ、どうせいまのお前みてえな情けねえ奴には、新しい居場所なんて見つかんねえぞ」

大樹さんの言葉には、こちらの胸をえぐるような重さと強さがあった。でも、なぜだろう、社長に叱られているときとは、まったく違う感覚を味わっていた。叱られながらも、背中をぽんと叩かれているような、そんな感じがしたのだ。

「それによ――、いま、お前が逃げちまったら、残された翔はどうすんだよ？」

「え……」

残された翔くん？　俺は、大樹さんの言葉の意味が、いまいちよく理解できなかった。

「翔くんは、ただ、ぼくに騙されただけの被害者ですし――」

「騙したのかよ、翔のことも」

「え――」

大樹さんは、また、少しのあいだ沈黙した。今度の沈黙には、あからさまに「怖さ」が潜んでいた。

いいえ、騙そうとしたわけじゃないんですけど――、
俺がそんな言い訳を口にしようとしたとき、思いがけず大樹さんが淋しそうな声を出したのだった。

「さっきな、翔がひとりで『一徹』に来たぞ」

「えっ――」

俺は菜々ちゃんの顔を思い出した。翔くんがひとりで出かけた先は「一徹」だったのだ。そこは、いまの翔くんがいちばん行ってはいけない場所なのに。

「翔くん、どうして……」

「お前のためだ」

「…………」

俺のために、翔くんが？

「あいつ、お前の悪い噂でいきり立ってる連中の前に立ってよ、目に涙をためながら必死に言ってたよ」

「…………」

「佑さんのことを信じて下さい。あの人は絶対にいい人です。この島の救世主なんです

——だってよ。テーブルを順番にまわって、お願いします、信じて下さいって、情けねえくらいにぺこぺこ頭を下げまくってよ」

そ、そんな……。

「店にいた連中は、当然、翔のことを白い目で見てたよ。鼻で嗤ってる奴もいた。菜々との問題を抱えたあいつが、いくら必死に説得したって、誰も聞いちゃくれねえのにな」

「…………」

「ほんと、馬鹿な奴だと思うだろ？」

俺は、胸が震えて、完全に言葉を失っていた。

「あいつは馬鹿だけどよ——、でも、逃げなかったよ。いや、逃げないだけじゃねえ。『一徹』で思いの丈をぶちかましたら、今度はその足で『もじゃもじゃ』にまで行ったらしいぜ」

西軍の翔くんが、東軍の「もじゃもじゃ」に行った？

俺の、ために——。

「あの馬鹿、たったひとりで東軍の基地に乗り込んで行ったんだぞ」

「…………」

「それってよ、お前のことを、本気で助けようとしてるってことじゃねえのか？」

大樹さんがそこまで言ったとき、俺の頬を伝ったしずくが、あぐらをかいた脛の上に、ひた、と落ちた。

あの温厚な翔くんが、俺なんかのために――。

さらに一滴、二滴、としずくが顎の先からしたたり落ちた。

俺は声を殺して泣いていた。

「店にいた客のひとりがよ、翔を軽蔑したみてえにニヤニヤ嗤いながら訊いたんだよ。あの詐欺師のどこが救世主なんだって。もし、それが本当なら、その根拠を言ってみろって」

「………」

「でもな、どういうわけか、翔のやつ、頑なに『根拠はあるけど言えません』って首を振り続けてよ。それで余計に反感買っちまってな」

俺には分かっていた。翔くんは、俺との「約束」を守ってくれたのだ。椿姫が俺のことを救世主だと言ったことは、誰にも言わないという、あの「約束」だ。

「ほんと大馬鹿だよな、あいつ」

大樹さんの声には、翔くんにたいする親愛があふれていた。

俺はむせび泣いていた。必死に声を殺していたけれど、大樹さんにはバレていた。

「こら、泣くなよ」

「はい……、すみません」

俺は、かすれた声で返事をした。

「いま、本当に泣きたいのはよ」と言ったあと、大樹さんが洟をすすった。「たったひとりで馬鹿を見てる――翔だろうが」

大樹さんの語尾が尻すぼみになり、潤み声になっていた。

そのことに気づいたとき、俺の内側のダムは、音を立てて決壊した。

「す、すみません……。ほんと、すみません」

大樹さんに謝っているのか、翔くんに謝っているのか、それすら分からないままに、俺は震える唇を動かしていた。

「なあ、佑」

「はい……」

「お前、どうすんだ？」

「…………」

潤み切った心の内側で考えた。

俺は何をすべきなんだろう？

俺に何ができるのだろう？

「翔を裏切って、さっさと本土に逃げ帰るのかよ？」

「…………」

「俺からは、それだけだ」

「はい……」

「じゃあな」

かすれた声でそう言って、大樹さんは通話を切った。

俺はスマートフォンを布団の上に置いた。そして、両手のひらで顔を覆うようにして涙をぬぐった。

この島のために、翔くんのために、俺は何ができる？

島の活性化という、そもそも会社で受注した仕事か？　でも、それは、やっぱり無理だ。俺ひとりで成し遂げられるような規模の事業ではない。個人でやれることなど、端から知れているのだ。

でも、もしも、俺が、ひとりじゃなかったら――。

なんとなく、そう思ったとき、俺の脳裏に、いくつかの顔が思い浮かんだ。

地球防衛軍――。

即席の寄せ集めだけど、いま俺は、ひとりじゃないかも知れない。

そう思った瞬間、俺の心のまんなかに、ふしぎと温かみのある「軸」がすっと通った気がした。

この島のために、翔くんのために、最低でも地球防衛軍の作戦だけはやり抜こう。島から逃げ出すのは、それからで構わない。いや、それまでは、帰れない。

「やってやる。みんなと一緒に……」

暗い部屋のまんなかで、ぼそっとつぶやいた。

それは小さなかすれ声だったけれど、でも、俺が人生ではじめて口にした「揺るぎない軸」の通った言葉にも思えた。

よし――。

俺はスマートフォンをふたたび手にして、ひとつ深呼吸をした。そして、布団の上に横たわった。疲弊した身体を一日も早く回復させたいからだ。

寝転がったまま、地球防衛軍のメンバーに宛てた長文のメッセージを作成した。その内容は、俺のこれまでの経緯と現状を包み隠さず吐露した告白文であり、心からの謝罪文でもあった。しつこいくらいに謝ったあとの結びの一文には手こずった。幾度か書いては消しを繰り返していたけれど、でも、最終的には、まっすぐな言葉がいちばんしっくりきた。

『こんな情けないぼくですが、地球防衛軍の作戦は、生まれてはじめて本気で成し遂げたいと思えた「仕事」です。ぜひとも成功させて、この島をひっくり返して、皆さんと笑顔で祝杯を挙げたいです。どうか最後まで宜しくお願い致します』

書きあがったメッセージを、あらためて読み返した。

そして、祈りを込めて画面をタップ。地球防衛軍のメンバー全員が読めるグループ宛てに送信した。

しばらくすると、るいるいさんからグループ宛てのレスが来た。

『佑が悪い人じゃないってことは分かってるよ。作戦はわたしが進めておくから、いまはたくさん食べて、たくさん寝て、早く風邪を治してね♪』

俺は、隣の部屋とこの部屋を隔てている壁を見詰めた。

るいるいさん、ありがとうございます――。

胸裏でつぶやいた俺は、あらためてるいるいさん個人に宛てたレスを書いた。

『じつは、ひとつ、わがままを聞いて欲しいんです。これからるいるいさんが作戦を仕上げていく際、最終的には、ぼくが救世主（勇者）になれるようなシナリオにして頂けないでしょうか？』

というのも、それが実現すれば、翔くんが「一徹」や「もじゃもじゃ」で触れ回った言葉が嘘でなくなるからだ。

るいるいさんからのレスは、すぐに来た。

『オッケー。じゃあ、そうするね。いま、面白い作戦を思いついたから、任せておいてっ♪』

よかった。胸を撫で下ろした俺は、るいるいさんに『ありがとう』のスタンプを返信した。

数分後——、菩薩の理香子さんと、可憐な花蓮ちゃん、そして菜々ちゃんから、それぞれ俺への励ましが含まれたポジティブなレスが、グループ宛てに届いた。

それからさらに十五分ほど経った頃、まさかのおトメさんからもレスが来た。

『佑さんは、とってもいい人ですよ』

短文のレスだったけれど、思わずグッときてしまった。

翔くんからのレスが届いたのは、さらに三〇分後のことだった。それは、俺だけに宛てられたメッセージだった。

『佑さん、すべてを語ってくれて、ありがとうございます。本当の佑さんは、心のなかに作ったドアの内側にいたんですね。でも、いま、佑さんがそのドアを開けてくれた気がして、僕としてはすごく嬉しいです。作戦、必ず成功させましょう！』

このメッセージを読み終えたとき、俺は洟をすすっていた。翔くんは、自分が「一徹」や「もじゃもじゃ」に行って、俺のことを助けようとしたことなど、ひとことも書いてはこなかった。あの夜、港でるいるいさんが言っていた台詞を思い出した。

翔くんは本当に、「心までイケメン」なイケメンだ。

よし。まずは地球防衛軍の作戦を成功させる。そして、祝杯を挙げながら翔くんにお礼を言う。必ず。

そう決めた俺は、あらためて一言半句を丁寧に味わいながら、翔くんからのレスを、三度、繰り返して読んだ。

翔くんはいま、どこにいるのだろう？　もう、大樹さんのところに戻ったのか、あるいは実家だろうか。

俺にとっての「イケメン勇者」に想いを馳せていたら、またスマートフォンにグループ宛てのメッセージが届いた。

『なんか面白そうじゃん。やっぱ俺も協力します』

この一文を読んだ瞬間、俺は天井に向かって「来たぁ……」と声に出していた。地球防衛軍への誘いを「うーん、とりあえず保留」としていた星矢さんからのレスだったのだ。

このメッセージを読んだ翔くんは、きっと驚いているだろう。どうして、あの面倒臭がりの星矢さんが、メンバーに加わる気になったのか、その理由を知りたがっているに違いない。

とにかく、これで役者はそろった。

あとは、るいるいさん、最高の作戦を頼みます――。

俺は枕元に携帯を置いて大の字になった。

身体が熱くて、節々が痛む。頭も痛いし、ハアハアと息も上がっている。それでも俺は、暗い天井を見詰めながら笑みを浮かべていた。

「ひとりだけど、独りじゃない……」

俺は、あえて声に出してみた。

すると天井が揺れはじめ、瞬きと同時に目尻からツーッとしずくがこぼれて耳を濡らした。

第六章　金色の天女

薄曇りの午前十時すぎ――。

部屋のチャイムが立て続けに三回鳴らされた。

俺が返事をしようとすると、今度はドアが乱暴に叩かれた。

「おいっ、佑、いるか？　俺だ。大樹だ」

すでに外出着に着替えて待機していた俺は、「はーい」と返事をしながら、スマートフォンでるいるいさんにメッセージを送った。

『大樹さん到着！』

そして、部屋のなかから、ふたたびドアの外へと声をかけた。

「すみません、いま開けます」

俺は少し気だるそうな声を出した。

キッチンを抜けて玄関のドアを開ける。そこには、予定どおり、全身から緊迫感を発散させた大樹さんが立っていた。

「おはようございます」

恐るおそるといった感じで、俺は軽く頭を下げた。

大樹さんは俺の挨拶などにはかまわずしゃべり出した。

「おい、ちょっと、面倒なことになった」

「何か、あったんですか？」

俺は、とぼけて訊いた。

「じつはな、昨日から、翔と菜々が消えちまったんだ」

「消えたって……」

「マジで消えたんだよ。だから、お前に話があって来た」

「ぼくに？」

「ああ、そうだ」

大樹さんは、着ていた半袖シャツの胸ポケットからスマートフォンを取り出すと、太い指を器用に動かして操作をしはじめた。そして、俺の顔の前に、その画面を突き出して見せた。

「これ、お前だよな？」

「え……」

画面に表示されているのは、ウェブ上の、いわゆる電子掲示板というやつだった。匿名の誰かが立てたスレッドに、いろんな人たちが好き勝手に書き込んでいくページだ。

そして、その書き込みの途中に、一枚の人物写真が載せられていた。

「ほら、この写真だ。よく見てみろ。お前だよな？」

大樹さんが念を押した。

「うーん、モノクロで、かなり画像が粗いですし……。っていうか、何なんですか、これ？」

俺が訊き返すと、大樹さんは眉間にシワを寄せて俺をじっと見据えた。そして、スマートフォンを俺の手に押し付けた。

「自分で読んでみろ」

「はい……」

俺は、スマートフォンを受け取り、その掲示板の内容に目を通すフリをした。そこに書かれているのは、ざっくり言うと、こんな内容の噂話だった。

「ミスターT」と呼ばれる凄腕の霊能力者（超能力者とも）が、都内のどこかに実在しているらしい。「ミスターT」は、ふだんは無能なサラリーマンのふりをして働いているが、退社後の夜から「本業」をはじめる。彼はその特殊な能力を生かして裏社会や政財界の大物たちの相談にのるのだ。予知や透視はもちろん、魔法のような超能力も使うとされ、その相談料は目が飛び出るような値段らしい。しかし、その金額を払ってでも相談する価値があるとされている。そんな「ミスターT」とアポを取るには、それ相応の人脈が必要なうえに、会ったり電話をしたりする際には暗号が必要だったりもする——。

掲示板には、ざっとそんなことが書かれていた。いわゆる「都市伝説」というやつだ。

「読んだか？」

「はい、読みましたけど」

俺は、胡散臭いものでも見るような顔で、スマートフォンを大樹さんに返した。

「この『ミスターT』ってやつの正体が、最近、徐々にバレつつあって、証拠も出揃ってきているらしいじゃねえか」

「そう書かれてますね……」

とぼけた感じで答えると、大樹さんは、あらためてまじまじと俺の顔を見はじめた。

俺はたじろいで、半歩後ろに下がって見せた。

「この写真はよ、『ミスターT』に相談した客のひとりが、こっそり隠し撮りをして、それが流出したんだってよ」

「…………」

「おい佑」

「はい」

「とぼけてんじゃねえのか?」

「え――」

「どう見ても、この写真は、お前じゃねえか」

「そ、そんなことを言われても」

「お前だろうが。よく見ろ」

大樹さんが、また俺の顔の前にスマートフォンを突き出した。

「たしかに、ちょっと似てる気もするんで、もしかするとぼくの写真かも知れませんけど――、でも、だからと言って、この『ミスターT』っていう人の正体がぼくかと訊かれたら、それはどう考えても違います。あり得ないです。それは単なる都市伝説だと思います」

そこは、あえてきっぱりと言い切った。

たしかに似ているけれど、自分は『ミスターT』ではない――、ひたすらそう言い張り続けること。それが、地球防衛軍の隊長である、るいるいさんに指示された俺の仕事なのだった。

「佑、お前――」

大樹さんが何かを言おうとしたとき、
ピン・ポン・パン・ポーン♪

ふいに遠くの空でチャイムが鳴り響き、役場からの島内放送が流れはじめた。

俺と大樹さんは、玄関先に突っ立ったまま、一瞬、顔を見合わせた。そして、おんぼろスピーカーから流れ出す、ひび割れた声に耳を傾けた。

「こちらは小鬼ヶ島村役場です。本日は緊急連絡となります。昨夜から、西森翔さんと吉田菜々さんの行方が分からなくなっております。見かけた方は、役場もしくは駐在所の方に、至急ご連絡下さい。繰り返します。昨夜から、西森翔さんと――」

島内放送がリピートされはじめた。

「聞いただろ？」

太い声でそう言った大樹さんが、グローブみたいな両手で俺の肩をがっしりとつかんだ。

「はい……」

「あの二人は、いま、どこにいる?」

「え? ですから、ぼくに訊かれても」

「佑――」

大樹さんは、俺の目をじっと覗き込んできた。

「いなくなったと言っても、まだ一晩ですよね? 誰か友達の家に遊びに行ってるとか」

「その可能性はゼロだ。もうすでに役場と駐在が手分けして島内の全戸に確認した」

「ってことは……」

「それが分かんねえから、お前に訊いてんだろう」

グローブのような手が、俺の両肩からするりと落ちた。

「なんで、ぼくに――」

俺は心底、困った顔をしてみせた。

「お前、翔が心配じゃねえのか?」

「心配ですよ、すごく」

「だったらよ――」

「とにかく」俺は、大樹さんの声にかぶせた。「ここで押し問答をしてても仕方ないですから、二人を探しましょう。ぼくも協力しますんで。この島はせまいですし、きっと見つかります」

るいるいさんが作った台本どおりの台詞を言って、俺は靴を履いた。すでにショートパンツのポケットには、スマートフォンも部屋の鍵も入っている。大樹さんと出かける準備は、とっくに完了していたのだ。

と、そのとき、満を持して隣の部屋のドアが開き、ひょっこりるいるいさんが顔を出した。

「わー、なんか声が聞こえると思ったら、やっぱり佑がいた」

「あ、おはようございます」

るいるいさんは、いつもと変わらぬ陽気な笑顔を咲かせて大樹さんを見た。

「そっちの人は、えっと、ガソリンスタンドの――、うふふ、誰だっけ？」

「大樹さんです」

俺が紹介すると、るいるいさんは「あ、そうだ、大樹さんだった。いま思い出した」と笑って、ペロリと舌を出してみせた。

「お、おう……」

いきなりのるいるいさんの登場に、さすがの大樹さんもたじたじだ。

「ねえ、二人して、なにしてるの？」

「いま、役場の放送があったんですけど――」

と、俺が言うと、るいるいさんが即座に頷いた。

「うん、わたしも聞いたよ。なんか、たいへんなことになってるみたいだね」

「そうなんです。だから、いまから大樹さんと一緒に、翔くんと菜々ちゃんを探しに行こうかなって思ってたところです」

「えっ、じゃあ、わたしも一緒に行く！」

「あ、いや、あんたは……」

と、やや引き気味の大樹さんに、俺は畳み掛けた。

「探す人は、一人でも多い方がいいはずです。るいるいさんの声はよく通るので、呼びかけるときに役立つと思いますし」

俺のことを「ミスターT」だと信じ込んでいる大樹さんは、すぐに「なるほど。まあ、そうかも知れねえ」と納得してくれた。

それから俺たち三人は、大樹さんの車に乗り込んだ。五人乗りの白いセダンだ。大樹さんが運転席で、俺は助手席。るいるいさんは後部座席の真ん中に乗って、前列のシートとシートの間から顔を出している。

「ねえ、最初はどこに行くの？」

るいるいさんの声が、せまい車内でキーンと響く。

大樹さんが、その声に顔をしかめながら答えた。

「とりあえず、村長のところに行く」

「オッケー、レッツゴー」

るいるいさんの勢いに押されるように、大樹さんはアクセルを踏んで車を発進させた。

のんびりとした島の風景が、車窓をゆっくりと流れていく。薄いグレーの空のもと、生ぬるい南風に草木が揺れていた。シートに深く背中をあずけた俺は、大樹さんに悟られないよう、そっと深呼吸をした。この島をひっくり返すような大仕掛けは、すでにはじまっているのだ。もう、後戻りはできない。

ちらりと大樹さんの横顔を見た。

いつもは豪放磊落《ごうほうらいらく》な大樹さんが、思いつめたような顔でステアリングを握っていた。よほど翔くんと菜々ちゃんのことが心配なのだろう。

大樹さん、騙してすみません――。

俺は、胸のなかでそっとつぶやいた。

翔くんが俺を助けるために「一徹」と「もじゃもじゃ」に乗り込んでくれたあの夜から、あっという間に三日が経っていた。

この三日間は、とても濃密だった。俺は風邪を治すべく身体を休めながらも、作戦に関するやりとりや、脳内でのリハーサル（いわゆるイメージトレーニング）に時間を費やしてきた。誰かの小さなミスが、作戦すべてを台無しにしてしまう可能性があるからだ。最終的に救世主（勇者）となる予定の、いわば主役である俺がミスを犯すわけにはいかない。

大胆にして緻密な（ゲームのような）作戦を考えてくれたるいるいさんは、隊員全員に「作戦のシナリオ」と題されたデータを送信し、さらに、それぞれ個別に具体的な「指示書」を送るという手の込みようだった。

るいるいさんのアイデアを読みやすい書類という形に落とし込んでくれたのは星矢さんだ。そして、この星矢さんの働きには、目を見張るものがあった。

ありもしなかったネット上のサイトをいくつか立ち上げたり、立ち上げたそのサイトを怪しげな「会員制」に見せかけたり、俺の写真を加工して、あたかも盗撮された一枚のように仕上げたり——と、まあ、とにかく、思いつく限り、ありとあらゆる手を尽くして、いかにも俺が「ミスターT」であるかのような情報をネット上にでっち上げ、それを島民たちに拡散したのだった。

ただでさえ噂の伝達が早いこの島で、島民たちのスマートフォンに「ミスターT」の情報が拡散されたのだから、もはや、それは噂どころではなくなる。

佑は「ミスターT」だった——。

そんなあり得ない妄想が、確信となりつつあったのだ。

もちろん、島民のなかには、俺と「ミスターT」に関する情報を訝しんで、自ら検索した人もいるだろう。しかし、そもそも存在自体が隠されていて、容易にその情報を得られない、というのが「ミスターT」の人物設定なのだ。どんなに検索しても星矢さんが作ったいくつかの偽サイト以外は見つかるはずがないし、見つからないという現実こそが、逆に「ミスターT」に関する噂の信憑性を高めてくれるのだった。

俺の体調は、この三日間でずいぶんと回復していた。

もう熱もないし、頭痛もすっかり治っているし、食欲だって充分すぎるほどにある。まだ少し身体にだるさはあるけれど、関節が痛くなるほどの高熱を出したのだから、多少のダメージが残るのは想定内だ。

「ねえ佑、二人はどこにいると思う？」

運転席と助手席の間から顔を出したるいるいさんが言った。

「ぼくには分かりませんけど。でも、とにかく早く見つけて安心したいです」

「うん、そうだよね」

るいるいさんは作戦が順調に進んでいるせいか、とても満足げに答えた。

俺たち地球防衛軍の作戦は、じつは、昨日の夕方から実行に移されていた。

翔くんと菜々ちゃんが、こっそり家を抜け出して、理香子さんが働いている「民宿ほらがい」の一室に潜伏するところからはじまっていたのだ。

そして、二人が隠れたあとに、星矢さんが「ミスターT」にまつわる偽の情報を流して島民たちを動揺させた。しかも、今朝になって星矢さんは、大樹さんにこんな個別のメッセージを送ったのだ。

『余計なお世話かも知れないけど、こんなサイトを見つけたので大樹さんには知らせておきます。掲示板に出ている写真の男って、このあいだ翔くんがうちに連れてきた佑って人ですよね？　俺は超常現象なんてあまり信じたくない方ですけど、この人がもしも本物の超能力者なら、二人を探せるかも？　あるいは、二人の失踪と何か関係してるとか？』

もちろん、この星矢さんからのメッセージには、俺の正体が「ミスターT」だと疑いたくなるような「証拠っぽい偽情報」の数々が添付されていた。これを読んだ大樹さんは、俺の携帯に電話をする。でも、俺は出ない。というわけで、大樹さんは、血相を変えて俺の部屋へとやってきて、ドアを叩いたのだ。

そして、それを待ち受けていた俺は、大樹さんと一緒に翔くんと菜々ちゃんを探しに出かけることにして、そこにるいるいさんも加わる、という手はずになっていた。

つまり、ここまでの作戦は完璧だった。

もっと言うと、いまこの瞬間も、るいるいさんの作戦は「よしだや」の前のベンチで同時進行しているはずだった。

その仕事を担当するのは、もちろんおトメさんだ。

昨日の夕方、翔くんと菜々ちゃんが取り憑かれたみたいな顔をして、あっち（海の方）に歩いていくのを、このベンチから見たのよ――。

おトメさんには、そんなデマを言いふらしてもらっているのだ。おトメさんの信用度は、この島のなかでは抜群だから、誰もがその言葉をあっさり信じてしまうはずだった。

そして、そのデマは、当然のことながら「よしだや」の照子さんにも伝わる。照子さんは、島の情報交差点のどまんなかにいるスピーカーだし、菜々ちゃんを本気で心配しているはずだ。間違いなくデマは一気に拡散していくだろう。

「もう、着くぞ」

大樹さんの声がして、俺は我に返った。車は左に曲がり、村長の家の敷地へと入っていく。停車したのは玄関のすぐ前だった。大樹さんはサイドブレーキを引いた。

「運転おつかれさまぁ！」

るいるいさんが甲高い声を出し、俺たちは車から降りた——、と同時に、建物の玄関の引き戸が開いて、なかから村長が出てきた。

俺と目が合うと、村長は分かりやすいくらいに眉をひそめた。無理もない。村長はまだ、俺のことを悪徳業者から派遣された無能な使いっ走りか、怪しげな「ミスターT」だと思っているのだから。

「佑を連れて来ました」

大樹さんが言うのとほぼ同時に、俺は「おはようございます」と頭を下げていた。るいるいさんは、いつものように「ヤッホー」と頰の横でピースサインを作っている。

村長は、無言のまま俺をじっと見ていた。そして、静かな、低い声で言った。

「あんた、うちの息子がどこにいるか知ってるのか？」

「佑」ではなく「あんた」と呼ばれた俺は、思わず、ごくり、と唾を飲み込んでしまった。

「すみません」俺は心のなかでも謝りながら続けた。「正直、ぼくには分かりません。でも、一緒に探させて下さい」

「村長」

隣で大樹さんの太い声がして、俺の肩にグローブみたいな手が置かれた。村長は、眉間にシワを寄せたまま、黙って俺の顔を見ていた。

生ぬるい南風が吹いて、庭に植えられたヤシの木の葉がバサバサと音を立てた。

薄曇りの空に、ふたたび役場からの島内放送が響き渡る。

そのとき、大樹さんのスマートフォンが鳴った。電話だ。大樹さんは「次郎《じろう》からです。出ます」と村長に言って、通話をはじめた。

「おう、もしもし、どうした？」

抑え気味の声でしゃべり出した大樹さんは、次郎と呼ばれた人の言葉を聞きながら、みるみる表情を変えていった。そして、「本当か？　分かった。俺もすぐに行く」と言って通話を切った。

「村長、昨日の夕方、おトメさんが二人を見たそうです」

大樹さんが言った。

「おトメさんが？」

「はい。二人は何かに取り憑かれたような顔をして、海の方に歩いていったそうで——」

「取り憑かれたって、なんだ、いったい……」村長は訝しげな顔をして、ちらりと俺を見遣ると、「海ってのは、港側の海か？」と大樹さんに向かって小首を傾げた。

「そうらしいです。とにかく、俺の車で行きましょう」

言いながら、大樹さんは自分の車に乗り込んだ。黙って頷いた村長も助手席に乗った。

「お前らも乗れ」

大樹さんに促された俺とるいるいさんは、言われるまま、後部座席に乗り込んだ。

すぐに白いセダンが走り出した。

少しして、俺とるいるいさんは、ちらりと顔を見合わせた。その瞬間、るいるいさんはぺろりと舌を出して、ウインクまでしてみせた。いつもなら、その蠱惑的な美しさにくらくらするところだけれど、いまの俺は、ただ小さく頷き返すだけだった。

どうやらおトメさんも上手くやってくれているらしい。

俺たちの作戦は、順調に進んでいた。


この島の周囲は、ほとんどが海へと落ち込む崖だ。

わずかにある玉砂利の海水浴場をのぞけば、海に近づける場所は、フェリーが着く港だけだった。

大樹さんの運転する車は、おトメさんのいる「よしだや」の前を通り抜けた。俺とるいるいさんは、ベンチに座るおトメさんの様子を車窓越しに確認した。おトメさんはいつもと変わらぬ佇まいで、ちょこんと可愛らしくベンチに座っていた。

車は海へ向かって坂道を下っていき、外周道路に出ると左に折れた。そして、大樹さんは速度を上げた。海沿いの坂道を上り、俺が来島した日に、幸運にもクジラを見つけた高台を通りすぎた。陸酔いしていたあの日が、ずいぶんと昔のことのように感じられて、俺はため息をこぼした。

少しすると、遠くに港が見えてきた。漁船が係留された岸壁の近くには、すでに十数台の車が停車していた。集まっている島民は二〇人ほどだが、やはり彼らは大きく二つのまとまりを作っていた。ここでも西と東に分かれているのだろう。

俺たちを乗せた車が港へと入っていくと、その音に気づいた島民たちが一斉にこちらを振り向いた。

大樹さんは、他の車と並べるように車を停めた。

俺たちは、それぞれ車から降りた。先に村長と大樹さんが集団に向かって歩いていく。その後ろを、るいるいさんがモンローウォークで付いていき、さらにその斜め後ろを俺が歩いた。

こちらを見ている島民たちは、全員そろって、なんとも言えない複雑な顔をしていた。謹慎しているはずの絶世の美女と、悪徳業者の使いっ走りにして、じつは、凄腕の霊能者かも知れない俺（＝ミスターT）が、村長と同じ車から出てきたのだから、複雑な顔になるのも頷ける。

西軍の集団が、村長と大樹さんと合流した。少し離れていた東軍の人たちも、付かず離れずといった距離にまで近づいてきた。そして、東西にかかわらず、全員が俺のことを嫌悪感たっぷりの目で見た。あからさまに睨んでくる男もいる。

「は〜い♪」

島民たちに向けてるいるいさんがウインクしたときは、少しだけ彼らの表情も緩んだけれど、でも、二秒後にはもとの嫌悪の顔へと戻ってしまった。

集団のなかには、翔くんと一緒に仕事を手伝わせてもらった人もいれば、「一徹」や「もじゃもじゃ」で楽しく飲んだ人の顔もあった。もちろん「よしだや」の照子さんの姿もある。すでに顔見知りになっていた彼らがいま、悪意たっぷりの目で俺を見ている。

俺は、ぞくり、として背中に鳥肌が立った。

もしも、いま、村長と大樹さんと一緒でなければ、集団リンチにでも遭っているのではないか――、そんな気がするほど空気が険悪なのだ。

「おーい、るいるいちゃん、自宅にいなきゃ駄目じゃん！」

東の集団のなかから聞き覚えのある声が上がった。

ド派手な赤いアロハシャツ、曇り空なのにサングラス、そして、もじゃもじゃの焼きそばみたいなロングヘアー。

「きゃあ、もじゃさーん、アロハ〜♪」

るいるいさんが嬉しそうに手を振ったけれど、さすがに今日ばかりは、この二人をもってしても重たい空気を払拭するには至らなかった。

海べりには、強い南風が吹いていた。焼きそばヘアーが顔にかかって邪魔なのか、もじゃさんだけは片手で髪の毛を押さえながら、るいるいさんを見てニコニコしている。

西軍はすでに村長と大樹さんを囲むようにして、あれこれ情報を交換しはじめていた。

東軍は、さらに西軍に近づいて、聞き耳を立てている。どちらにも属せない俺とるいるいさんは、二つの集団の外から、彼らの様子を眺めていた。

やがて東軍と西軍の集団は、そのまま時間とともに近づいていき、結局は交じり合った。両者ともに、お互いの持つ情報が必要だと感じているのだろう。当事者の肉親である村長と照子さんも、集団の中心で向かい合ってしゃべっていた。

しかし、当然ながら、両者の情報を合わせてみても、消えた二人を見つける手立ては浮かばない様子だった。

そんな息苦しいような時間が十五分ほど続いたとき、そろそろ頃合いだと思ったのだろう、突然、るいるいさんが集団に向かってキンキン声を上げた。

「あーっ、わたし、分かったかもぉ！」

耳をつんざくようなその声に、島の人たちはぎょっとした顔でるいるいさんを見た。

「あのね、島のどこを探しても二人がいないってことは、船に乗ってどこかに行ったんじゃない？」

ところが、るいるいさんの推測に、島民たちの半分は失笑を漏らした。そして、彼女の追っかけ（と出待ち）をしていた東軍の男が、集団を代表するように言った。

「るいるいちゃん、ほら、港の外の海を見てごらんよ。いまは台風が近づいてきてるからさ、一昨日あたりからフェリーですら接岸できないくらいの高波なんだよ。これじゃ、いくらなんでも漁船は出せないわけ」

「ええー、そっかぁ。残念。なんかね、前に港に来たときより、船の数がちょっと少ないかなって思ったの」

そう言って、るいるいさんは、ずらりと並んだ漁船の方を見た。その視線に釣られて、島民たちもなんとなく同じ方を見遣った。

と、そのとき――、

「ん？　ちょっと待て……」

漁師の網元でもある村長が声を上げた。

「共用の小舟がないぞ。誰か、知らないか？」

「ほんとだ、どこへいったんだ？」

「昨日までは、あったはずだぞ」

島民たちが、ざわつきはじめた。

るいるいさんが、ちらりと俺を見た。俺は、頷きたいのを我慢して、ゆっくりとした瞬きで応えてみせた。

村長の言う小舟とは、漁船と漁船のあいだ、あるいは漁船と岸壁のあいだを往復する際に、「港内でのみ」使われる手漕ぎボートのことだった。そして――、じつは、その小舟、俺も会ったことのある若手の漁師に翔くんが頼み込んで、昨夜のうちに彼の家の倉庫に隠してもらっているのだ。つまり、その若い漁師もまた、俺たちの作戦に賛同して手を貸してくれたのである。

「あんな小舟で外海に出たら、ひとたまりもないぞ」

「とりあえず、海上保安庁に連絡するか」

「待てよ。まだ小舟で島を出たとは決まってねえぞ」

「もっともだ。翔は馬鹿じゃねえ。そんな無茶はしねえだろ」

「でも、ほら、結ばれない二人が、無理心中とかって……」

東西に関係なく好き勝手しゃべり出した島民たちを、大樹さんが一喝した。

「おいっ、少しは落ち着け。無理心中とか、そんな馬鹿なこと、間違っても口にするんじゃねえ」

大樹さんの声の圧力で、島民たちはピタリと口を閉じた。

俺は村長と照子さんを見た。二人とも、思い詰めたような顔をしていた。

よし、そろそろ、俺の出番だ――。

「あの、大樹さん……」

恐るおそるといった声で、俺は大樹さんを呼んだ。

「なんだ」

たくさんの冷たい視線が俺を刺す。

「ぼくを、小鬼ヶ島神社に連れて行って欲しいんですけど」

「はあ？　てめえ、なに言ってんだ、こんなときに！」

声を荒らげたのは、見覚えのある年増の漁師だった。頭にタオルを巻いたその漁師は、いまにも俺に飛びかかってきそうな勢いだった。

「まあ、待ってよ、トクさん」

大樹さんがその漁師をなだめて、まっすぐに俺を見た。

「佑、どういうことだ？」

「えっと」俺は右手の人差し指をこめかみに当てて、目を閉じた。そして、ひとつ深呼吸をすると、そのままの格好でしゃべり出した。「なんか、ふしぎなっていうか、別世界っていうか――、異次元に閉じ込められたみたいな」

「異次元だぁ？　てめえ、詐欺師のくせに」

「トクさん、ちょっと落ち着いてくれ」大樹さんは、ふたたびトクさんという漁師を制した。「佑、いいから続けろ」

「はい。えっと、ぼくは、皆さんが想像しているような霊能者じゃないんですけど、でも、ときどき勘が働くっていうか……」

相変わらず俺は、右手の人差し指をこめかみに当て、目を閉じたままの格好でしゃべっている。

「分かったから、続けろって」

大樹さんが、少しイライラしながら言った。

「はい。ようするにですね、いま、椿姫に呼ばれてるような――、なんか、そんな感じがしてまして」

俺は、目を開いて、顔を上げた。

「………」

大樹さんも、トクさんという漁師も、その他のみんなも、半信半疑といった顔で俺を見ていた。

「あ、あの……、なんか、ぼく、ワケが分かんないことを言ってますよね？　すみません。えへへ」俺は、取り繕うように笑って見せた。「やっぱり大丈夫です。ぼく、神社の場所は分かってますんで、一人で行ってみます」

「歩いていくのかよ？　三〇分はかかるぞ」

眉間にシワを寄せた大樹さんが太い腕を組んだ。

「はい。のんびり行きます」

俺は、ぽりぽりと頭を掻いた。

ごう、と海から強い南風が吹きつけてくる。

すると、焼きそばみたいな髪を押さえながら、もじゃさんが口を開いた。

「うっし、じゃあ、俺の車で行くか」

「もじゃさん……」

俺が東軍の方を見た刹那――、

「きゃーーっ！」

と、耳をつんざくようなキンキン声が、港の空気を震わせた。東軍、西軍、どちらの集団も、ポカンとした顔でるいるいさんを見ていた。

「わたし、分かったかもぉ！」両手を自分の胸に押し当てて、るいるいさんがしゃべり出した。「ふしぎな別世界とか、異次元に閉じ込められてるとかって、小鬼隠しじゃん！」

その瞬間、すうっと港の風がやんだ。

人々は、凍りついたように固まっていた。

ざぶざぶと防波堤で砕ける波の音が、遠くから響いてくる。

「小鬼隠し？　なんですか、それ？」

静寂のなか、俺はるいるいさんに訊いた。

「あのね、わたしも『もじゃもじゃ』でお客さんから聞いた話なんだけどね――」

るいるいさんが俺に説明をしはじめると、ようやく島民たちは我に返ったようにしゃべりはじめた。

あれは単なる伝説だろ？

いや、史実として役場の文献にも残ってるぞ。

そういえば、何年か前に椿姫が「小鬼隠しに気をつけろ」って言ってたよな？

ああ、たしかに言ってた。

じつは、俺の曾祖父《ひいじい》さんの親戚の叔父さんが小鬼隠しに遭ってるんだ。

やっぱり、実際にあるのか？

本当にあるって死んだ親父も言ってた――。

島民たちがやいのやいのと好き勝手に騒いでいるなか、村長と照子さんは、呼吸を忘れたように目を見開いていた。

「よっしゃ。佑、るいるいちゃん。神社に行こうぜ」

もじゃさんが言った。

「おい、俺も行くぞ」

大樹さんが張りのある声を出すと、他の島民たちまでもが、俺も、私も、と続くのだった。


朽ちかけた鳥居をくぐり、幅の狭い階段をえっちらおっちらと上っていく。俺の背後には、さっきまで港に集まっていた島民たちが、長い列を作っていた。

「前に来たときは、この階段に提灯の飾りつけはなかったと思うんですけど」

俺のすぐ前（列の先頭）を歩く大樹さんの背中に話しかけた。

「はあ、はあ……、明日は、はあ、はあ、大祭だからな、はあ、はあ……」

相撲取りみたいな体軀の大樹さんは、すでに息が上がっていた。

「お祭り、明日なんですね。だから飾り付けを」

もちろん俺は、明日、この神社で大祭が執り行われることくらいは知っている。

「そうだ。はあ、はあ……」

「大樹さ〜ん、がんばれ〜」

モデル級の長い脚を備えたるいるいさんは、俺の隣で悠々と一段抜かしで上っている。

時折、森のなかから、ギイイィ、と陰惨な声が響いた。例の鳥が鳴いているのだ。

「大樹、おめえはまだ若いんだから頑張れよ。後ろがつっかえてるじゃねえか」

俺の背後から大樹さんをちゃかすのは、もじゃさんだった。そう言うもじゃさんもまた、歳のせいだろう、一歩ごとに喉をひゅうひゅうと鳴らして苦しそうだ。

しばらくして、全員が頂上の広い境内にたどり着いた。

俺は、島民たちの視線の棘に耐えながら、まだ少し息が上がっている大樹さんに訊いた。

「社務所に声をかけますか？」

「そうだな」

俺たちは社務所へと向かった。後ろにぞろぞろと島民たちが付いてくる。その集団のなかには、村長と照子さんの姿があった。二人は、港からずっと一緒のようだった。

社務所の小窓を開けて、大樹さんがなかに声をかけた。

「おーい、いるか？」

「はーい」予定どおり、奥から清楚な声が聞こえて、窓の向こうに花蓮ちゃんが現れた。

「大樹さん——と、皆さん。えっと、こんなにたくさんで……」

花蓮ちゃんは、少し驚いたように島民たちを見た。

「この間は、どうも」

と、俺が軽く会釈をすると、花蓮ちゃんも同じように「あ、どうも」と返してくれた。

「きゃー、巫女さんだぁ。めっちゃかわいい！」

るいるいさんがキンキン声を上げたとき、なぜか例の鳥が反応して、ギイイイイイイ、といつもより激しく陰惨な声を上げるのだった。

「もう花蓮も知ってると思うけどよ」

大樹さんがしゃべりはじめると、花蓮ちゃんが、すっと深刻そうな顔になって、「はい、お二人の消息が――」と頷いた。

「で、そのことなんだけどな、この佑が、椿姫に会いたいって言ってるんだ」

「佑さんが？」

「うん」と、俺は頷いた。

「いま、椿姫と会えるか？」

大樹さんが訊ねた。すると花蓮ちゃんは、少し困ったような顔をしてみせた。

「椿姫さまは、いまは、ちょっと……」

「どうした、具合でも悪いのか？」

「あ、そういうわけじゃないんです。じつは、一時間くらい前から、お堂に入ったきりになってまして。しばらくは外には出られないようなんです」

大樹さんと俺は、顔を見合わせた。

「でも、お急ぎですよね？」

小首を傾げて、あらためて島民たちを見渡した花蓮ちゃんに、今度は俺が訊ねた。

「あの、花蓮ちゃん……、椿姫は、いま大切なご神託を授かってる最中なんじゃないかって気がするんだけど」

「え――」花蓮ちゃんは、ちょっと驚いたような顔をした。なかなかの演技だ。「佑さん、どうして、それを……」

「あ、いや、なんとなく、なんだけどね……。とにかく花蓮ちゃん、悪いけど、そのご神託の内容を訊いてきてもらえないかな。そしたら、いまは会えなくてもいいから」

俺は「お願い」と言いながら、拝むように両手を合わせた。

「えっと……、分かりました。ちょっと訊いてきます」

頷いた花蓮ちゃんはすぐに社務所から出てきて、そっとお堂のなかへと入っていった。

島民たちは、扉が閉まったお堂を見詰めていた。

「佑、お前、やっぱり――」

大樹さんが、俺にだけ聞こえる小声で言った。語尾は省略していたけれど、ようするに俺の正体のことを言っているのだ。

「違います。ぼくは、ただ、なんとなく……」

俺は、小さく首を振って、大樹さんから視線をそらした。

しばらくして、お堂から花蓮ちゃんが出てきた。そして、こちらに近づいてきた。

「どうだった？」

俺が訊くと、花蓮ちゃんは黙って頷いてみせた。そして、作戦どおり島民たちに向かって声を上げたのだ。

「いま、椿姫さまからお告げを聞いて参りました。消えたお二人は、まだ、どこかで生きているそうです」

おお、と声をあげた島民たちに、花蓮ちゃんは続けた。

「ただ、やっぱり、小鬼隠しだろう、と……」

島民たちが、一斉に息を呑んだ。

水を打ったように静まり返った境内に、ギイイィ、とあの鳥の声が響き渡る。

「花蓮ちゃん。どうすれば――」

台本どおり、俺が訊いた。

「はい。いま椿姫さまから聞いたことを、そのままお伝えします」花蓮ちゃんは、あらためて島民たちの方に向き直って、凜と姿勢を正した。「皆さん、二人を取り戻せるかどうかは、小鬼とのつながりがいちばん濃くなる明日の大祭にかかっているそうです。明日の儀式には、なるべく多くの島民が参加することが大事です。とくに男衆は、できる限り全員参加するように、とのことでした。集まった島民の皆さんが、心を合わせて強く祈り、そのエネルギーを椿姫さまを媒介にして小鬼の世界へ届けることで、消えた二人を引き戻せるそうです。なので、皆さん、どうか、明日、宜しくお願い致します」

そう言って、花蓮ちゃんは深々と頭を下げた。

すると、それまでじっと花蓮ちゃんを見詰めていた島民たちが、ふたたびざわつきはじめた。

少しすると、集団のまんなかあたりから、意志のこもった低い声が上がった。

「みんな、すまん」

声の主は、村長だった。

島民たちは、そろって口を閉じ、村長の方を振り向いた。

「うちの問題児のために、申し訳ない。本当に、本当に、すまない。でも、あいつは、翔は——、俺の……」

そう言って村長は、力なくうなだれて、続く言葉を失くしてしまった。

「村長……」

近くにいた村民のひとりが、村長の肩にそっと手をかけた。さっき港で俺に突っかかってきた漁師のトクさんだった。

トクさんの隣では、照子さんが口を押さえて咽《むせ》び泣いていた。照子さんの背中にそっと手を置いたのは、もじゃさんだった。

「佑——」

大樹さんが、俺に声をかけてきた。

「はい」

「お前から、みんなに伝えるべきことはあるか？」

「え？　いえ、ぼくは……」

「そうか」

すると大樹さんが、いきなり花蓮ちゃんの隣で仁王立ちした。

「みんな、聞いてくれ。俺からも頼む。東の皆さんも——、明日は、明日だけは、翔のために力を貸してやって欲しい。西の俺たちも、菜々のために、やれることは何でもする。だから、どうか、このとおりだ」

腹に響くような太い声でそう言うと、いきなり大樹さんは腰から折るような深いお辞儀をしてみせた。

花蓮ちゃんも、るいるいさんも、島民たちも、みな杭になったように突っ立って、大樹さんを見ていた。大樹さんもまた、頭を下げたまま、しばらく動かなかった。

そして、多分——、それに気づいたのは、立ち位置からして俺だけだったと思う。

頭を下げた大樹さんの爪先のすぐそばの地面に、ひた、ひた、と、しずくが二つこぼれ落ちたことを。


夜明け前の空は、淡い葡萄《えび》色に染まっていた。

吹き抜ける風には、凜とした森の匂いが溶けている。

俺は、朽ちかけた鳥居を見た。その前には、白いふんどし姿の男たちが百人ほども集まっていて、異様な熱気を発散していた。なかにはTシャツに短パンというラフな格好をした人も散見したが、彼らはみな島外から来ている学校の先生や役場の人たちだった。

照子さんはもちろん、女性の姿もちらほらある。でも、子供はひとりも見当たらない。

この大祭は、元来、大人だけで執り行うことになっているのだろう。

俺は、ひとり、集団の端っこに立っていた。

なるべく目立たないように、ひっそりと。

下手に島民と目を合わせてしまうと、あからさまに睨まれたり、眉をひそめられたりするからだ。なかには「てめえ、まだいたのか？」とか「この詐欺師野郎が」などと毒づいて、肩を小突いてくる人もいた。昔から温厚で平和主義な俺としては、いますぐにでも逃げ出したい、というのが本音だった。

わずかな救いを求めて大樹さんともじゃさんの姿を探したけれど、島の中心人物である二人は、集団の真ん中あたりで男衆に囲まれているので、近づけない。

と——、また一人、中年の男が、俺に肩をぶつけていった。

「す、すみません……」

俺はよろめきながら小声で謝り、へこへこと頭を下げた。

我ながら情けないとは思うけれど、でも、これもあと少しの辛抱だ。地球防衛軍の作戦が、このまま上手く行きさえすれば、俺は一気にこの島の勇者として君臨するのだから。

あと少しだ。ビビるな、俺。

自分にそう言い聞かせながら、集団の外れにぽつんと立っていると、ふいに、後ろから歩いてきた誰かが、俺の肩にポンと手を置いて、そのまま集団のなかへと入っていった。

え——。

ふんどし姿のその人は、村長だった。

「おはよう。今日はありがとう。宜しく頼むよ」

村長は、島民たちに声をかけながら、人混みをかき分けていく。そして、大樹さんの隣に到達したとき、ちらりとこちらに振り返った。

視線が、合った……。

しかも村長は、俺に向かって小さく頷いた——ように見えた。

え、どういうこと？　と俺が小首を傾げたときにはもう、村長は俺から視線をはずし、島民たちと真剣な顔であれこれ話しはじめていた。

いまのは、気のせいだったのか。たぶん、そうだろう。でも、村長はたしかに俺の肩に手を置いたのだ。優しく、ぽん、と。

淡い葡萄色の空が、じわじわとピンク色に変わってきた。

まもなく夜明けだ。つまり、大祭がはじまる。

いよいよだ。とりあえず村長のことは忘れよう。とにかくいまは作戦を完璧に遂行することだけに集中するのだ。

気持ちを落ち着かせたくて、俺は「ふう」と大きく息を吐いた。すると、ショートパンツのポケットでスマートフォンが振動した。画面を見ると、理香子さんからの電話だった。

何だろう？　俺は集団から少し離れて、小声で挨拶をした。

「どうも、おはようございます」

すると理香子さんは、なぜか落ち着きのない声を出した。

「おはようございます。ええと、さっきから翔くんと菜々ちゃんの姿が、どこにもないんですけど——」

「え？　どういうことですか？」

「わたしにも分からなくて……。予定では、まだ部屋にいるはずなのに、いないんです」

「ちょっと落ち着きましょう。彼らの携帯には電話してみましたか？」

「何度もかけました。でも、二人とも電源が落ちてるんです」

「え、そんなわけ……、あっ、もしかして、ちょっと早めに外輪山に登りはじめたとか」

「わたしも、そうかと思って、さっき慌てて登ってみたんです。でも、いなかったんです」

「そんな――」

山頂までは一本道だ。行き違いになるはずもない。

「佑さん、まさか、とは思うんですけど……」

理香子さんが、声のトーンを少し落とした。

「はい……」

「あの二人、本当に、小鬼隠しに遭ったんじゃ……」

はぁ――？

「いや、あはは。まさか、そんな」ついつい声のボリュームを上げてしまった俺は、慌てて集団からさらに距離を取った。「分かりました。ぼくから隊長（るいるいさん）に電話してみますんで、理香子さんは宿で待ってて下さい。ひょっこり二人が戻ってくるかも知れませんから」

「……はい。じゃあ、そうします」

不安そうな理香子さんとの通話を終えた俺は、すぐにるいるいさんに電話をかけた。今日、るいるいさんは、公民館の二階の部屋に居ながら電話やメッセージで陣頭指揮を執ることになっていた。彼女が外に出ると、あのキンキン声が目立ってしまうからだ。

俺のスマートフォンは、るいるいさんをコールしていた。

しかし、一向に出ない——と思ったら、そのまま留守電になってしまった。他の隊員と通話中なのだろうか？

なんだよ、もうすぐ大祭がはじまっちゃうよ。

とにかく俺は、留守電に伝言を残すことにした。

「佑です。翔くんと菜々ちゃんが宿から消えたそうなので、急いで理香子さんに連絡してあげて下さい」

それだけ言って、通話を切った。

少し強い風が吹いた。

ピンク色だった空が、徐々に白んできた。

ここまで完璧だった作戦に、ほころびが生じたのだろうか。

あの二人は、いま、どこで何をしているのだろう？

彼らのまじめな性格からすると、作戦を無視して勝手な行動をとるとは考えにくい。

でも、現に、いま、彼らは宿の部屋から消えてしまったのだ。

小鬼隠し——。

この島の人たちが、まことしやかに話す伝説。

いや、まさか。あり得ない。ここは現代の日本だぞ――。

そう考えつつも、俺は、ごくり、と唾を飲み込んだ。

と、次の瞬間――、
どん、どん、どん、どん、どん、どん！

山頂の神社で打ち鳴らされた太鼓の音が、朝の空気を震わせた。叩いているのは、巫女の花蓮ちゃんだ。

はじまった。

ついに、小鬼ヶ島神社の大祭が。

高らかな太鼓の音に魂が呼び覚まされたように、鳥居の前に集まっていた集団が「うおおおお！」と雄叫びを上げた。そして、彼らは、雄叫びもろとも一斉に幅の狭い階段を駆け上がりはじめた。

翔くん、菜々ちゃん、どこで何をしてんだよ。

るいるいさんも、大丈夫かよ。

俺は、胸に不安を抱えたまま、ふんどし一丁の雄々しい男衆を追うようにして、いちばん最後に階段を上りはじめた。

しんがりの俺が山頂の境内に到達したときには、すでにお堂の扉は開帳されていて、そこで椿姫が舞い踊っていた。

年齢不詳の山姥みたいな老女は、長くて白い蓬髪をいっそう振り乱し、傘くらいはあろうかという大きな御幣をバッサバッサと振っていた。そして、その御幣の動きに合わせて、背中を叩き合い皮膚を真っ赤にした島民たちが、くるり、くるり、と回っている。二秒間に一回転くらいのゆっくりとしたリズムで、右回り、左回り――、両手のひらを天に向けた奇妙な格好で、椿姫の動きに合わせて踊るのだ。

その様子をじっと眺めていたら、どういうわけだろう、俺のなかにまで祭りの高揚感が沸き立ってきた。うっかり気を抜くと、身体が勝手にくるくる回り出してしまいそうになる。それはまるで、椿姫の御幣から放たれる「見えない糸」に操られているような――そんな不思議な感覚だった。

しばらく経っても、椿姫はひたすら舞い続けていた。

おかしい――。

俺は、胸裏でつぶやいた。

るいるいさんの作戦では、舞いがはじまって五分ほどで、椿姫はいったん舞いをやめ、俺を呼び、お堂の上へと登壇させることになっているのだ。

俺は腕時計を見た。すでに十五分が経過していた。

まさか、椿姫、耄碌《もうろく》して作戦を忘れているんじゃ……。

でも、もし、そうだとしたら、椿姫に協力を頼み、作戦を吹き込んだ花蓮ちゃんがフォローしてくれるのではないか？

俺は、花蓮ちゃんを見た。

可憐な巫女もまた、ひたすらに太鼓を叩き続けている。

どういうことなんだ、いったい――。

集団の外でぽつんと立っている俺は、時折、舞い踊るふんどし姿の男衆から棘のある視線をぶつけられていた。

本当なら――、何分も前に椿姫が高らかに声を上げて、作戦が加速していたはずなのに。

俺は、あらためて、この先のシナリオを脳内でリハーサルしはじめた。


〜・〜・〜・〜・〜・〜・〜・〜


舞いを中断した椿姫が、島民に向かってしゃべり出す。

「よいか、皆の者。これから小鬼隠しにあった二人をこの世界に引き戻すぞ。まずは鬼の魂魄《こんぱく》を異界から降ろし、それを憑依させる生身の肉体が必要じゃ。その肉体は若く、強い精神をまとったものでなければならぬ。精神が弱ければ、気が狂い、命を落とすこともあろう。本来ならば、島民の誰かがその役目を果たすことになっておる。しかし、いま、この場には、それにうってつけの島外の男がおるのじゃ」

そこで椿姫が俺の方を見て頷き、力強く言う。

「その者よ、こちらへ参れ」

椿姫の視線を追った島民たちは、その「うってつけな男」が俺であることを知る。

俺は、騒然となった彼らのまんなかを割るように、堂々とした歩みで進み、そのままお堂へと上がる。そして、椿姫と向かい合い、決死の言葉を口にするのだ。

「椿姫様、どうか、ぼくの身体をお使い下さい」

「ふむ」

「じつは、ぼくは――」

「キヒヒヒ。分かっておるぞ。お主は、このために来島したのであろう？」

「はい」

椿姫は、ゆっくり頷き、そして続ける。

「よいか島の民たちよ。この者は、島を救うために降臨した勇者であるぞ！」

どよめく島民たち。そして、椿姫は、仰々しく祝詞《のりと》のような呪文を口にして俺の背後にまわり、いきなり鬼の形相で「えいいいっ！」と叫びながら御幣を振る。

俺は、一瞬、ガクッと膝が抜けたようになるが、すぐに立ち上がる。しかし、不自然に頭を垂れ、目を閉じたまま、全身を異様な感じで震わせてみせるのだ。

「島民たちよ、いま、この者のなかに鬼を憑依させた。これから、この島の秘伝『絞首の儀式』で、鬼の力を封じるぞ！」

ふたたび、どよめく島民たち。

椿姫は、手にしていた御幣をそっと傍らに置く。

それまで太鼓を叩いていた花蓮ちゃんも、二本のバチをそっと置いて、代わりに神棚に供えてあった太い麻紐を手にとる。そして、その麻紐をうやうやしく椿姫に手渡すのだ。

椿姫は呪文を口にしながら、麻紐をゆっくりと俺の首に巻きつける。

首に麻紐を巻きつけられた俺は、ただ、わなわなと震えながらうなだれている。

椿姫は、俺の後ろにまわり、麻紐の両端を手にすると、いきなり、

「ギエエエエエッ！」

と奇声を発しながら、その両端を一気に左右に引っ張るのだ。

すると、あら不思議。俺の首を絞め上げるはずだった麻紐が、奇跡のように首をすり抜け、椿姫の両手のあいだにピンと張られている、という寸法だった。もちろん、それは、俺が学校で葉月ちゃんに見せたあの手品だ。

椿姫は、肩で激しく息をしながら言う。

「いざ、封じたり！　鬼の力を――」

俯いていた俺は、徐々に意識を回復させるように、ゆっくりと顔を上げて島民たちを見渡す。

霊力を使い果たし、ふらりとよろめいた椿姫を、俺が横から支える。

そして、椿姫は、俺に寄りかかりながら言うのだ。

「よいか、島の民たちよ、この者は、憑依されていたあいだ、鬼神の声を聞いたはず。その声に従うのじゃ」

俺は、椿姫を支えたまま、ゆっくりと頷く。

「鬼神の声、たしかに聞きました。皆さんにお伝えすべきことは、二つあります」

境内に集まった島民は、みな、驚愕しながらも、俺の声に耳を澄ましている。

どこかで、ギイィ、とあの鳥が鳴く。

そして、俺はご神託を伝えるのだ。

「まず、一つ目ですが、消えた二人は、この島の山の頂のどこか——、おそらくＵＦＯの着陸場所のような丸い印のある見晴らし台に降ろされたはずです。二人はいま、そこで眠っているでしょう。そして、二つ目は、この島で古くから続いてきた悪しき習慣、つまり——」


〜・〜・〜・〜・〜・〜・〜・〜・〜


俺の頭のなかで、何度も繰り返されたリハーサル。

そのいちばん大事なシーンを思い描こうとした刹那——。

なんと、現実の椿姫が、作戦を無視して暴走しはじめたのだ。

ひたすら振りまくっていた御幣をぴたりと止め、くるくる舞い踊る島民たちを制止させると、彼らに向かって、いきなり、カッ、と目を見開いた。そして、ど迫力の声量でこう言った。

「鬼神からのお告げじゃあっ！」

椿姫の言葉に、島民たちが雄叫びを返す。

いた。

「うおおおおっ！」

いい加減、目が回っているのだろう、彼らは酔っ払いみたいに足取りがふらふらして
しかし、椿姫はかまわず続ける。

「この島で古くから続いてきた悪しき習慣――、東西の分断を、いまこそ終えるのじゃ！」

「うおぉ……？」

島民たちは、上げかけた雄叫びをフェードアウトさせて、ぽかんとした顔で椿姫を見た。

俺も、呆然としながら椿姫を見ていた。

ち、違うじゃん……。

そういうシナリオじゃなかったじゃん！

内心、動揺しまくっている俺と島民を差し置いて、椿姫のひとり舞台は続いた。

「よいか、賢き島民たちよ。東と西に心を分ける愚かな時代は、いま、この瞬間で終わりを告げた。民の心が二つに割れれば、島を守る『守護の気』の強さも半分になる。今回、一人ではなく、二人まとめて隠されたのは、まさに『守護の気』の強さが半分になったせいじゃ！」

「……………」

そして、呆然としたままの俺と島民たちに向かって、椿姫は、今日いちばん迫力のあ

る声をぶつけた。

「鬼神のお告げは、東西融和！　争いなく、島が一つになったときこそ、鬼の世界から二人を引き戻すことになろうぞっ！」

島民たちは、少しのあいだ「ど、どうする？」という顔で、周囲をきょろきょろ見回していた。

すると、一人の男が、明けたばかりの空に向かって拳を突き上げた。

そして、命を振り絞るような雄叫びを上げたのだ。

「うおおおおおおおおおおっ！」

声の主は、村長だった。

村長は、すたすたとお堂の下まで歩いていき、くるりと島民たちに振り向いた。そして、ふたたび息を吸うと、さらに大きな雄叫びをあげた。

「うおおおおおおおおおおっ！」

魂を震わせるような迫力に、俺の両腕と背中には鳥肌が立った。

「みんな、頼むっ！」

村長は頬にしずくを伝わせながら、ふたたび拳を突き上げ、声を張り上げた。

「うおおおおおおおおおおっ！」

その姿を見ていた島民たちの表情が、じわり、じわり、と緩んでいくのが分かった。

まるで、憑き物が落ちていくかのように――。

村長の後ろの壇上で、椿姫が御幣を振り上げた。

「それ、東西融和じゃ！」

その声が、完全なスイッチとなった。

「う、う、うおおおおおおおおっ！」

島民たちも拳を突き上げ、今日いちばんの雄叫びで応えた。

その雄叫びが途切れたとき、椿姫は振り上げていた御幣をビシッと前方に向けた。階段のある方を指し示したのだ。

「よいか民たちよ、いますぐ港へ向かって走るのじゃ。そこには、この島を守護するために舞い降りた、金色《こんじき》の天女が待っておろう！ そして、その天女からのお告げを聞き入れるのじゃ！」

ちょっ――、なにそれ？

どういうこと？

シナリオとぜんぜん違うじゃん……。

呆然とした俺の目の前を、ふんどし姿の島民たちが「うおおおおぉ！」と雄叫びを上げながら駆け抜けていく。みんな、港へ向かって走り出したのだ。

どうして、港に？

ＵＦＯの着陸場所みたいな高台じゃないの？

金色の天女って？

このままじゃ、俺――、勇者どころか、悪徳企業の無能な使いっ走りのままじゃん。

わけが分からなくなった俺は、救いを求めて花蓮ちゃんを見た。花蓮ちゃんもまた、お堂の太鼓の前に立ち、驚いた顔で椿姫を見ていた。

やがて境内には誰もいなくなった。

ギイィ、と陰惨な声の鳥が鳴いた。

俺は、よろよろとお堂のもとに歩いていき、花蓮ちゃんに声をかけた。

「あの、花蓮ちゃん？」

「はい……」

清楚な顔が、こちらを振り向いた。

「ど、どういうこと、かな？」

「それが、わたしにも――」

俺と花蓮ちゃんは、椿姫を見た。

椿姫は、島民たちが消えた階段の方を満足そうに眺めていた。

「あの、椿姫さま――」と、俺。

すると椿姫は、ゆっくりこちらを振り向いた。そして、山姥みたいなしわくちゃな顔に、やたらと愛嬌のある笑顔を浮かべたと思ったら――、

ぱちん。

俺にウインクをしてみせたのだった。

へっ……？

フリーズしている俺に向かって、椿姫は言った。

「ほれ、何をしておる。お前さんたちも港に行け。そして、最後まで見届けるんじゃ」

「え？　でも、椿姫――」

「いいから急ぐんじゃ。花蓮も一緒にな」

すると花蓮ちゃんは「はい」と清楚な声で返事をして、お堂から下りてきた。

「それでは、佑さん、行きましょう」

「えっ？　ちょっ、待って。なんで？　港に、何が――」

「分かりません。でも、この島では、椿姫さまのお言葉には従うんです。さあ――」

微笑んだ花蓮ちゃんが、俺の手を引いた。

「えっ」

可憐な巫女の白い手は、やわらかくてひんやりとしていた。

そのまま俺たちが階段に向かって走り出すと、後ろから椿姫の高笑いが聞こえてきた。

「くあ〜っかっかっかっ！　今年は愉快じゃ、最高に愉快な祭りじゃあ！」


神社の階段を下り切った俺と花蓮ちゃんは、そのまま朽ちかけた鳥居をくぐり、港へと続く道路に出た。

少し先を見ると、ふんどし姿の男たちが連なっている。

椿姫は「走れ」と言ったはずだけれど、最後尾の人たちは、もう、くたびれてしまったのか、のろのろと歩いていた。

「港まで歩くと、三〇分くらいはかかるんだよね?」

俺は、隣を歩く花蓮ちゃんに小声で訊いた。

「そうですね。でも、わたしたちは若いし、走れますから、だいぶ早く着けるとは思いますけど」

「そっか」頷いた俺は、スマートフォンを手にした。「とりあえず俺、るいるいさんに電話してみる」

「はい」

俺は急いでるいるいさんの番号をリダイヤルした。

でも、さっきと変わらず、留守電になってしまった。

「駄目だ。出てくれないや……」

このままでは、地球防衛軍の作戦が根底から崩れ去ってしまう——というか、俺が救世主にならないと、翔くんが嘘つきになってしまうじゃないか。

どうしよう……。

つい、すがるような目で、花蓮ちゃんを見てしまった。

「大丈夫ですよ。とにかく、椿姫さまの言うとおり、わたしたちは港に行きましょう」

「でも、シナリオが……」

「そんな顔をしないで下さい」

たしなめるように花蓮ちゃんに言われた俺は、いま、自分がひどく情けない顔をしていることに気づいた。

「あ、うん……」

「ここまで来たら、もう当初のシナリオどおりにはならないじゃないですか。過ぎてしまったことなんですから」

「それは、まあ、分かってるけど」

「だったら、あとは、もう、流れに任せましょう。椿姫さまの言葉に従えば、きっと大丈夫ですから」

大丈夫って、その根拠は――？

胸裏でそうつぶやきながらも、俺は「まあ、そうだよね」と頷いてみせた。根拠があろうがなかろうが、たしかに花蓮ちゃんの言うとおりなのだ。こうなったら流れに任せるしかない。

「じゃあ、わたしたちも港に急ぎましょう」

「うん……」

花蓮ちゃんがスタスタと軽快に走り出した。慌てて俺も付いていく。ジョギングくらいのペースで走っていたら、連なっていた男衆の最後尾に追いつき、そのままごぼう抜きをはじめた。そして、三分も経つと、早くも先頭集団が見えてきた。

先頭集団は、よく見ると島の中心人物たちの集まりだった。鬼に子供を盗られた村長と照子さん、大樹さん、もじゃさん、そして、彼らと近しい仲間たち数人――。

俺と花蓮ちゃんは、彼らから少し離れた後ろに付いて歩きはじめた。さすがにこの人たちを追い抜いて、俺が港に一番乗りするのはためらわれるし、へたに集団に交じれば、きっとまたひどく棘のある目で見られるだろう。

少し行くと、視界が伸びやかになった。

道路の右手に海が広がったのだ。

ついさっき水平線から顔を出したばかりの新鮮な太陽が、真横から俺たちを照らす。まぶしくて、俺は目を細めながら歩いた。時折、強い海風が吹き、花蓮ちゃんの黒髪をさらさらとなびかせる。

不思議なことに、歩いているあいだ、ふんどし姿の島民たちは、あまり口を開かず黙々と足を動かしていた。椿姫にいきなり「東西融和」などと言われたことがショックだったのか、あるいは、アップダウンの続く海沿いの道で息が上がっているのだろうか――。

俺もまた、黙って歩いていた。

歩きながらあれこれ思考を巡らせてはいるのだが、まったくもってまとまらない。できれば、いますぐ花蓮ちゃんと善後策を相談したいし、歩きながらでもいいから、るいさんと連絡を取りたかった。でも、少し前と後ろに島民たちがいる状況下では、さすがに地球防衛軍の作戦について話すことはできない。だから俺は、ただただ悶々としながら足を前に進めるしかないのだった。

やがて、少し先に港が見えてきた。

「もうすぐだね」

小声で言って、俺は隣にいる花蓮ちゃんを見た。

「はい」

可憐な巫女は、きゅっと口角を上げて頷いてみせると、ふたたび、まっすぐ前を向いた。

朝日につやつやと光るその頬を見ていたら、なんとなく——だけど、俺は小さな違和感のようなものを感じた。というのも、花蓮ちゃんの横顔には、ある種の「ゆとり」のようなものが見え隠れしている気がしたのだ。

この娘は、それほどまでに椿姫を信頼しているというのだろうか？　シナリオを勝手に変えられてもなお、まったく動じないでいられるくらいに？

俺は、こんなにも落ち着かないでいるのに……。

港がどんどん近づいてくる。

先頭集団の歩く速度が少し上がった気がした。

俺たちも、付かず離れずの距離を保って歩いていく。

海風が強くなってきた。

水平線のすぐ上に浮かぶ太陽は、時間の経過とともにエネルギーをみなぎらせていく。

その光を真横から浴びながら、俺は、椿姫を想った。

もしかして、あの老婆は、当初から何もかもお見通しのうえで、るいるいさんの作ったシナリオを無視したのだろうか？

いや、まさか、そんなはずは……。

俺はすぐに打ち消した。未来が見える人間など、いるはずがない。この島の住人たちは、みな一様に椿姫の不思議な力を信じているというけれど、さすがに俺は、まるごと信じられるほどピュアではない。

いよいよ先頭集団が港へと入っていった。

そして、誰かが「あっ」と声を上げた。

先頭集団は港の入り口で立ち止まり、円陣を組むようにして自分たちの足元を見下ろしていた。

「何を見てるんだろう？」

まだ少し後方を歩いている俺は、花蓮ちゃんに訊いた。

「さあ……」

「地面に何か、書いてあるのかな？」

「そうかも知れませんけど……」

そんな会話をしているうちに、俺たちも先頭集団に追いついた。

「佑、お前も来たのか」

俺に気づいた大樹さんが言った。ふんどし一丁の関取のような巨軀には、じっとりと汗がにじんでいた。

「あ、はい」

俺は頷いて、チラリと村長を見た。村長は、俺を一瞥しただけで、険しい表情のまま自分たちの足元を見下ろしていた。もじゃさんも、照子さんも、同じような顔で下を向いている。

「佑、これ、何だか分かるか？」

大樹さんが円陣の中心あたりの地面を指差したので、俺は花蓮ちゃんと一緒に近づいていき、みんなと同じように足元を見下ろした。

すると、そこには思いがけない文字が描かれていたのだった。

えっ——、なんだよ、これ？

俺は胸裏で声を上げていた。

隣にいる花蓮ちゃんも、驚いたように固まっている。

「鬼——って、ぼくにも、分かりません」

俺は小さく首を振りながら大樹さんに返事をした。

俺たちが囲んだ足元の地面には、直径三メートルはあろうかという円が描かれていて、その円のなかに「鬼」と書かれていたのだ。しかも、それはペンキなどの塗料ではなく、玉砂利を敷くことで描かれていた。横からの朝日を受けたその図柄は、玉砂利の東側だけに光が当たり、西側は影になっていたので、なんとも不思議な立体感を生み出していた。

「いったい、誰が、こんなことを……」

もじゃさんが、そうつぶやいたけれど、その口調には、いつもの陽気さがない。

「誰ってよぉ、そりゃあ、なあ……」

漁師のトクさんが省略した語尾に、超常現象的な何かが含まれていることは、俺にも容易に想像できた。

「ねえ、花蓮ちゃん」

俺は、控えめな声で呼びかけた。

「はい」

「椿姫は、このことについて何か言ってなかった？」

「いいえ、何も……」

花蓮ちゃんは、黒髪を揺らしながら小さく首を振った。

そうこうしているうちに、俺たちの後ろから続々と島民たちがやって来た。彼らもまた、港の入り口で立ち止まり、何だ？　何だ？　と地面に描かれた不思議な文字を見下ろすのだった。

人数が増えるに従って、「鬼」の文字の周りはおしくらまんじゅう状態になり、俺と花蓮ちゃんは集団から押し出されていった。

「おい、まさか、この文字の上に、翔と菜々が現れるんじゃ……」

誰かのしゃがれた声がした。

「そういや、古い文献によぉ、『鬼』って書かれた地面の文字には、絶対に近づいちゃならねえ——とか、そんなこと書かれてなかったか？」

「おいおい、それ、本当かよ」

「あっ、俺、それ、聞いたことある気がするぞ」

「いわゆる『魔法陣』みてえなやつかな？」

「念のため、ちょっと離れておくか」

「おお、そうだな」

好き勝手なことを言っていた島民たちが、いっそうざわついた。そして、おしくらまんじゅうの輪が少し広がった。みんな「鬼」の文字から一定の距離を取ったのだ。

魔法陣って――、まさか、現代にそんなモノがあるわけないだろ。俺は、ため息をつきそうになっていたけれど、ふと花蓮ちゃんの顔を見て、そのため息を吞み込んだ。いつもにこやかな巫女の眉間に、深いシワがよっていたのだ。

「花蓮ちゃん？」

「えっ？」

俺に名前を呼ばれて、ハッと我に返った花蓮ちゃんの顔が、強い朝日に照らされていた。

と、そのとき――、

「あっ！　おいっ、何だアレ」

集団のなかから、声が上がった。

俺はその声の方を見た。すると島民たちは、まぶしそうに目を細めて、東の低い空を見上げていた。

俺と花蓮ちゃんも、彼らの視線に釣られて後ろを振り向いた。

まぶしいけど……どこに、なにが？　と思った刹那、俺の視野の隅っこで、何かがゆらりと揺れた気がした。

港に並んだコンテナの上だ。

「人……だよな？」

誰かが言った。

たしかに、人だろう。でも――。

そのシルエットは、ひらひらと風に舞う、半透明でやわらかな衣装をまとっていた。

背後からは、まばゆい金色の朝日が後光のごとく射し込み、その光を全身に浴びながら、ひらり、ひらり、と優雅に舞っているのだった。

なんという神々しさだろう……。

俺も、島民たちも、その金色のシルエットに完全に目を奪われ、言葉を失っていた。

「女、だよな」

誰かが言った。

「だな。髪の毛も輝いてる。金色に――」

「おい、あれ、椿姫が言ってた、天女ってやつじゃ……」

天女――。

あ、あれが……。

ほんの一瞬だけれど、俺も、なるほど、と頷きかけていた。

それほどまでに、神々しくも妖艶な舞いを披露してくれたのだ。

なぜか、るいるいさんが——。

俺は、あらためて、コンテナの上のるいるいさんをよく見た。

あのひらひらした蠱惑的な衣装は、いつも「もじゃもじゃ」で働くときに着ていた衣装だった。足元は、裸足に見える。後光が射すような朝日の金色を、その薄手の衣装が吸い込んで発光し、海風になびく金髪もまた、いつも以上にきらきら光っていた。

「おい、あれ——、もしかして、るいるいちゃんじゃねえか？」

集団のなかから声が上がった。

たぶん、もじゃさんの声だ。

それを引き金にして、みんなが「おお、るいるいちゃんだ！」と言い出した。

「るいるいさんが、どうして……」

隣にいた花蓮ちゃんが、俺を見上げてそう言った。

「さっぱり分かんないよ」

俺は、もうお手上げだ、とばかりに首を振った。

本当に、もう、何が何だか分からなくなってしまったのだ。

けれど、ひとつだけ分かったことがあった。

俺は、祭りの終わりに椿姫が叫んだ台詞を思い出していた。

『よいか民たちよ、いますぐ港へ向かって走るのじゃ。そこには、この島を守護するために舞い降りた、金色の天女が待っておろう！　そして、その天女からのお告げを聞き入れるのじゃ！』

つまり、その金色に輝く天女とやらが、るいるいさんだということだ。

「るいるいちゃ〜ん！」

集団のなかから、誰かの声がした。それを皮切りに、「お〜い！」とか「るいるいちゃん、何してるの〜？」といった声が上がりはじめた。

すると、コンテナの上のるいるいさんの動きがぴたりと止まった――、と思ったら、るいるいさんはまるで「雨乞い」でもするかのように、両手のひらを天に向け、そして、ゆっくりと空を見上げた。

その様子を見た島民たちは、ふたたび黙って「天女」の一挙手一投足を見詰めた。

るいるいさんは、しばらくの間、そのままの姿勢を保っていた。よく見ると、それは、天からの「お告げ」を受け取っているように見えなくもない。

やがて、るいるいさんはゆっくりと両手を下ろし、顔も下ろした。そして、コンテナの上で円を描くようにくるりと歩いて回り、集団を見下ろした。

海風が吹き、金色にきらめく衣装がひらひらと舞う。

その美しさに、うっかり見惚れていると、いきなり例のキンキン声が発せられたのだ。

「ねえ、翔くんと、菜々ちゃん、見つけちゃった。そこにいるよ」

るいるいさんは、並んだ漁船の一角を指差していた。

へ――？

それから、一秒、二秒、三秒がすぎて——、島民たちは、いきなりバネで弾かれたように港の縁へと駆け出した。

俺と花蓮ちゃんも、それに続いた。

「おい、いたぞっ！」

「小舟の上だ！」

「大丈夫か？　二人とも、生きてるのか？」

島民たちは、港の縁に沿って横並びになり、小舟が揺れる水面を見下ろしていた。驚いたことに、その小舟は、翔くんの友達の漁師が隠しておいたはずの船だった。

翔くんと菜々ちゃんは、その小舟のなかで、まるで双子の胎児のように丸くなって横たわっていた。翔くんの鼻先には菜々ちゃんの膝があり、菜々ちゃんの鼻先に翔くんの膝がある。

「おい、翔！」

「菜々！」

村長と照子さんが、岸壁の上からそれぞれの子供に向かって声をかけた。

そのときにはもう、元気のいい男衆たちが漁船伝いに小舟へと飛び移り、翔くんと菜々ちゃんの救出をはじめていた。

これは、どういうことなんだ——？

俺は、花蓮ちゃんを見た。花蓮ちゃんも俺を見ていた。そして、俺たちは言葉を発しないまま、ゆっくりと背後のコンテナの上を見上げた。

そこには、見慣れた絶世の美女の顔があった。俺たちの様子を上から眺めていたのだ。目が合うと、るいるいさんはにっこり笑い、顔の横でピースサインをして見せた。

思わず、俺が何かを言おうと口を開きかけると、るいるいさんは、自分の口の前に人差し指を立てて、無言で「しー」とやってみせた。そして、すっと顔を引っ込めてしまった。

しばらくすると、男たちの手によって翔くんと菜々ちゃんが引き上げられた。二人はコンクリートの地面の上に横たえられ、その周りには人だかりができていた。

村長が、翔くんの上半身を抱え起こすようにして、「おいっ、翔、大丈夫か」と声をかけた。そして、そのすぐ隣では、照子さんが、横たわった菜々ちゃんの頬を両手で挟みながら、「菜々、菜々！」と涙声で呼びかけていた。

そこから先は、俺の思ったとおり——というか、るいるいさんのシナリオどおりだった。翔くんと菜々ちゃんは、ゆっくりと目を覚ますのだ。

「翔、大丈夫か……」

感極まった村長の声がした。

「菜々ちゃーん」

声を上げて泣きじゃくる照子さん。

「お、おやじ……」と翔くん。

「お母……さん」と菜々ちゃん。

小鬼隠しで異世界をさまよっていた二人は、意識を失っていただけで、まったくもって身体には問題がない。そして、消えていた間の記憶は一切ない、という演技がはじまっていたのだ。

もちろん、シナリオどおりに。

二人の演技は見事だった。さすが、元演劇部で、プロの役者を目指していただけのことはある。

よかった、よかった。

無事で、本当によかった。

と、島民たちが感動に包まれていると、ふたたび、背後のコンテナの上から、あのキンキン声が飛び出した。

「西の村長さんと、東の元村長さんの奥さーん！」

るいるいさんの呼びかけに、島民たちは一斉にコンテナの上を見た。太陽はもう水平線からはだいぶ離れていて、さっきのような金色の光を放ってはいなかった。それでも、天女のような衣装を海風にひらひらとなびかせているその様子は、充分に美しく、神々しいものがあった。

「あのね、二人は、いまから、めっちゃ仲良しになるんだよ。約束ね。うふふ」

るいるいさんは、そう言って、コンテナの端っこに腰掛けると、膝から先をぶらぶらさせた。

ぽかん、としている島民たちに向かって、るいるいさんはさらに続けた。

「はい。じゃあ、お互いに絞首して♪」

るいるいさんの提案にざわついた島民たちは、輪の中心に向き直った。

中心にいた翔くんと村長さん。菜々ちゃんと照子さん。この四人は、少しの間だけ、きょろきょろしていたけれど、るいるいさんの「早くしてぇ」という駄目押しに笑い出した。

すると、島民たちもまた、頬を緩めてしゃべり出した。

「村長、ほら、椿姫が言ってたでしょ。天女のお告げを聞けって」

「そうですよ、照子さんも」

島民たちにまでせかされた二人は、大いに照れながらも、「そ、それでは」「はい、わたしも、遠慮なく」などと言いながら、お互いの首を絞め合うのだった。

「オッケー。じゃあ、みんなも、ほら、東と西の人は向かい合って、じゃんじゃん絞首してねぇ。うふふ」

るいるいさんのキンキン声が、コンテナの上から降ってくる。

「ええ、俺たちもかよ？」

「マジか？」

と困惑している島民たちに、今度は、花蓮ちゃんが声をかけた。

「皆さん、これは今年の大祭の『真のお告げ』なんだと思います！」

椿姫の代弁をしたのだ。

「ねえ、ほら、みんな、早くぅ♪」

天女がさらにせかして、超絶美しい笑顔を浮かべた。

するとようやく島民たちが動きはじめたのだった。

「まあ、お告げじゃあ、仕方ねえよな」

「ああ、そうだな」

そして、次々と絞首がはじまっていった。

「本当は、おめえのことは気に入らなかったけどよ」

「馬鹿野郎、俺だって――」

そんなことを言い合いながらも、首を絞め合う人たちの顔は、まさに憑き物が落ちたかのように清々しく見えた。

この島で、長いあいだずっと固まっていた結び目が、ひとつひとつほどけていく。一つの絞首が、一つのわだかまりをほどき、また一つの絞首が、別のわだかまりをほどく。

翔くんも、村長も、次から次へと入れ替わり立ち替わりに首を絞められ、そして、自らも絞め返していた。

俺は、そんな二人の様子を、輪の外から眺めていた。

父子は、これまで見たことのないようなやわらかい笑顔を浮かべていた。村長は目を潤ませ、翔くんは素直にしずくをこぼしていた。きっと二人は、亡くなった翔くんのお母さんのことを思い出しているのだろう。

これはまさに「世紀の仲直り」だなぁ……。

俺は、大きく息を吸い、吐いた。

そうでもしないと、もらい泣きしそうだったから。

西と東が、溶け合っていく。

島民たちの尖っていた心が、丸くなっていく。

あの人と、この人も、また、あの人と、この人も。

少しだけいた女性たちも互いに笑顔で絞首を交わしていて、もちろん花蓮ちゃんもその輪に加わっていた。

そんななか、俺は——、さらに、一歩、二歩、と島民たちの輪から後ずさっていた。

身の置き場が見つからなかったのだ。

目の前で、どんどん咲いていく笑顔。

弾ける喜びの声。

俺は、コンテナの上を見上げた。

でも、そこにはもう、こちらを見下ろす天女の姿はなかった。

第七章　俺の気持ち、伝われ

大祭を終え、東西が融和してはじめての夕方――。

俺はひとり部屋の窓辺であぐらをかき、ぼんやりと外の風景を眺めていた。

吹き込んでくる風は涼やかで、空は透明なパイナップル色に染まっている。そして、その色を吸い込んだ海は、まるでパイナップルジュースのようだった。

時折、階下の公民館から島民たちの歓声が洩れ聞こえてきた。大祭を終えたこの日は、夕刻から「二次会」が開催されるのだ。ようするに、島民総出の宴会である。

俺は、今朝の港での出来事を思い出した。

るいるいさんが金色の「天女」として島民たちを魅了し、東西融和を確固たるものにした。そして、彼らが互いに絞首を交わし、幸せそうな笑顔を咲かせているとき、俺はなんだか居たたまれなくなって、ひとり帰途についたのだった。

歩きながら、るいるいさんに電話をかけたけれど、やっぱり留守電になってしまった。あの「天女」は、コンテナの上からどこに消えたのだろう？　というか、そもそも、なぜあそこにるいるいさんがいて、地球防衛軍の計画のいちばん美味しいところをさらってしまったのだろうか……。

悶々と歩きながら、俺は理香子さんにも電話をかけてみた。

しかし、こちらも留守電だった。

翔くんと菜々ちゃんと花蓮ちゃんは、まさに絞首祭りの真っ最中だろうと思い、連絡はしなかった。

次に俺の頭に浮かんだのは、星矢さんだった。

一瞬、迷ったけれど、でも、俺は思い切って星矢さんの携帯番号をコールしてみた。

ところが、星矢さんまでもが留守電だったのだ。

残すは、おトメさんひとり——。

そのときの俺は、すでに港から離れ、海沿いの道路を歩いていた。透明な朝の陽光を浴びながら、とにかく、駄目元でもいいから、おトメさんにも電話をかけてみることにした。

でも、やっぱり結果は同じだった。

みんな、どうしちゃったんだよ……。

俺は、ひとり世界から取り残されたような気分で嘆息して、スマートフォンをショートパンツのポケットに押し込んだ。そして、とぼとぼと背中を丸めて、この部屋まで歩いたのだった。

また、階下から男性たちの陽気な笑い声が聞こえてきた。

それに呼応するように女性陣の笑い声もあがる。

俺は、窓の外に広がるパイナップル色の空を見上げた。

そして、自分に言い聞かせた。

とにかく——、地球防衛軍の目的だった「島の東西融和」は果たせたじゃないか。翔くんと菜々ちゃんも、あんなに幸せそうだったのだから、結果的に、作戦は成功したのだ。俺は「救世主」になれなくて、翔くんを嘘つきのままにしてしまったけれど……、でも、まあ、全体的には、よかったじゃないか。よかったのだから、それでいいじゃないか。

俺は胸のなかで何度も「いいじゃないか」と繰り返してみたのだけれど、でも、やっぱり、もやもやが止まらなかった。だって、当初のシナリオから逸脱したにもかかわらず、なぜか「結果だけは成功」だったのだ。違和感が大きすぎて呑み込めない。しかも、作戦を終えたあと、地球防衛軍の誰とも連絡が取れないだなんて……。この、取り残された感じも受け入れがたい。

たまらず俺は、夕空にむかってつぶやいていた。

「どうなってんだよ、ったく……」

そのつぶやき声は、くたびれた年寄りみたいに嗄《か》れていた。しかも、続けて「はぁ」と湿っぽいため息を洩らしてしまったので、俺は「ハハハ……」と自嘲してしまった。

と、そのとき——、
ゴンゴンゴン、と部屋のドアが乱暴に叩かれた。

誰だろう……。

俺の脳裏に浮かんだのは、早くも階下の宴会で酔っ払った島民のクレーマーというイメージだった。だから俺は、恐るおそる、忍び足で玄関まで歩いていき、そっとドアスコープに顔を近づけた。

いざ覗き込もうとしたとき、ふたたび、ゴンゴンゴン、とさっきよりも乱暴にドアが叩かれた。

この叩き方からすると、本当にクレーマーかも知れない。

俺は音を立てないよう気をつけつつ、あらためてドアスコープを覗き込んだ。

ところが、ドアの向こう側にいたのは、ちょっと難しい顔をした大樹さんだった。

俺はドアの鍵を開け、ノブを回した。そのままゆっくり扉を押し開けると、大樹さんが太い腕を組んで俺を見下ろしていた。

「あ、あの、何か——」

「何か、じゃねえ。お前も二次会に顔を出せよ」

「え……、でも」

「いいから、来い」

「ぼくが行ったら、せっかく楽しんでる島の人たちが……」

嫌な気分になるに決まっている。

「構わねえって。これから、あのるいるいって本土ギャルが、みんなの前で何やらしゃべるらしいぞ」

「えっ、るいるいさんが？」

いったい何のために、何をしゃべるというのだ？　というか、るいるいさん、俺に声もかけずに二次会に出てるの？

「お前も、あいつが何をしゃべるか気になるだろ？」

「ええ、まあ」

まあ、どころじゃない。めちゃくちゃ気になる。

「じゃあ、顔を出せ。俺と一緒なら大丈夫だ」

難しい顔をしていた大樹さんが、口元でほんの少しだけ微笑んだ気がした。

「……分かりました」

俺の返事は小さくなってしまったけれど、とにかく、大樹さんと一緒に行くことにした。

「じゃあ、すぐに行くぞ」

「あ、はい」

俺は足元にあったサンダルを履くと、大樹さんの大きな背中に引っ張られるようにして部屋から出た。階段を下り、そのまま公民館の正面入口へと回る。そこには島民たちが玄関口で脱いだ靴が、外にまであふれていた。俺も靴を脱ぎ、スリッパに履き替え、リノリウム敷きの広間へと入っていった。

広間のなかには長テーブルがいくつも並べられていて、料理や酒が乱雑に置かれていた。いま、ここには、島民のほとんど全員が集まっているのだろう、飲み食いする人でごった返している。

「すごい人数ですね……」

「ああ、毎年こんな感じだ。お前、ちょっと、ここで待ってろ」

大樹さんはそう言うと、俺を広間の入り口の脇に残したまま、奥へと進んでいった。

なんだよ、結局、ひとりにするのかよ――。

俺は、そう思いながらも、室内をざっと見渡した。

島民たちは、自由で晴れやかな笑顔を浮かべているように見えた。おそらく東と西が仲直りしたことで、彼らの心にこびりついていた「同調圧力」が霧散したのだろう。

奥の方のテーブルに、翔くんと菜々ちゃんを見つけた。その近くには、理香子さんと葉月ちゃんもいる。星矢さんの姿は見つからないけれど（多分、こういう場には来ないのだろう）、右手を見るとおトメさんと照子さんが女性陣に囲まれていた。学校の先生たちも、役場の人たちもあちこちに散っている。漁師も、農家も、大人も子供も、そろって楽しそうだ。

地球防衛軍のみんなも、ふつうに来てたんだな……。

俺は、ちょっと複雑な気分でため息をこぼしてしまった。

それでも、かつて東だった人と西だった人が、ちょっと照れくさそうに笑い合いながら会話をしている様子は、見ているこちらまでくすぐったくなるようないい光景だった。仲直りをしたあとの感じって、大人も子供もそんなに変わらないんだなぁ――。そう思って、俺は少しなごんでしまったのだが、でも、そんなゆるい気分を味わっていられたのは、ほんの一瞬のことだった。

どこかで「おい、佑がいるぜ」という声が上がったと思ったら、俺の近く（広間の入り口あたり）にいた島民たちの雰囲気がすうっと冷めていったのだ。

いまさっきまで笑顔ではしゃいでいた人たちが、俺の姿を見たとたんに眉をひそめたり、嘲笑したり、白い目で見たりする。

そうだよね。分かってたよ、こうなるってことは——。

俺は、こんなときこそ、とばかり、BTSの「マジックショップ」を思い出し、自分の心のなかにドアを作って、そのなかへと逃げ込んだ。

これで、何も見えない、聞こえない、感じない。

そう自分に言い聞かせながらも、しかし、俺の目は無意識に地球防衛軍の仲間たちの姿を追っていた。

と、そのとき——、俺のいる入り口からいちばん遠い、奥の壇上の袖のあたりに、ひょっこりとるいるいさんが姿を現した。デニムのショートパンツに白いTシャツという軽装にもかかわらず、彼女の並外れたきらきらオーラは、遠目からでもひときわ華やかだった。よく見ると、るいるいさんの周囲には、もじゃさんや村長の取り巻きがいて、役場で見かけた覚えのある女性職員の姿もあった。そして、いま、その輪に大樹さんが加わり、なにやら村長に話しかけていた。

村長が小さく頷き、こちらを振り向いた。それに合わせて、取り巻きやもじゃさんたちまでが俺の方を見た。

え……、なに？

いきなり数人の視線にさらされた俺は、たじろぎながらも、なんとか会釈をした。

するとと、役場の女性がマイクを手に壇上に上がり、慣れた口調でしゃべりはじめたのだった。

「はい。それでは、皆さん、お待たせ致しました。いまやこの島では知らない人はいない大人気の本土ギャル、るいるいさんからスピーチを頂きます。るいるいさん、こちらにどうぞ」

　司会担当らしい役場の女性が言うと、袖のあたりにいたるいるいさんが「はーい」と小学生みたいに手を挙げて、ひょいと身軽に壇上へと上がった。

　それまで騒々しかった広間が、いきなり水を打ったように静かになった。百人を優に超える島民たちの視線を、るいるいさんは一瞬にしてさらったのだ。こちらを敵視していたたくさんの白い目たちも壇上へと向けられたので、正直、俺はホッと胸を撫で下ろした。

「はーい。みんな、げんきー？」

　るいるいさんは、いきなり素っ頓狂な挨拶をして、マイクを島民たちに向けた。すると、すでに酒が入った島民たち（とくに「もじゃもじゃ」の常連たち）は慣れたもので、「げんきー！」「イエーイ」などと応えている。

「あははは。めっちゃ元気だねぇ！」

　るいるいさんはマイクに向かってそう言ったけれど、正直、あのキンキン声なので、マイクはいらないようにも思えた。

「あのね、わたし、今朝のことを、島のみんなからたーくさん訊かれたから、ここでま

ちゃって。びっくりだったよ。うふふ♪」
と歩いて回ったとき、翔くんと菜々ちゃんが小舟のなかで丸くなって寝てるのを見つけ
踊ってみたの。で、もういいかなって思って、最後になんとなくコンテナの上をくるっ
うふふ♪　わたし、ヨガの代わりに女神様になったつもりで衣装をひらひらさせながら
して、みんながポカーンとした顔でわたしを見たから、なんか、面白くなっちゃって。
ナの上で立ち上がったの。そしたら、気持ちいい風が吹いて、わたしの衣装がひらひら
ん集まってきて、声が聞こえたから、みんな何をやってるのかな～って思って、コンテ
って思ったの。で、ひとりで気持ちよくヨガをやってたら、なんか島の人たちがたくさ
よかったの。だから、わたし、今朝はこのコンテナの上で、海を見ながらヨガをやろう
コンテナの上に立ってみたのね。そしたら、め～っちゃ気持ちいいし、すっごく景色が
いてたら、ハシゴを見つけたの。なんか、面白そうだから、わたしそのハシゴを登って
てからヨガをやろうかな～って思ってたんだけど、港のコンテナのところをぶらぶら歩
「今朝は天気が良かったでしょ？　だから、ひとりで港までお散歩して、お部屋に帰っ
ゃべり出した。
るいるいさんは両手でマイクを握り、まぶしいほどに陽気な笑顔を振りまきながらし
「あはは。じゃあ、言うね。えっと――わたし、昔からヨガをやってるの」
誰かが声を上げて、みんながドッと笑う。
「よっ、金色の天女、待ってました！」
とめて答えちゃうことにしたの」

キンキン声のスピーチを聴きながら、俺の頭のなかには「?」があふれ返っていた。

なにしろ作戦の当日にるいるいさんがあんなところでヨガをやっているのはおかしいし、そもそもるいるいさんは自室から指示をすることになっていたわけだし——、そして、なにより、翔くんと菜々ちゃんは、外輪山の山の上で発見される予定だったではないか。

呆然としている俺のことなど眼中にないるいるいさんは、引き続き壇上で嘘をつき続けた。

「わたしが、二人は、『そこにいるよ』って言ったら、みんな、急いで翔くんと菜々ちゃんを陸に上げたでしょ? その様子を、わたし、コンテナの上からずっと見てたの。で、村長さんと照子さんが、翔くんと菜々ちゃんの名前を呼びながら泣いているのを見たとき——、なんかね、直接、わたしの頭のなかにポンッ! って感じで、不思議な声が届けられた気がしたの。その声はね、『島の人たちは、みんな仲良くしなさい』って言ってたんだよ。だから、わたし、その声のとおりに『二人は仲良くしてね、みんなも絞首してね』って言ったの。そしたら、みんな、にこにこ顔で絞首してくれて、めっちゃハッピーな雰囲気になっちゃって、わたしも一緒にハッピーだった。えっと〜、うん、そんな感じかな。おわりっ! みんな、ありがとっ♪」

るいるいさんが「うふふ」と笑うと、島民たちから盛大な拍手が上がった。なかには指笛を吹く人や「るいるいちゃ〜ん!」「俺たちの天女さま!」なんて叫んでいる輩もいた。

歓声を受けたるいるいさんは、とても嬉しそうに島民たちに手を振ると、さらにマイクに向かってしゃべりはじめた。

「ごめん、いま、ひとつ思い出しちゃった。巫女さんの花蓮ちゃんが、わたしの言葉を『真のお告げ』って言ってくれたでしょ？　それを聞いたとき、わたし思ったの。『ずっとコンテナの上にいちゃ駄目だ』って。だって、わたしが女神様だったら、パッと、いつの間にか消えてた方が神秘的で面白いでしょ？　だからね、みんながハッピーな感じで絞首している隙に、こっそりコンテナから下りて、すぐそばに浮かんでた漁船に飛び乗って、操舵室の陰に隠れたの。うふふ。誰も気づかなかったでしょ♪」

なんてこった。るいるいさんに、してやられた。

まさか、漁船に隠れていたとは。

でも、俺にはまだまだ知りたいことがあった。いや、あるどころじゃない。知りたいことだらけだ。

「わたしのタネあかしは、こんな感じかな。うふふ。みんな、仲良しになったから、今日は記念ってことで思いっきり楽しく飲もうね。で、今朝まで西だった人も、明日からは『もじゃもじゃ』に飲みに来てね。わたしが待ってるから。チュッ♪」

最後に投げキッスで男衆をくらくらさせたるいるいさんは、盛大な拍手と歓声を浴びてスピーチを終えた。そして、まるで本物のスターのように堂々と手を振りながら壇上から下り、マイクを役場の女性に手渡した。すると、その女性が、ふたたびしゃべり出した。

「るいるいさん、どうもありがとうございました。明るくて、楽しくて、意外性まである スピーチでしたね。では、続きまして、村長さんからもひとこと頂こうと思います。皆さん、引き続き盛大な拍手をお願い致します」

広間のなかに、大きな拍手が響き渡った。

「よっ、村長、待ってました！」

どこかで酔っ払いが声を上げた。

マイクを受け取った村長は、落ち着いた表情で壇上へと上がった。そして、会場内をゆっくり見渡すと、拍手がやむのを待ってしゃべりはじめた。

「ええ、皆さん、今年も大祭後の親睦会にお集まり下さり、ありがとうございます。ご存じのとおり、今朝のお告げにより、長いこと背を向け合ってきた東と西が、ついに一つになりました。これはまさに百年越しの快挙と言えるでしょう。本当に、本当に、素晴らしいことです。もちろん、人によっては、これまでのわだかまりが残っているかも知れませんし、いきなり仲直りしろと言われても、少し照れ臭いかも知れません。しかし、この融和は、他ならぬ椿姫から授かったお告げ——つまり御神託ですので、本日を境に気持ちを切り替え、わだかまりも少しずつでも解消していければと思っております。いま、私がざっと見渡した感じでは、すでにとても平和な空気が広がっているように思えます。皆さん一人ひとりが、とても優しい顔をしています。これまでにいろいろなことがあったとしても、こうやって心を一つにして結集し、笑顔で酒を酌み交わすことができる——そんな大人な皆さんのことを、私は、いま、とても誇らしく思っております」

村長はそこまで一気にしゃべると、ひと呼吸置いた。会場内は思いのほか静かで、誰かの咳払いが響くほどだった。きっと島民たちには、それぞれ思うところがあるのだろう、みんな感慨深そうに村長の方を見詰めている。

大樹さんも、おトメさんも、もじゃさんも、虎徹さんも、照子さんも、トクさんも……、いままで俺が見たことのない、どこか切ないような横顔をしていた。翔くんは、亡き母親を思い出しているのか、うつむいて唇を嚙んでいるし、菜々ちゃんも泣きそうな顔で翔くんに寄り添っていた。

村長もまた、感極まっているのかも知れない。マイクを少し顔からはずして、「ふう……」と息を吐いた。

そして、ふたたびマイクを口元に当てたとき――、

俺は「えっ」と声を出しそうになった。

なぜか、村長が、まっすぐにこちらを見据えたのだ。

「少し、話は変わりますが――」村長は、俺を見たまま続きをしゃべり出した。「いま、この会場のいちばん後ろ、出入り口のところに、佑くんが来ています」

静かだった会場が、一気にざわついた。

ほぼすべての島民が後ろを振り向き、俺を探し当てた。

数えきれないほどの白い目が、俺を射貫く。

無意識に後ずさりしかけた俺の背中は、すぐに冷たい壁に押し戻された。

「おそらく、ほぼすべての皆さんは、あの佑くんについての噂を聞いていると思います」

村長は、まだ俺のことを見据えている。

まさか、俺は、ここで公開処刑をされるのだろうか？

ということは——大樹さんは、そのために俺をここに連れてきたのか？

恐怖と疑心暗鬼で胸が焼かれた俺は、呼吸の仕方を忘れたまま、無数の白い目の圧力に耐え続けた。耳の奥では、ドクドクと血管が拍動していた。

「佑くん」

誰かが、俺の名前を呼んだ気がした。

「佑くん、ちょっといいかな」

また、呼ばれた——、

と思った次の瞬間、俺はハッと我に返った。

俺を呼んだのは村長だったのだ。

「ちょっとこっちに来て、一緒に壇上に上がって欲しい」

「え……」

硬直した身体で、俺は視線だけ動かして大樹さんを見た。大樹さんは、顎で壇上を指し示して「さっさと上がれ」と言っているようだった。大樹さんの隣に立っているるいさんは、興味津々といった感じで目を丸くしている。

「佑、ほら、早く」

村長の口調が、少し砕けた。

壇上で、公開処刑か……。

俺は、震えながら息を吸い、吐いた。

何にせよ、この島にいる限り、逃げ場はないのだ。

俺は小さく頷くと、緊張でギシギシと軋みそうな脚を動かし、人混みのまんなかを歩いていった。冷たい視線が八方から刺さり、悪意に満ちたいくつかの舌打ちも浴びた。

やがて、壇の前でいったん立ち止まり、恐るおそる村長を見上げた。

「ほら、上がって、ここに来て」

冷静な顔をした村長が言う。

俺は、はい、という返事すら喉に詰まらせたまま、震える足で壇上へと上がった。そして、村長と向き合った。

村長は、真顔で俺を見ながらマイクを口に当てた。

「これから私は、佑くんの会社の社長の携帯に電話をかけます」

「え――」

会場が、ふたたびざわついた。

すると村長は、唇の前に人差し指を立てて、島民たちに向かって「しー」とやった。

そして、「私が通話をしているあいだ、皆さんは静かにしていて下さい」と言った。

村長はジャケットの内ポケットからスマートフォンを取り出し、言葉どおり電話をかけた。しかも、スピーカーフォンにして、そこにマイクを近づけ、みんなに聞こえるようにして。

五コール目が鳴ったとき、スマートフォンから、あのダミ声が聞こえてきた。

「おう、西森か。お疲れさん」

社長の声が、会場中に響き渡る。

「うん、忙しいところ、悪いな」

村長が、親しげにしゃべり出した。

「いいって。例の仕事の件かな？」

「まあ、そうだな。その件で、いま、お前んとこのエースと替わるから」

「んっ？　エースって、おい、ちょっと、西森」

社長が少し慌てたところで、村長がゼスチャーで俺にしゃべれと指示した。

そんな、急に振られても――。

狼狽している俺に、村長が小声で「早く」と言った。

「あ、もしもし、替わりました。小島です……」

島民たちの耳目を集めながら、俺はそう言った。我ながら情けないくらいに声が震えていた。

「チッ、なんだよ。会社をクビになったばかりの小島を助ける小島くんかよ」

「は、はい……」

「わざわざ西森の携帯を使って俺に電話してくるとは――、てめえ、もしかして、会社に戻りてえってか？」

「え？　あ、ええと……」

俺は、助けを求めて村長を見た。でも、村長は何も言わず、しゃべれ、とゼスチャーをするばかりだった。

「ぼくは、そういうわけでは――」

「じゃあ、なんだよ」

社長はイライラを隠そうとはしなかった。

「えっと……」

「ったく、面倒臭え奴だな。てめえみてえなクズが俺に直接電話してくんじゃねえ。西森には担当が変わることになったって言っとけ。言えねえなら、俺から言ってやるから、さっさと電話を替われ」

俺は、また村長を見た。

するとと、村長はニヤリと笑って、頷いた。

「そ、村長に替わります」

「早くしろ、ボケがっ」

すべてを聞いている島民たちが呆然としているなか、村長が会話を引き継いだ。

「もしもし」

「なんだよ西森、急に小島に替わるなって」

「あはは。悪い悪い。っていうか、お前、小島佑くんをクビにしたんだってなぁ」

「まあ、仕方なく、だけどな。あいつから聞いたのか？」

「まあな」

「そうか。じゃあ、まあ、そういうことで、ひとつ宜しく頼むわ」

「どうしてクビにしたんだ？」

村長は穏やかな口調で訊ねた。

「本当は、あまり言いたくないんだけどな——、じつは、あいつ、お前んとこの仕事が気にくわないみたいでな。まったくやる気が起きないって言うわけよ。このままじゃ西森にも、島の皆さんにも迷惑をかけるんじゃないかと思ってな」

そ、そんな……。

社長は完全に嘘をついている。

俺は、黙ったまま小さく首を振って、村長に訴えかけた。

それは違います、と。

しかし、村長は、そんな俺のことなど軽く無視して、社長との会話を続けるのだった。

「ほう、なるほど。やっぱり、そういう感じか。じゃあ、仕方がないな」

「ああ、なんか悪りいなぁ。なるべく早めに、代わりの担当を手配し——」

「仕方がないって、そういう意味じゃないぞ」

いきなり村長が言葉をかぶせた。

「ん？　なんだ？」

「仕方がないから、もう、お前の会社とは——、いや、お前との関係も含めて、もう終わりってことだよ」

村長は、淡々とした口調でそう言った。

「へ――？」

「分からないなら、もう一度だけ言うぞ。いいか、お前の会社と、この島は、金輪際、仕事をしないってことだ」

「え、ちょ……、なに言ってんだ、おい。オファーをしてきたのは西森だろう」

「ああ、たしかに相談はした。でも、正式な契約書は交わしていないはずだ」

「おい、なんだよ、急に。どうしたんだよ？」

「どうしたもこうしたもあるか。最初から、お前は、この村のカネをかすめ取ることだけが目的だったんだろう？」

「な……、ば、馬鹿なことを言うな。そんなこと誰が言ったんだ？　あの無能な小島か？　えっ？　そうなんだな？」

「…………」

「いいか、西森、あんな奴の言うことは信じるな。同級生の俺の言葉を信じろ」

そこで村長は「くく」と声を抑えるように笑うと、とても冷静な口調で続けた。

「本当に無能なのは、誰かな？」

「え……」

「まだ、分からないのか？」

「…………」

「お前がクビにした、有能で、賢い『救世主』は、俺が預かろうかな」

そう言って、村長は笑いながら俺を見た。

「有能って――、小島のことか？」

「もちろん、そうだ。まあ、そういうわけで、お前とは金輪際、付き合うつもりはないからな」

「西森、お前、どういうことだ。説明しろ――」

社長の声に、怒気が滲んだ。しかし、村長は、そんなものはどこ吹く風といった感じでこう返したのだ。

「あ、ちなみに、法的に訴えても無駄だからな――っていうか、やめておいた方が、お前の身のためだぞ」

「どういうことだ」

「先日の、お前と佑くんとの通話は、すべて録音してあるってことだよ」

え――。

俺は、驚きのあまり、完全に固まってしまった。

「録音？　って、お前、まさか……」

社長も絶句していた。

「ああ、その、まさか、だよ。訴えられて困るのは、詐欺師のお前だからな。じゃあ、そんなわけで、もう二度と、俺と、この島と、そして佑くんには関わるな。少しでも関わったら、すぐに法的措置をとらせてもらう。俺からは以上だ」

「ちょっ、西森、おい――」

社長はしつこく何か言おうとしていたけれど、村長は構わず通話を切ってしまった。

「ふう……」

村長が、軽く息を吐いた。

会場には、重さを感じるほどの静寂が満ちていた。

「というわけで」村長が、マイクを口元に戻してしゃべり出した。「この村と佑くんが所属していた会社との契約は解消することになりました。今後、村としては、佑くん個人と契約するのもアリなんじゃないかと思っています」

は——？

ひたすらポカンとしている俺に、村長は笑いかけた。

島民たちも、まだ訳が分からないのだろう、ふたたび会場がざわつきはじめた。

「では——、さっき私が録音しておいたと言った、社長と佑くんとの会話を、これからみんなにも聞いてもらおうと思います。いいよな、佑」

最後は、俺にだけ聞こえるよう、口からマイクを外し、小声で言った。

「え、あ、はい……」

狼狽しながらも返事をした刹那——、
俺はハッとした。ようやく大事なことを思い出したのだ。

スマートフォンで電話をするとき、村長は「習慣」として、必ずその会話を録音するのだった。かつて、政敵と発言の有無でもめて訴えられそうになった経験から、翔くんのすすめで毎回、録音するようになったのだ。

村長はスマートフォンを操作し、そして、さっきと同じようにスマートフォンにマイクを近づけた。

「じゃあ、再生するぞ」

俺は、何も言えず、ただ頷いた。

村長が、再生ボタンをタップした。

あの夜、「一徹」の玄関の前で交わされた俺と社長との通話が、マイクを通して会場中に流れはじめた。

〜・〜・〜・〜・〜

「さっさと一円でも多く助成金をふんだくる算段だけつけろって言っただろうが」

「あ、でも、ちゃんと島の仕事を――」

「うるせえ、馬鹿。僻地の島なんてどうでもいいって言ってんだろうが。さっさとカネをふんだくる算段だけして、次のフェリーで帰ってこい」

いきなりの社長のダミ声に、ざわついていた会場は一瞬にして凍りついた。

「だいたいよ、そんなちっぽけな島、まるごと沈んだところで日本は誰も痛くもかゆくもねえんだ」

「社長、ちょっと、ぼくの話を……」

「お前、まさか、その島が気に入ったとか言うんじゃねえだろうな」

「いい島だと思います」

「ふうん。そうかよ。無能な社員が気に入ったってことは、やっぱりそこには無能な連中しかいねえんだな。無能同士、仲良くなったたってのか？」

「ぼくのことを無能って言うのは構いません。でも——、社長は、この島の人たちのことを知らないので、馬鹿にしないで下さい。ぼくは、この島でちゃんと仕事をします。で、島に貢献した分だけのギャラをもらうようにします」

「てめえ、ナニ言ってんだ、コラ」

「助成金をふんだくるなんて、そんな悪徳商法みたいなことをするくらいなら——」

「するくらいなら、なんだ？　言ってみろ、コラ」

「ぼ……、ぼくは、会社より、この島の味方をします」

「やっぱ、てめえはよ——、馬鹿で、クズで、とことん無能な男だな」

「馬鹿でクズで無能でも、ぼくは悪徳商法はやりません。どうしても社長がやれって言うなら、そんなクソみたいな会社、ぼくは辞めます」

会場が、ざわめいた。

「くくく……。飼い主の手を思いっきり噛んじゃった小島くんよぉ。お前、いまこの瞬間からプータローだな」

「…………」

「クビだよ、クビ。出張の旅費も、かかった経費もぜんぶ、お前が個人で支払え。うちの仕事とは関係ねえ、お前の個人的な旅行なんだからよ。それと、島と契約した仕事を

「そ、それで、かまいません」

反故にした責任を法的に取ってもらうことになるだろうな」


〜・〜・〜・〜・〜


そこで通話は切れていた。あのとき社長に精神的に追い込まれた俺は、たまらず電話を切ったのだった。いま、あらためて聞き返しても、大きな手で心臓をギュッと鷲掴みにされたように息苦しくなる。

「私のスマホに録音されていたのは、ここまでです」

言いながら村長はスマートフォンをジャケットの内ポケットに戻すと、あらためて島民たちの方を向いた。

多くの島民は、まだ呆然としていたけれど、なかには洟をすすっている人もいた。

「じつは、私がこの録音データの存在に気づいたのは、昨夜のことでした。聞いてみると、まったく思いがけない会話が交わされていて……、佑くんには、本当に申し訳なくて……」

村長が、俺を見た。

優しげな目が潤んでいる。

「佑──」

村長は、以前のように、名前を呼び捨てにしてくれた。

「はい」

「君のことを疑って、本当に申し訳なかった。このとおりだ」

村長は腰を直角に折って頭を下げた。

「えっ？　いや、ちょ、ちょっと……」

俺が、あたふたしはじめると、村長はゆっくりと顔を上げた。

「佑から、みんなに何かを言ってくれないか」

「え？」

村長は、俺の手にマイクを押し付けた。

「そんなこと、急に言われても――」

「いいから、ほら」

村長は俺の肩に手を置くと、ぐっと力を込めた。俺は、無理矢理、という感じで、島民たちの方を向かされてしまった。

「あ、あの……、ぼくは、ええと……」

ここまでの一連の出来事が想定外すぎて、まだ、俺の頭のなかは半分以上、真っ白なままだった。いきなりしゃべれと言われても、言葉が出てこない。

すると、壇の袖から太い声が上がった。

「佑、こら、頑張れっ！」

声の方を見ると、大樹さんが笑っていた。笑いながら、丸太みたいな腕で、少年のようにごしごしと涙を拭いている。

その姿を見たら、俺の胸の浅いところがじわりと熱くなり、その熱が鼻の奥にまでせり上がってきた。

あ、やばい――。

と思ったときには、もう、手遅れだった。

見渡していた会場がゆらゆらと揺れはじめた。

俺はうつむいて、左右の目頭を指で押さえた。

「佑さん、頑張って！」

この声は、顔を上げずとも分かった。翔くんだ。

こんなふうに応援されたら、余計にしゃべれなくなっちゃうじゃないか……。

胸裏でそうつぶやいたとき、村長が俺の背中にそっと手を当てて、ぽんぽん、とやさしく叩いた。

頑張れよ、佑！　疑ってごめんな、佑！

会場のあちこちで声が弾ける。

ああ、もう、完全に駄目だ、こんなの――。

もう、いいや、どうにでもなれ。

俺は泣きながら顔を上げて、マイクを口に当てた。

深呼吸をひとつ。

それでも言葉は出てこない。

出るのは、涙ばかりだった。

佑！　佑！　佑！　俺の名前を叫ぶ人たち。

その声が、少しずつリズムを持ち、重なり合っていく。

やがて、それは、拍手をともなった佑コールになっていった。

ああ、こんなときでも、やっぱりるいるいさんのキンキン声は、ひときわ目立つんだなぁ——。

ぼんやりとそんなことを思いながら、俺はマイクを持つ手をそっと下ろした。

もう、あふれる想いを言葉にすることはあきらめた。

俺は手の甲で涙をぬぐい、背筋を伸ばした。

そして、ゆっくりと会場を見渡す。

視界全体が白っぽく霞んで見えるほどに、島の人たちの笑顔が優しかった。

ありがとうございます——。

俺は、ゆっくりと頭を下げた。

さっきの村長のような、深いお辞儀をしたのだ。

俺の気持ち、伝われ。伝われ。伝われ——。

頭を下げたまま、しばらく動かずにいた。

すると、会場の佑コールが、じわり、じわり、と大きくなってきた。

「また、居場所を作れないまま逃げんのかよ?」

大樹さんに言われたあの言葉が、脳裏に甦った。

ぽた、ぽた――、

つま先の少し前に、しずくが滴り落ちた。

そのしずくを見詰めながら、俺は思った。

逃げなくてよかった。本当に。

小鬼ヶ島神社の大祭の翌日は「村の休日」だった。

前夜遅くまで公民館で飲み続けた島民たちがゆっくり休めるように、というのが趣旨の慣わしらしい。

このところいろいろあった俺も（とくに心が）疲れていたから、この休日は少しのんびりしようと思っていたのだけれど、しかし、そうは問屋が卸さなかった。お昼前にるいるいさんから電話があり、とにかく急いで「民宿ほらがい」に来るように、との指令が入ったのだ。

仕方なく俺は、なるべく急いで「民宿ほらがい」の食堂に出向いてみた。すると、そこには見慣れた顔がズラリとそろっていた。るいるいさんはもちろん、民宿の理香子さん、翔くん、菜々ちゃん、おトメさん、花蓮ちゃん。星矢さんはいないけれど、ようするに地球防衛軍の面々が雁首《がんくび》そろえて俺を待っていたのである。

「佑、おそーい」

食堂の入り口で突っ立っている俺に向かって、るいるいさんが笑いながら言った。

「そんなぁ。これでも、けっこう急いで来たのに……、っていうか、いったい、何なんです、これ？」

フロアのまんなか辺りを見ると、四人席のテーブルをふたつつなげて、そこに料理とお酒が用意されている。

「うふふ。すごいでしょ？　理香子さんが、ぜーんぶ作ってくれたんだよ」

るいるいさんが直球で褒めたら、照れ臭そうな顔をした理香子さんが俺を見た。

「冷蔵庫にあったものばかりで、間に合わせですけど」

間に合わせにしては皿数も多いし、手が込んでいる。

「あれ？　葉月ちゃんは……」

俺は理香子さんに訊ねた。

「さっき二人分のお弁当を持って、星矢さんのお家に行きました。二人で一緒に食べるんですって」

「えっ、葉月ちゃんが、星矢さんの家に？」

「あの二人、意外にも仲良しなんですよ」

答えてくれたのは、菜々ちゃんだった。

「それは、たしかに意外だなぁ」と頷きかけた俺だけれど、ハッとして首を振った。

「って、違う、違う。俺は、この集まりは、いったい何なのかって訊いてるんです」

すると今度は翔くんが答えてくれた。

「ぼくらの作戦成功を祝う打ち上げ会ですよ」

「成功って……」

シナリオとはぜんぜん違ったのに？

「細かいことは気にしないで。ほら、早く佑も座って」

キンキン声が響いて、皆も頷いた。

「はい……」

俺はもやもやを抱えたまま皆と一緒にテーブルを囲み、ビールを注がれ、そして、隊長のるいさんの掛け声で乾杯をした。ひと息でグラスのビールを半分ほど飲み干した俺は、昨日からずっと訊きたかったこと——なぜ、作戦がシナリオから外れてしまったのか——、について訊こうとしたのだが、俺より先に翔くんが口を開いていた。

「ちょっと、佑さんに訊きたいことがあったんですけど」

「俺に？」

「はい。あの面倒臭がりの星矢さんを、どうやって地球防衛軍に引き込んだのか、それがすごく気になってて」

「それ、わたしも気になってました」

翔くんの隣で幸せそうに微笑んでいる菜々ちゃんも、興味津々といった顔で言う。

「ああ、それね」俺はグラスを置いて種明かしをはじめた。「星矢さんの部屋にたくさん貼ってあったアイドルのユリポンのポスターを見たとき、俺、気づいたんだよね。ユリポンと花蓮ちゃんの顔がよく似てるってことに。しかも、彼の部屋には小鬼ヶ島神社のお守りとお札が、やけにたくさん飾られてたんだよ。それって、つまりは、引きこもりなのに、神社にだけは通っているってことじゃん？」

そこまで言って、俺は花蓮ちゃんを見た。

花蓮ちゃんは、ちょっと気恥ずかしそうに「たしかに、ときどきいらしてますね」と頷いた。

「でしょ。ということは、星矢さんは花蓮ちゃんにべた惚れに違いない──ってことで、彼を口説く役割を花蓮ちゃんに頼んだんだよ」

「なるほど。そういうことだったんですね」

グラスを片手に、翔くんは得心の顔をした。

「それはともかく、ぼくも、皆さんに訊きたいことがあるんですけど」

俺がそう言った瞬間、みんなの動作が不自然なくらいぴたりと止まった。

え、ナニ、この感じ……。

少し驚いたけれど、とにかく俺は、内側からあふれまくっている疑問を口にした。

「昨日の作戦ですけど、るいるいさんが作ったシナリオと全然違う流れになったじゃないですか。それなのに、結果だけは当初の目論見どおりになってて……、これ、どういうことなんだろうって」

するど、みんながニヤニヤしはじめた。

「え……、な、なんで笑ってるんですか？」

なんか、嫌な予感がしてきたぞ――。

俺がそう思ったとき、るいるいさんが答えてくれた。

「佑はね、『お仕置き』をされたんだよ」

「えっ？」

「だって、佑は島の人たちのことも、わたしのことも、みーんなを騙してたでしょ？だから、わたしたち地球防衛軍がお仕置きをしたの。ねえ、みんな？」

うんうんと頷いて、メンバーたちが笑いはじめた。

「え……、全員が、グルだったんですか？」

「せいかーい。みーんなで佑を騙したんだよ。じつは、わたしの作ったシナリオ、佑にだけ違うものを渡してたの」

「そ、そんなぁ……」俺は両手で頭を抱えて、さらに訊ねた。「じゃあ、昨日の朝、理香子さんがぼくに電話をしてきて、翔くんと菜々ちゃんがいないって言ったのも、あれは、すでにシナリオどおりだったってことですか？」

「はい……。ごめんなさいね」

理香子さんが、苦笑しながら首をすくめた。

「ってことは、誰も電話に出てくれなかったのも?」

言いながらぐるりと見渡すと、みんなそろってニヤニヤしながら頷いた。

「じゃあ、港に玉砂利で『鬼』って描いたのは?」

「それは、ぼくと、菜々ちゃんと、るいるいさんの三人です。最終的にるいるいさんが天女になるのも予定どおりでした」

翔くんが後頭部をぽりぽり掻きながら言った。

「花蓮ちゃんとぼくが一緒に港に行ったのも?」

「はい。シナリオに書かれていたとおりです」

答えた花蓮ちゃんも苦笑している。

マジかよ、嘘だろ――。

まさか、すべてが俺の知らない「正規のシナリオ」どおりに進んでいたなんて。

思わず天を仰ぎかけたとき、俺は、あることに気づいてハッとした。

「あっ……、ってことは、もしかして、あの二次会も――」

言いながら俺は、るいるいさんを見た。すると、るいるいさんは、首を振りながら「ううん、そこだけはイレギュラーだったの」と、ただでさえ大きな目を、いっそう大きくした。

「あの二次会でね、わたし、村長さんにお願いしたの。『今朝のお告げのことと、本当の佑はめっちゃいい人だってことを、島のみんなに伝えたいから、スピーチさせて』って。そしたら村長さんがね、『スピーチをするのは構わないけど、佑をフォローするのは私の役目だから、そこは任せてくれないか？』って言ったの」

「え……」

「シナリオでは、わたしが佑のことをフォローするはずだったのに、まさか、あんな展開になるなんて、わたしも想定外だったんだよね。でも、村長さんのお話で、めっちゃ感動しちゃった。うふふ」

「そうだったんですか――」

ようやく、すべてを理解した俺は、思わず「はあ」と深いため息をもらしてしまった。

そして、いまだニヤニヤしている絶世の美女に言った。

「それにしても、るいるいさん、あそこまで徹底的にぼくのことをハメるなんて、じつは、ドSでしょ？」

するとるいるいさんは、小さく吹き出した。

「あはは。だって、敵を欺くにはまず味方から、でしょ？」

「あはは、じゃないですよ、まったく」

「でもね、わたし、本当は、佑がいちばん楽しめるようにって考えて、シナリオを作ったんだよ」

「は？　どういう意味です？」

「わたしが佑に借りたゲームをやってて、いちばん気持ちが盛り上がった瞬間っていうか、いちばんドキドキして面白かった瞬間って、『自分の思いどおりに進められなかったとき』だったの。だから今回の作戦では、いちばん面白いドキドキの瞬間を、佑に味わってもらったんだよ。うふふふ」

「………」

たしかに、騙されていた昨日が、いちばんドキドキしていたことは否めないけど……。

「ねっ、わたしのおかげで、一生、忘れられないゲームになったでしょ？」

得意げに言って、バチン♪と派手なウインクを飛ばした絶世の美女に、俺は思わずくすっと笑ってしまった。釣られて、みんなも小さく笑いだした。

「あっ、もちろん、佑以外のメンバーも、ちゃんと楽しめるように考えたんだよ」

たしかに、終わってみれば、そのとおりになっていた。

まず、作者本人は、天女という主役を愉しみ、翔くんと菜々ちゃんは、ずっと夢だった俳優の気分を味わった。おトメさんは、はじめて島の人たちに「嘘をつく」ことで背徳のドキドキを堪能し、理香子さんは、この島に馴染み切れない理由のひとつだった東西分断を解消させる手伝いができたことに誇りを抱けたという。ひきこもりの星矢さんは「チーム」で動く面白さを味わい（大好きな花蓮ちゃんに協力できたことも密かに喜んでいるだろうし）、花蓮ちゃんは椿姫と一緒に楽しみながら東西融和を成就させたことを心から嬉しく思っているのだそうだ。

そして、俺もまた（すっかり騙されてはいたけれど）、この作戦から、とても大切なモノを与えてもらった気がしている。

俺はグラスに残っていたビールを飲み干し、ぐるりと周囲を見渡した。

気の置けない面々が、まどやかな顔でこちらを見ていた。

きっと、俺もいま、みんなと同じ種類の表情を浮かべているのではないか。そんな気がして、ホッとため息をついたら、脳裏に大樹さんの「兄貴の笑み」が浮かんだ。

それにしても、作戦に加わったメンバーすべてを喜ばせるだなんて……、この美女はつくづく稀有《けう》な策士だと思う。

「るいるいさんは、やっぱり天才ですね」

一ミリのおべっかもなく俺が言うと、るいるいさんもまた一ミリの謙遜もない返事を返してきた。

「でっしょー。自分でもそう思ってたよ」

この台詞には、みんなで笑いながら喝采した。

「あ、そうだ。わたしのシナリオのいちばん天才的なところって、翔くんと菜々ちゃんが『二人そろって消えちゃう』ってところなんだけど、佑、その意味分かる？」

「え？　えっと、なんだろ……」

俺が首を捻っているうちに、るいるいさんはさっさと正解をしゃべり出してしまった。

「消えるのが東西のどちらか一人だと、作戦が終わったときに『助けた側』と『助けられた側』になっちゃうでしょ。でも、二人が一緒に消えて、一緒に救われれば、『共に助け合った』っていう気持ちになるんだよ」

「なるほど。両者に不均衡を生じさせないで、しかも、あったかい仲間意識を残したってことか」

「正解！　ね、わたし天才でしょ？」

俺は、何も言わずに深く頷いて、小さく拍手をした。

すると、るいるいさんは「えへへ」とまばゆいくらいに美しい笑みを浮かべて、さらに続けた。

「みんな、本当に、今回の作戦は内緒だよ。ちゃんと墓場まで持っていってね。あ、それとね、わたし的に大事だったのは『小鬼隠し』っていう伝説を盛り上げることだったの。だって、すごくロマンチックだし、素敵じゃない？」

るいるいさんの言葉に、理香子さんが深く頷いた。

「ですよね。島外から来たわたしも、そう思います」

すると、それまで口を開かず、ただニコニコしているだけだったおトメさんが、ちょっぴり涙目になりながらしゃがれた声を出した。

「この島の伝説も素敵だけど、みんなの方がずっと素敵よ。わたし、すっごく楽しかった。ほんと、長生きしてよかったわ。二次会では、感動で涙が出ちゃったし」

両手で胸を押さえたおトメさんを見た花蓮ちゃんが、昨日のできごとをしみじみ追想するような顔をして「うん、分かります」と言った。そして、あらためてメンバーを見渡した。

「感動って『心の食べ物』なんですよね。だから常に与え続けていないと、心がやせ細って、しまいには病気になってしまうって、以前、椿姫さまが教えてくれました」

感動は心の食べ物、か――。

なるほどなぁ、と俺を含めみんなが感心しているようなので、ちょっと面映ゆくなった俺は、あえて突っ込みを入れることにした。

「感動もいいけどさ、まさかのメンバー外の椿姫までがグルだったなんて、ほんと、もう、すべてが信じられなくなりそうだよ」

ふたたび、みんながくすくす笑い出す。

花蓮ちゃんも目を細めながら俺を見た。

「わたしが椿姫さまに今回の作戦をお話ししたとき、『そりゃ傑作だ』ってお腹を抱えて笑って、大喜びで協力してくれたんですよ」

「ぼく的には、ちっとも傑作じゃなかったけどね……」

俺は、苦笑しながらこめかみを掻いた。

「あ、そういえば、姫さまが佑さんに『女難の相』が出てるって言ったじゃないですか」

「あ、うん」

「それって、このことだったんですよ」

「え――、どういうこと？」

意味が分からず、俺は小首を傾げた。

「佑さんに『女難の相』が出てるって話したあと、姫さま、こっそりわたしに言ったんです。『あの佑って男は、金髪の美女にハメられるよ』って。そうしたらシナリオが本当にそのとおりになってたので、姫さまも『ほらね』って大喜びだったんです」

「それ、マジで？」

「はい、本当です」

「そういえば、椿姫に『女難の相』のことを言われたときの佑さん――」翔くんが、くすくすと思い出し笑いをしながら言った。「だいぶ違う『女難』をイメージしてましたよね？」

「そりゃ、もっと色っぽい『女難』を期待してたよ！」

開き直って言ったら、みんなが手を叩いて笑い出した。

心を開いた仲間たちの笑み――。

俺は続けた。

「まあ、でも、予想外の『女難』にはやられたけど、作戦の結果は完璧だったし、これから、この島が平和に――」

と、きれいにまとめようとしたら、例によってキンキン声にかぶせられた。

「わあ、駄目ダメ。まだ作戦は終わりじゃないんだから」

「えっ？」

と目を丸くしたのは俺だけではなかった。

「るいるいさん、どういうこと？」

理香子さんが訊いた。

「だって、まだ、ラスボスをやっつけてないじゃん」

「ラスボス――って？」

と、菜々ちゃんも不思議そうな顔だ。

「まだ東西を仲直りさせただけだもん。ここから島を活性化させるのが佑のいちばんの目的でしょ？」

「え……、俺の目的？」

「そうだよ。だから、ラスボスはね、昔からこの島にいる『退屈という鬼』なの。みんなでやっつけようよ」

そう言って、るいるいさんは真昼の太陽みたいにニカッと笑った。

「できるんですか、そんなこと？」

訊きながら俺は、少し前のめりになっていた。

「うふふ。もちろんだよ。わたしね、めっちゃ最高のアイデアを思いついてるの。みんな、聞いてくれる？」

少しのあいだポカンとしていた面々も、じわりと身を乗り出した。そして、そこから先のるいるいさんは、またしても天才っぷりを遺憾なく発揮したのだったが——、しかし、この新たな作戦がまた、あまりにも壮大すぎて、正直、凡人の俺の頭には成功のイメージが少しも浮かばないのだった。きっと、みんなも同じだったのだろう、今日はじめて、この食堂に沈黙が降りたのだ。

少しして、誰かが、コッ、と音を立ててグラスを置いたとき、「ああ、そうか——」と翔くんが沈黙を破った。

「つまり、るいるいさんは、このラスボスを倒すために、あえて『小鬼隠し伝説は本当にある』っていう設定を残した——いや、むしろ、その設定を強化させながら東西を融和させたんですね？」

「うふふ。さすが翔くん、頭脳もイケメンだね♪」

親指を立てたるいるいさんを見た瞬間、俺もピンときた。

周りのメンバーたちも、ハッとしたような顔をした。

「ぼくも分かりましたけど、でも、ここまで壮大な作戦を本当にやれますかね？　って
いうか、今度はもう、ぼくのことを騙さないですよね？」

「うふふ。それは、また、最後のお楽しみだよ」

「えーっ、そんなぁ……」

頭を抱えた俺を見て、仲間たちが吹き出した。

不思議なもので、こうやってみんなで笑っていると、なんの根拠もないのに、また成
功しちゃったりして――、という楽天的な気分になってくる。

「るいるいさんのアイデア、きっと上手くいくと思います」

唇に笑みを残したまま、翔くんが言った。

「わたしも、そんな気がします。だって、百年も続いていた東西分断を終わらせたんで
すから。次もやれますよ」

そう言って、菜々ちゃんが、翔くんと頷き合う。

「でっしょー。うふふ。じゃあ、わたしたち地球防衛軍は、ラスボスを倒すために、こ
れからも戦い続けるぞ～！」

るいるいさんが拳を上げると、みんなも笑いながら「オーッ！」と続いた。

と、そのとき、俺のスマートフォンが鳴った。

「あっ、星矢さんからメールが来ました」

そう言って俺は、メールの本文に目を通して——、固まった。

「どうしたの、佑？」

横からるいるいさんがそう言って、俺のスマートフォンをヒョイとつまみ上げた。そして、メールの内容をいつものキンキン声で朗読しはじめた。

「星矢です。いま匿名で、佑さんの会社の社長宛に『ミスターT』の記事を添付したメッセージを送っておきました。ようするに「お仕置き」ってヤツです（笑）。いま頃、社長さん、佑さんの写真を見て慌てまくっているはずです。そのうち佑さんに謝罪の連絡が入るかも知れませんけど、その時は、ぜひ『正体がバレちまったら仕方ねえな』と、ドスの利いた声で言ってビビらせちゃって下さい——。だって！あははは。星矢さん、めっちゃおもしろーい。最高だね」

るいるいさんの笑い声とテンションが、みんなにも広がった。

「星矢さんって、ああ見えて『遊び心』があるんですよ。さすがですね」

と翔くんが言った。

「さすがどころじゃないよ。また、あの社長から電話がくるなんて……、ああ、もう、翔くん、代わりに出てくれよ！」

そう言って俺が泣きそうな顔をしたら、仲間たちの笑顔がいっそう大きく咲いてくれた。

第八章　宝の地図

翌年の、ある秋晴れの日──。

あの怪しい鳥が、ギイィ、と鳴く小鬼ヶ島神社で、翔くんと菜々ちゃんの結婚式が無事に執り行われた。

東西融和後はじめての「元東と元西の結婚」ということで、島はひたすら明るいムードに包まれていたのだが、しかし、その二次会（会場は公民館）の席で「激震」が走った。

なんと、新郎新婦の「片親」である村長さんと照子さんが、みんなの前で絞首を交わしたのだ。

これには二次会の参加者たちはもちろん、新郎新婦までもが目を丸くした。なにしろ二人が密かに付き合っていたことなど、誰ひとりとして知らなかったのである。

そんなわけで、二次会では、村長さんと照子さんが主役を喰い、やんやの喝采をさらってしまったのだった。

そして、その翌週──。

俺は、港の隅に建てられたプレハブのなかにいた。

ついさっき着岸したばかりのおんぼろフェリーから、若いお客さんたちが続々と降りてくる。彼らの半分は船酔いで蒼白な顔をしているけれど、残りの半分は蛍光ブルーの空と海に感嘆の声を上げている。

「船旅お疲れさまでした。ゲーム参加者の方は、あちらへどうぞ」

探検隊のコスプレをしたイケメン（翔くん）が、横断幕が張られた港の一角へとお客さんたちを誘導している。

《青い孤島　小鬼ヶ島伝説の秘宝を探せ！》

横断幕には、そう書かれている。

やがてお客さんが集合すると、島の小中学校から拝借してきた朝礼台の上に絶世の美女が仁王立ちして、拡声器を口元に当てた。

「はーい、勇敢な探検家のみんな、伝説の青い孤島へようこそ♪」

るいるいさんは、わりとセクシーな探検家のコスプレ（胸元ざっくり、ショートパンツからは生脚）をしているから、さっそく男性客たちは目のなかにハートを浮かべているし、女性客たちは憧憬の目をきらきらさせている。

「これから、わたしがゲームのルールと注意点を説明するよ。ちゃ～んと聞いてね。うふふ♪」

人差し指を立てたるいるいさんが、バチン、とウインクを飛ばすと、お客さんたちが一気にざわついた。これは、いつものことだ。

この島をまるごとロールプレイングゲームの舞台にして、来島者たちにリアル秘宝探検ツアーを楽しんでもらう――。

るいるいさんがぶち上げた壮大なアイデアは、村議会であっさり採択され、約一年の準備期間を経て、半年前から現実のものとなっていた。

俺は一応、そのイベントの「総合プロデューサー」なのだが、実際は「裏方として何でも雑務をやる人」である。

例えば、ツアー初日となる今日は「受付のお兄ちゃん」としてプレハブ小屋に入り、お客さんたちに「宝の地図」と「探検隊の帽子&バッジのセット」を手渡すのだ。ちなみに、島の二軒の居酒屋でこのセットを提示すると「日替わりサービス」が受けられることになっている。

るいるいさんの肩書きは「総監督」。すでに「美人すぎる総監督」として何度かテレビの取材を受けているので、いまやちょっとした有名人になりつつあった。

テレビといえば、来月もまた某バラエティ番組でこの島の企画を紹介してもらえるとのことだったので、「総合プロデューサー」の俺はこっそりレポーター役にユリポンを推してみた。すると、まさかの番組側からオーケーが出てしまったのである。総監督のるいるいさんにそのことを伝えると、予想どおり「きゃー、最高じゃん！　ロケの当日まで星矢さんには内緒ね。ドッキリ企画にしようよ。うふふ♪」とのことだったので、俺はいまからその日が愉しみで仕方がない。

そんな星矢さんの肩書きは「宣伝部長」だ。得意のネットスキルを駆使して、このイベントを広めてもらっている。

肩書きがあるのは、もともと暇だったこの三人で、ほかの地球防衛軍の隊員たちは、それぞれ手が空いたときに手伝ってもらうことになっている。

ところで、このゲームのシナリオには、椿姫による「お祓い」と「お告げ」が組み込まれているのだが、ありがたいことに、この「お告げ」が怖いほどよく当たるとネットで話題になっている。また、海が荒れると半月近くも帰れないというリスクが「絶海の孤島感」をあおるらしく、これもまた宣伝に一役買ってくれているのだった。もっと言えば、そもそもフェリーが小さいせいで募集人数に限りがあるため、必然的に「予約が取れない人気企画」となり、その情報がテレビやネットで拡散されたものだから、いっそう予約が取れなくて話題になる——という、まさに「おいしい流れ」になっていた。

島民の皆さんには、それぞれRPGに登場する「リアル村人」としての「役割」があてがわれている。つまり、一人ひとりに「決められた台詞」があるのだ。

たとえば「よしだや」の前のベンチに座るおトメさんに話しかけると、こんな台詞が返ってくる。

「山の上のUFO着陸地から島を見下ろせば、きっと不思議な絵と出会えるわ。目印は白い煙よ」

これを聞いた参加者は、宝の地図を片手にせっせと外輪山に登り、(きっとカナブンの大群のなか)見下ろした絶景に感動――と同時に、目印の白い煙(実際は温泉の白い湯気)を発見する。さらに、そのすぐ隣の農場の地面に描かれたナスカの地上絵のような模様に気づくのだ。もちろん、その模様こそが、秘宝の在り処へとつながるヒントになっているのである。

ここ数ヵ月で来島者は一気に増えて、「よしだや」もガソリンスタンドもずいぶんと繁盛しているし、民宿もいつだっていっぱいだ。二軒の居酒屋もいっそう賑わっているけれど、さすがに「もじゃもじゃ」名物のヒカリダケの焼酎は、島民だけの秘密ということになっている。

役場のヒロムさんには、釣りのアトラクションの監修をお願いした。参加者は自分で魚を釣り、それを「一徹」に持ち込んで、新鮮な島料理を堪能できるという流れになっているのだ。もちろん、そこには「泣けるオプション」も用意されている。あの激辛「からし巻き」にチャレンジして泣いた勇者には、会計時にこっそり特別な「村人情報」がもたらされることになっているのである。

以前、るいるいさんがもったいぶっていた「この島最大の秘密」も、ゲームの行程に組み込まれていた。ある村人に話しかけると、「東の居酒屋で、焼きそばを引っ張りなさい」と言われるので、それにピンときた参加者は、もじゃさんの髪の毛を引っ張る。するとヅラが取れてスキンヘッドが露わになり、その頭頂部に秘宝ゲットのヒントが描かれている――という、いかにも、もじゃさんらしいファンキーな仕掛けとなっているのだった。

それにしても、まさか「この島最大の秘密」が、「もじゃさんの髪はヅラだった」だとは……。はじめてそれを聞いたときは、さすがの俺もコケそうになったけれど、でも、東西が融和して、やたらと牧歌的になったこの島には、それくらいの秘密がちょうどいいようにも思えるのだった。

とにかく――、
こうして俺たち地球防衛軍は、この島に多くの観光客を呼び込むことに成功し、同時に島民たちを「退屈という鬼」から救い出したのである。

「はーい。わたしからの説明は、これで終わりだよ。みんな、オッケーかな？　じゃあ、次は、あっちにある受付で、宝の地図と、探検隊の帽子とバッジを受け取ってね。受付のお兄さん、宜しくね♪」

るいるいさんが俺に向かって大きく手を振った。

俺も、軽く振り返す。

青い海風が吹いて、るいるいさんの金髪をなびかせた。

お客さんたちが、こちらに向かって歩いてくる。

伝説の島にやってきた冒険者たち。

期待に輝いた彼らの目が、俺はとても好きだ。

お客さんたちの後ろでは、まだ、るいるいさんが幸せそうに手を振っていた。

「遊び心」という名の眼鏡をかけた瞬間から、この世界すべてが「宝の山」に変わるということを教えてくれた人——。

風になびく金髪。美しすぎる顔。

そして、その顔を支える細くて長い首。

あの隣人の首を、いつか、この手で、優しく、きゅっと……。

考えていたら、最初のお客さんが受付にやってきた。

さあ、仕事だ。

「伝説の青い孤島へ、ようこそ！」

笑顔で言いながら、俺は「宝の地図」を差し出した。

・本書は二〇二一年三月に小社より
単行本刊行されました。